民国通俗小说典藏文库·冯玉奇卷

雁南归·绿窗艳影

冯玉奇◎著

中国文史出版社

目　录

雁南归

绿窗艳影

雁 南 归

第一回

静极思动人之常情

秋天的阳光，好像是慈母的脸，也好像是情人的话，包含了一些温情的成分，它从蔚蓝的像海水一样碧青的天空中，照射到那个点缀着亭台楼阁的小小花园里东首竹林旁那座矗立着五幢三楼的小洋房的玻璃窗的片子上，一闪一闪地反映出耀人眼目的光芒。这时站立在窗口旁的是个五十开外的老者，他的名字叫史鸣德，也就是这座小洋房里的主人翁。史鸣德这人的脾气，真是非常的怪僻，大凡一个性情古怪的人，他的儿子一定是很少，往往也许没有。所以史鸣德不但连一个儿子都没有，而且女儿也没有一个。因为孤独的缘故，所以使他的性情也愈弄愈怪僻了。

这时史鸣德凭窗远眺着花园外的景致，只觉树林荫翳，鸣声上下，清幽之中，带有些凄寂的意味，显然黄昏已降临了大地。矗立在云端里的南北二高峰，模模糊糊的已经有些瞧不清楚了。久住都市的人，偶然到西子湖畔风景优美处去住上几天，就会感到精神爽快，胸襟舒畅。不过反转来说，久住在青山绿水旁的人们，在他当然也会感觉到人生是太枯燥乏味一些的了。

史鸣德在这古墓似的那座小洋房里整整地已住有五个年头了，和他做伴的是只有一个同他年龄相仿的老仆阿陈。阿陈的妻子是早年死了，他也没有儿子，不过却有一个女儿，但女儿长大了终要嫁人的，所以他到现在也是孤零零的一个人，和他的主人可说是同病相怜。

动极思静，静极思动，这也是一定的道理。史鸣德近年来似乎感到有些苦闷起来，他瞧了这么大的花园，这么大的洋房，却只有他们主仆两人住着，终年冷冰冰的，简直像个荒冢。因为假使有亲属的坟墓，清明的季节，也该有什么人来扫祭扫祭，可是他连清明的季节，都没有人来探望，这还不是变成了一个荒冢了吗？

　　有时候他心里想，我不是住在自己的家，我简直是住在监狱里了，因此他不免感到老来无子的悲哀，觉得自己当年的主意是错的。他抬了头，望着暮色的天空，浮云在悠然地飘浮，偶然在半空中飞掠过一只哀鸣的小鸟，触景生情，在他心头当然更为激动了一阵孤寂的悲伤。他觉得四周一切都像死过去的一样寥落，有时他心里想：我已脱离人群，到另一个世界来做人的了。想到这里，慢慢地回过身子，情不自禁地，深深地叹了一口气。

　　"老爷，喝咖啡吧！"

　　就在他回过身子的时候，阿陈端了一个盘子上来，他苍老的目光，向主人已失了青春颜色的脸儿上逗了那么一瞥，低低地说。

　　史鸣德毫无意识地点了点头，他的两眼望着阿陈把盘子放在桌子上的那一杯咖啡、一罐子方糖、一小盅的牛奶，并一盘子的饼干，同时把身子慢慢地像木乃伊似的移近过去，很沉重地在椅子上坐了下来。他不喝牛奶，也不说话，简直已没有了知觉的样子。

　　"老爷，你为什么不喝牛奶？你有什么心事吗？"

　　阿陈见了主人那种木然的神情，他心里也有些感到局促不安，站在旁边瞧了好一会儿，方才情不自禁地问出了这两句话。

　　史鸣德抬头望了他一眼，轻轻地叹了一声，问他说道：

　　"阿陈，你觉得我们两个人是住在什么地方呀？"

　　阿陈被主人问得有些愕然，怔住了一会子后，方才答道：

　　"住在杭州城外的家里呀！你问这一句话，算什么意思？"

　　"不，你说得不对。"

　　史鸣德摇了摇头，他把一小盅的牛奶，也倒进咖啡杯子里去。

"那么照老爷的意思说，我们是住在什么地方呢？"

阿陈有些莫名其妙地向他反问。

"我们是住在坟墓里一样的了，阿陈，这几年来，你倒不觉得寂寞吗？"

史鸣德拿了铜钳子，夹着方糖一块一块地放入杯子里，又拿了铜匙掏了掏，凑在嘴边微微地喝了一口。

阿陈听了他这两句话，总算明白了，他不禁笑出声音来，说道：

"我明白你的意思了，是不是你怕冷清啊？"

史鸣德不作答，拿了杯子只管一口一口地喝咖啡。

阿陈接下去说道：

"老爷，并不是我奴才过后说这一句话，那年太太死了，少爷又遭到了这样的惨变，本来我就劝你再娶一房太太，可是你老偏不肯听从我的话，到现在你究竟感觉冷清起来了吧！"

史鸣德被他这么一说，心里也不免有些懊悔，但接着他又摇了摇头，叹了一声，把咖啡杯子仍旧放到桌子上去，说道：

"你知道少爷是怎么样死的？"

"咦！这我如何不知道呢？"

阿陈奇怪地说：

"少爷在音乐专科毕了业，也就认识了一个歌女。还不是为了争风吃醋，我家少爷才被人家一枪打死了吗？"

史鸣德点头道：

"不错，为了这样子，我恨你的少爷为什么要到音乐专科去毕业！假如他不读音专，那么他也不会和歌女认识，既不和歌女认识，也绝不会被人家打死的。同时我也恨这一班女人，都是水性杨花不知廉耻的多，所以我也不想再娶太太，再养儿子，迁居到这儿预备清清静静地过他一生，谁知道……唉！还是不要再说起的了。"

史鸣德说到这里，摇了摇头，叹了一口气，表示很难受的样子。

阿陈听了主人这一篇话，倒不免好笑起来，说道：

"老爷，你当初不愿意结婚，原来是为了这个缘故吗？这你就未免有些因噎废食的了，要知道世界上的女人也不是个个都水性杨花的，世界上做人家儿子的，也不个个音专毕业，个个被人家暗杀的，你不能因恨少爷和那个歌女而连带恨起一切的女人和儿子来呀！说老爷的年纪，到现在也不过五十四岁，假使你怕寂寞的话，娶一个太太还不算迟，再养几个小少爷也是一件很容易的事情。你不听见城里有个八十多岁的老人，他还养了一个白白胖胖的少爷吗？"

史鸣德见阿陈很兴奋地一口气说到这里，还是不肯停止下去，这就一摇手，阻止他说道：

"得啦！得啦！你和我怎么开起玩笑来了？我活了这一把年纪，已经是快要进坟墓的人了，哪儿还谈得到再娶太太吗？至于养儿子，我想那是更不中用……"

说到这里，觉得有些不好意思，顿了一顿，他苍黄色的两颊也会添上了一层红晕，很快又接下去说道：

"况且我过了这五年清静的生活，见了女人终感到有些害怕，怀疑她们终没有一个是好人的。唉！像我已经是一个一张皮包骨头的人儿了，就说再想娶一个太太，恐怕也不会再有什么女人来爱上我的了。"

史鸣德说完了这几句话，至少包含了一些颓伤的口吻。

阿陈从主人这些话中细细地回味，觉得十足显现着矛盾的成分，可见老爷对于娶太太的意思，在现在也未始没有，只不过他心中有层顾虑。第一，怕女人都是水性杨花的多；第二，怕自己年纪太大，人家女子不肯嫁给自己。从这一点子看，世界上的人没有一个是脱离得掉女人的，这大概是所谓"食色性也"的一句话了。阿陈对于主人的心理既然完全地明白，于是在旁边就怂恿着道：

"老爷，你的年纪也不算大呀！五十几岁的人续弦，这算得了什么一回稀奇的事情。况且老爷有的是家产，女人终是爱钱的多，为了你有钱，女人把老爷的年纪至少会瞧轻二十岁，你想，一个三十四岁的男子，不是正当出风头的时候吗?"

"可是事实上我并不是三十四岁呀!"

史鸣德觉得阿陈这些话，简直有些岂有此理，心里似乎有些不高兴，站起身子来，吐了一口唾沫，说道:

"你不要胡说八道地开我的玩笑，你倒不会把我当作一个十七八岁的小伙子一样看待，这不是更好得多了吗?"

他一面说，一面反剪了双手，在室中低头踱了那么一圈子，表示有些生气的意思。

阿陈一番热心的好意，被老爷这么一顿埋怨，他心里不免急起来，连忙跟到他背后去说道:

"老爷，你这是什么话? 我怎敢开你的玩笑? 我可完全是一片好意哪! 因为老爷太感到寂寞了，不是应该要娶一房太太的吗? 人老了，没有一个下辈在身旁服侍，这是一件多可怜的事情。你老爷可比不了我阿陈啊! 阿陈什么事情都可以吃得苦，昨儿晚上身子发了热，可是今儿早上依然没事般地能够起床，假如换作了老爷，那当然不行啦! 比方那么地说一句。哦! 一个人有病的时候，假如没有一个知心的人在床边服侍汤药的话，那又是件多么痛苦的事情啊! 现在你老爷还只不过五十多岁，明儿到了六十岁七十岁的时候，你又可怎么办哪?"

史鸣德停止了踱步，回身望了他一眼，暗想:阿陈这几句话倒是说在自己的心眼儿上去了，他是我三十年来的老仆，他当然是很忠心我的。一时由不得叹了一口气，说道:

"也许我不会这样长命的吧!"

"这……这……谁又料得到呢? 人家活到七八十岁的可也不少哪! 不说别人的，单说我家老太爷吧，那年他死的时候也不是有七十五岁了吗?"

阿陈同他举一个例子来回答。

史鸣德暗想:我爸爸倒真的七十五岁死的，假使我也活到爸爸

7

那样年纪死的话，不是还有二十一年可以做人吗？二十一年的时间也不算短促，假使早些养个儿子的话，那么至少也有二十来岁，我给他早些娶了妻子，养个儿女，那我死的时候，说不定儿子媳妇孙儿女全都有的了。想到这里，心中倒是怦怦然地一动。不过转念一想，又连连地暗说不对不对，我身子是那么的衰弱，现在也常闹着头痛腰酸，假使一有了女人的话，不要想活到六十七十岁，只怕五十五岁倒有些危险的了。再说是否会养儿子，这也还是一个问题。万一儿子不养，明后年倒死了，剩下了一个年轻的寡妇，那么死乌龟头衔是免不了的。就说是养了儿子吧，他长到十八九岁的时候，为了恋爱的问题，倒又被人家暗杀了，这……这我还不是一场空忙碌吗？史鸣德心中既然有了这许多问题的考虑，他觉得横也不妥当竖也不妥当，因此皱了眉毛，只管连连地摇头。

阿陈见主人呆呆地发怔，并不回答什么话，却只管连连地摇头，心中好不奇怪，遂忙又问道：

"老爷，怎么啦？你以为我这话说得不对吗？"

"并不是说得不对，不过我就有些担心。"

史鸣德走到茶几旁去，在烟盒子里取了一支雪茄。阿陈连忙跟过去，给他划火柴。史鸣德燃着了火，坐到沙发上去，吸了一口烟，喷去了烟，两眼望着一圆圈一圆圈腾空上去的烟雾，呆呆地出神。

"老爷，你担心什么哪？"

阿陈把火柴摇熄了后，丢到茶几旁的痰盂罐里，回头望了他一眼，继续地追问。

"阿陈，别谈这些了吧！"

史鸣德摇了摇头，他不愿再谈这些使自己感不到兴趣的话，因为他生平就是多疑多顾虑。假使他一有了心事之后，他就会更感到烦恼的。

阿陈搓了搓手，觉得主人的性情就是这点子古怪，他又问了一句道：

"老爷，那么你，你不会感到冷清的吗？"

史鸣德回过头来向他望，他似乎在沉思的样子。阿陈知道主人向自己呆望，完全是他内心思绪错综复杂的缘故，这就木然地也向他呆望了一会儿。忽然史鸣德站起身子来，说道：

"阿陈，我之所以感到冷清，是因为没有事情做，假使我有了事情做的话，也许不会像现在那么的冷清和苦闷吧！"

"唉！这话倒也说得是。"

阿陈点了点头，很表同情地回答。

"我想老爷有了这许多的家产，是应该在社会上创办一些慈善事业的。比方说，开办一个义务学校，给一班贫苦人家的子女，可以不会受到失学的痛苦。比方说，设立一个贫民医院，使一班没钱就医的穷人造福不浅，这都是很好的事情呀！老爷，你的意思怎样呢？"

"嗯！我也很有这个意思，不过我的办事精神已经很不好了，最要紧的是要有一个帮手。"

史鸣德点了点头，他想到"达则兼善天下"的一句话，觉得"独善其身"到底是太平庸太没有意思一些了，因此他决意要在社会做一些事业。

阿陈心里很喜欢，转了转眼珠，忙道：

"老爷，你要帮手吗？何家姑老爷他不是很会做事情的吗？你何不打个电报去叫他来商量商量哪？"

"你说的是我这个妹妹的丈夫吗？唉！他这个人事情是很会做的，不过他的坏脾气，就是爱喝酒、爱女色，做事情只怕有些靠不住。"

史鸣德听他提起了妹夫何志明，心里倒是一动，但想到了他两件嗜好，这就有些不放心地摇了摇头。

阿陈道：

"老爷，你说的是姑老爷年轻的时候，可是他现在也有四十多岁了，我想他的坏脾气一定会改的。况且他的女儿，玉华小姐她……她不是也有十八岁了吗？女儿的年纪也这么大了，他还好意思糊里糊涂吗？"

"玉华这个孩子也有十八岁了，说起来光阴过得真快。记得五年前，我回杭州来的时候，妹妹带了玉华到火车站来送行，玉华梳了两条小辫子，还只有这么的高，可是现在看见了，也许会不认识了吧！"

史鸣德抬了头，望着口里喷出来的烟圈子，他的神情完全浸入在回忆之中。

阿陈笑道：

"俗语说，黄毛丫头十八变，玉华小姐本来长得怪玲珑可爱的，现在一定更长得漂亮了。老爷，我想你很可以到上海去玩玩啊，他们一定很欢迎你的，老是住在这样冷静的地方，这也无怪你要感到寂寞的了。"

"嗯！我想先把姑老爷叫到这儿来商量商量医院或者办学校的事情，看他现在的脾气不知怎样了？"

史鸣德考虑定妥之后，他很郑重地说。

阿陈点了点头，说道：

"那么老爷就写封快信吧！我该做饭去了。"

史鸣德待阿陈走后，随走到写字台边去，慢慢地坐了下来。这时窗外的天空已呈现了薄暮的颜色，一弯新月已从浮云堆里掩映而出。史鸣德望着浮云无定的天空，秋风微微地扑送到脸上，颇感到有些儿寒意，于是他伸手关上了窗户，拉拢了薄纱的帷幔，随手又开亮了桌子上的台灯。拉开抽屉，拿取信笺的时候，先瞥见到一本照相簿，他翻开第一页看，这是甜蜜的回忆，但也是辛酸的回忆。

因为第一页的照相，是他和妻子儿子合摄的一张全家福，但到现在，他的妻儿都没有了，剩下他孤单单的一个老头子，怎不要叫他感到心酸落泪呢？他不忍再瞧，很快地合上了，情不自禁地深长地叹了一口气。一个人的心里总是矛盾的，虽然他不忍再瞧，可是他又很想再来看看，翻了一页，翻了两页，这里一张是玉华的了，她穿了一套西装式的裙袄，短短的童发，两手拉了自己的裙子的角，做舞蹈的姿势。这姿势很美丽，也很天真可爱。史鸣德很感触地想，玉华在五年前假如就有十八岁的话，那么我的儿子也许不会死的，因为他们表兄妹一定会相爱的，而且我们当然也希望他们成为一对，偏他们年龄相差了八岁，一个二十一岁的青年怎么会和一个十三岁的女孩子谈恋爱呢？因此他就去爱上那个歌女了。唉！这难道是我命中注定没有儿子的吗？

史鸣德想到这里，他手中拿的那本照相簿已经是掉落到抽屉里去了。于是他不再自寻烦恼，取了信笺，提笔写信给妹夫何志明了。

第二回

两心相印你我不分

　　黄昏的时候，天气还渐渐沥沥地落着蒙蒙的细雨，秋的季节本来已经是够寂寞萧条的了，现在是更添上了一层凄凉的意味。一间小小的会客室里，而摆设又好像是书房似的，因为光线昏暗的缘故，这里面已经是亮着一盏灯了，不过灯光并不过分的明亮，有些绿茵茵的，很柔美而带着温情的成分，原来这是沙发旁的茶几上，亮了一盏绿纱罩裸体石柱美人的台灯。

　　在柔美幽静的光芒笼映之下，这就见沙发上倚坐着一个妙龄的女郎。她生得不长不短的身材，所谓"修短合度，浓纤得中"这八个字了。一头乌黑而鬈松的美发，长长地披散在两肩，覆盖着一个鹅蛋的脸。两颊红晕得好像是朵出水的芙蓉，正是容光焕发，吹弹可破那么的娇嫩。两条细长的眉毛，不淡也不浓，弯弯的像下弦的新月，因为没有经过人工的描画，自然更显得清秀一些。从她那双灵活的眸珠里看来，水盈盈的像剪水秋波似的透，露出她是个绝顶聪敏的姑娘。她的鼻端是尖而圆的，下面那张小嘴，可说唇不点而红，微笑的时候，颊上掀起着一个浅浅的酒窝儿，同时露出的那一排洁白的牙齿，一粒粒的像玉蜀黍那么的整齐。这一个姑娘的脸已经是没有什么缺点可说，在这里可以送给她"十全十美"四个字了。

　　她虽然是个年轻的姑娘，不过她很用功，在家里的时候，终是拿了一本书在静静地看。大凡一个喜静不喜动的个性，她的情感比较爱活动的要深厚得多，不过她的情感是深深地蕴藏在心坎底里的，

12

不肯轻易地透露出来罢了。假使她要透露了的话，她所用的情，一定是非常的真挚，一定是非常的专一，因为她的目标是认得十分的清楚，外界一切的富贵与威武，恐怕难以动摇她的心。不过富于情感的人，最不好的就是多愁善感，因为这四个字是健康的对敌，所以有情感的人总比较瘦弱一些。假使是个男子，他必定文质彬彬的像个白面书生，倘若是个女的，她至少像个古典美人，弱不禁风的样子。这位姑娘就是那么古典美人似的一个典型。她此刻坐在台灯下，正在研究医学中的一种女子生理的构造，因为她的志愿，预备将来给一班世界上最痛苦的病者造福。

"玉华，你又在灯光下面看书了。"

就在这个静悄悄的当儿，忽然一阵皮鞋的声音响入了她的耳鼓，接着轻柔的语气随之流动了过来，在这一句话中至少是包含了一些又埋怨又关怀的口吻，而实际上到底还是为了爱护她的缘故。

玉华很快地抬起粉脸，明眸凝望着进来的是个年纪很轻的少年，他穿了一件"鲍别尔"的雨衣，头上戴了一顶青灰的呢帽，虽然是只显露大半的脸，不过也可以瞧到他是个怪英俊的人物。玉华见到了他之后，她粉颊上就展现了一丝娇笑，丢下了书本，站起相迎，说道：

"乐文，你这时候怎么会来呀？外边雨下得很大吧？"

"还好，是一些毛毛雨，我想着来，就来了。怎么啦？这时候我不能来吗？"

秦乐文见她伸了两手，知道是给自己脱雨衣呢帽的意思，于是便都脱下交给了她，因为她问的语气，不免带了一些好奇的成分，遂向她笑嘻嘻地反问。

玉华已经把他雨衣呢帽挂到衣钩上去了，听他这么说，遂回过身子，秋波逗给他一个娇嗔，忸怩了一下腰肢，嗯了一声，说道：

"谁说你这时候不能来的，我说你为什么不早些来？"

乐文细细回味她这两句话，觉得似乎有些矛盾。在她当然有这一层意思：你这样晚来，那还是不来好吗？不过在一个女朋友的面前，就是不错什么，也得认三分的错，因为女子的脾气，大都喜欢贪图一些小便宜，也许在一个男朋友的面前，故意有一种撒娇的表示。

乐文既然体贴到女子的心理，他便笑了一笑，走上去向她弯了弯腰，说道：

"我原是和你说着玩的，你怎样偏又多起心来了呢？玉华，不要多心，不要多心，我在这儿向你赔个不是吧！"

果然，玉华见了他那副小丑似的情形，忍不住抿着嘴儿嫣然失笑起来了，但她忽然又板住了脸，鼓着小嘴儿，退到长沙发坐下，说道：

"你自己多心，却反来说我多心。"

"那么我多心就是我多心。"

乐文觉得她的娇嗔，只有增加她妩媚的风韵，遂一味地赔笑，同时跟着走到沙发旁，和她一同坐下，又很正经地说道：

"其实今天我所以这样晚到来，原也有个缘故的……"

玉华不等他说完，遂很快地回过身子，纤手按到他的手背上去，问道：

"是个什么缘故？哦！我明白了，是不是和你的情人，跳好了茶室舞，到我这儿来的吗？"

乐文听她这样说问，觉得女孩儿家爱吃醋真是她们的天性，因此望着她白里透红的粉颊，只是憨然地傻笑。

"咦？你为什么这样好笑呀？"

玉华见他不作答，一时被他笑得难为情，含了嗔意的目光，向他怨恨地逗了一瞥，继续地追问。

乐文这才用了俏皮的口吻，低低地说道：

"我笑的是不知我会多心，还是你会多心？"

他说完了这两句话，却是笑出声音来了。

玉华的粉脸益发红晕得像朵玫瑰花了，她当然感到十分羞涩，因为她也知道自己问的话，不免有些酸素作用。因为一个女孩儿家，在一个男朋友的面前，似乎不应该有这一种的探问，这就勉强笑道：

"并不是我多心，我无非是一种猜想而已，其实我也无多心之必要，你说对不对？"

乐文被她后面这一句话的解释，愈加笑出声音来了，点头说：

"你这话当然说得相当的不错，不过所可惜的，是你完全地猜错了。"

玉华嘛着酒窝儿也笑了，在她这回笑的神情上看来，可以知道在羞涩中还带了喜悦的成分，因为自己的猜测不对，这在自己心灵上就感到无限的安慰，于是偎近了一些身子问道：

"那么你告诉我，究竟是为了什么缘故呢？"

"当然，我要告诉你的，不过请你先倒一杯茶给我喝好吗？"

乐文感到有些口渴，咽了口唾沫，低低地说。

"你又不是说书先生，偏要卖这些关子，我情愿不要听的。"

玉华以为他故意放刁，遂把身子别过去，装作生气的意思。

"就说我没有什么事情告诉你，难道到你的家里来连一杯茶都没有喝的吗？"

乐文扳转她的肩胛，向她含笑问。

玉华暗想，这话倒也不错，因此抿嘴又笑了，说道：

"别少爷脾气了，我就给你倒吧！"

乐文笑道：

"真是天晓得的事情，主人给客人倒一杯茶，就说客人是少爷脾气，那么就让我自己来倒好吗？"

玉华扑哧地一笑，正欲起身去倒茶，只见阿梅端了一盅莲子汤进来，说道：

"小姐，太太叫我送来给你吃的。哦！秦少爷也在这儿吗？"

玉华伸手接了莲子汤，回身交到乐文的手里去，说道：

"不用喝茶了，就喝这个吧！"

乐文不肯接，摇头笑道：

"我没有饿，你自个儿吃吧！"

"这也是吃不饱的东西，我对于甜的东西不大爱吃，你吃好了，谁又和你客气，你快接着呀！"

玉华知道他是做客，遂白了他一眼，低低地说。

乐文见她这个表情，似乎自己不接受的话，她便要生气的意思，于是只好含笑接过了，可是他口里还这么地说道：

"其实我也真的没有饿。"

玉华道：

"你没有饿，你就喝一些汤好了。"

阿梅因为刚才听小姐说有些肚子饿，所以才到太太那里去烧了一碗莲子汤给她吃的，如今小姐情愿自己挨了饿把莲子汤给秦少爷吃，可见小姐对于秦少爷的情分真是好到一百二十四分的了，于是笑了一笑，送给她一个神秘的俏眼，说道：

"小姐，我给你再去煮一碗糖汤蛋来吃好吗？"

玉华摇头道：

"不用了，你给我倒两杯茶吧！"

阿梅点头答应，倒上了两杯龙井茶，遂悄悄地退出去了。玉华回头见乐文用羹匙只舀了一点儿汤喝，遂在沙发上坐下，哧的一声，笑道：

"你真的只喝一点儿汤吗？"

乐文放下羹匙，看着她粉脸，笑问道：

"玉华，你甜的东西真的不喜欢吃的吗？"

玉华听他这么问，觉得在他这一句话中至少包含了一些作用的，遂反问道：

"你问这一句话干什么？"

乐文道：

“我说你一定骗我，照我的猜想，你生平就是爱吃甜的东西。”

玉华噘了噘嘴，妩媚地一笑，说道：

“这又何以见得呢?”

乐文道：

“我虽然和你认识了好多年的日子，不过两人在外面就没有吃过一次点心，所以对于你脾胃当然不大知道，但是今天我可以肯定你是爱吃甜的东西。”

“你瞎说，要不然你该说出一个道理来。”

玉华感到很奇怪的，秋波凝望着他，有些怀疑的神气。

“当然我有一个证据的，假如你不爱吃甜的东西，阿梅问你吃的点心为什么都是甜的呢？从这一点子猜想，就可以知道你爱吃甜的，对不对?”

乐文的猜测，倒的确也有根据的。

玉华想不到他有这样的细心，但故意呸了他一声，抿嘴笑了。乐文知道这是被自己猜中了的意思，遂把莲子碗递给她，说道：

“我不好意思占吃你心爱的东西，反而我原要喝的是茶，我就喝茶吧!”

“你这话是什么意思?”

玉华表示有些不快乐的意思说。

“只要你也心爱吃这些甜的东西，我终可以把我心爱吃的东西留给你吃的。”

玉华这两句话既然说出了口，她又感到无限的难为情，一层一层的红晕，盖上了她的粉颊，明眸逗了他一瞥羞意的媚眼，不由自主地垂下了螓首。乐文在听到她这两句话的时候，他心中的甜蜜，觉得比吃这碗莲子汤更要甜蜜着万分，情不自禁地去握她的手，低低地说道：

“玉华，你这样好地对待我，我真太感激你了!”

玉华抬起羞红了的脸，脉脉含情地嫣然一笑，轻柔地道：

"那么你就吃吧！吃了我很高兴。"

乐文懂得她的意思，遂不敢客气，其实是不忍拂她的一番情意，于是拿了羹匙，吃了半碗。他把吃剩的半碗交到玉华的手里，说道：

"玉华，莲子汤确实是我心爱吃的东西，不过也是你心爱吃的东西，所以我不忍一个人独吃，假如你不嫌我吃过了的话，那么这半碗就请你吃了吧！"

玉华觉得他说的话真是言在意外，情深其中，遂微微地点了一下头，伸手接过了碗吃了。吃毕放下，瞟了一眼，笑道：

"你来了大半天，说了许多话，但结果还没有把你所以这样晚来的缘故告诉我呀！"

乐文笑着：

"我现在当然要告诉你了。这学期我在音专是已经毕业了，毕业了之后，我们几个同学在社会上当然需要找一条出路的，所以我和唐小七、李广大等几个要好的同学，在乳谷咖啡馆开了一下午座谈会，开会的结果，我们计划组织一班乐队，预备在上海一家最新型富丽的戏院里演出。不过我们都是从学校里才毕业出来的人，在社会上根本没有一些地位和声望，戏院老板一时间自然不肯信任我们，况且对于音乐器具的这一笔经费，也很是一些问题，说起来真有些惭愧，我们这一班毕业的同学，个个都是穷得可怜的。"

玉华笑了一笑，说道：

"这也说不上惭愧两个字的，干艺术的人，没有一个不是贫穷的，不过人穷志不穷，我以为他们个个都是清高脱俗的。况且无论一件什么事情，先穷而后工，不穷则不工，愈穷则愈工，所以我的意思，穷是我们青年人奋发的恩师，唯其穷，使我们青年人才有成功的日子。乐文，你以为我这几句话说得对吗？"

"对极！对极！"

乐文听了她这一篇的话，真是把她敬爱到了极点，一时握紧她的纤手，连说了两个对极对极。不料玉华手指里原戴了一只变色宝石的戒指，被他紧紧一握，这就勒痛得蹙了眉尖，哎哟一声叫起来了。

"怎么了？"

乐文吃了一惊，慌忙松开了手，低声地问。

"你还问哪，瞧我的手指被你捏起一条痕了。"

玉华像西子捧心似的，逗了他一瞥怨恨的媚眼，话声包含了埋怨的成分。

乐文有些肉疼地把她纤手抚摸了一会儿，笑道：

"我因为太兴奋了的缘故。玉华，你这几句话，真是一些也不错，一个青年的成功，无不从刻苦耐劳、勤俭奋斗中得来的。你真有思想，你真有抱负，你真伟大！"

"得了，得了！你快不要再说下去了，我可没有像你说的那么了不起吧！"

玉华口里虽然是这样说，不过她玫瑰花朵似的粉脸上，那个倾人的笑窝儿是没有平复过，从而可知她内心是感到怎样的喜悦了。

乐文很正经地道：

"我又没有奉承你，也没有褒奖你，因为你的思想确实是太好了，怎么不使我敬佩得五体投地呢？"

玉华妖媚地笑道：

"然而事实上都是你赏赐给我的，因为你是个不平凡的青年啊！"

乐文听了，连说哪里哪里。玉华背转身子去，忍不住咻咻地笑出声音来了。乐文按着她的肩胛轻声地道：

"玉华，你也说得我太好了。"

玉华不作答，趁势偎到他的怀抱里去，一个郎情如水，一个妾意若绵，两人默默地温存了一会儿。

过了一会儿，玉华红晕了双颊，轻轻地推开他的身子，秋波逗了他一瞥三分羞涩而七分喜悦的媚眼，却正经问道：

"乐文，你说缺少购买乐器的一笔经费，不知需要多少数目？你大概已预算过了吗?"

"预算过了,大概需要十万块钱。这笔款子说小也不小,一时里真也没有法子可想。"

乐文一面回答一面站起身子,在室中踱了一圈,表示很忧愁的神气。

玉华听他说要十万块钱,那两条淡淡的蛾眉也颦蹙了起来,搓了搓手,洁白的牙齿微咬着殷红的嘴唇皮子,沉思了一会儿,方才抬头问道:

"音乐器具要这么的贵吗?"

"并不是一样乐器,全副的乐器都要配舒齐了,我说十万块钱恐怕还不够呢。"

乐文一手插在西裤袋内,一手摸着自己的下巴,望着她的粉脸,低低地告诉。

"那么你们这一班同学大家应该负一些责任的呀,难道这些钱都要你一个人想办法吗?"

玉华不了解地向他问。

乐文微微地叹了一口气,把脸转向窗口外去,说道:

"我不是早对你说过吗,他们都是贫穷得连生活都发生问题的人。你想,叫他们怎么有钱去买乐器呢?"

说到这里,回过身子又向她脸怔怔地呆望。

玉华沉吟了一会儿,也站起身子,用了温和的口吻,向他安慰道:

"你也不要着急,只要有这一个心,事情总有成功的一天。本来我可以向爸爸恳求,要他帮助十万块钱,无奈近年来爸爸做生意又不很顺利,所以这句话叫我也开不出口。不过我自己私蓄着有两万元钱,这样也有了五分之一的经费。你们这班同学本身虽穷,但终也有个亲戚朋友的,大家能想法去各处商量商量,凑合起来不也成了吗?"

乐文听她这么地说，真是感动到心头，情不自禁地把她手又握住了，说道：

"玉华，你待我这样的好，真叫我心中感激，不过我怎么好意思把你辛苦积下的私蓄去花费呢？所以对于这些，我只有表示心领谢谢。"

玉华听他这么回答，心中反而感到很生气，逗给他一个娇嗔，说道：

"这也是很正当发展事业的用途，你怎么说是花费呢？只要你有成功的一天，不要说十万，就是一百万、一千万，那也算不了什么稀奇的一回事情呀！你还和我分析得这样清楚，可见得你……"

说到这里，眼皮一红，却把身子别过去。乐文当然感动得无以复加，慌忙扳转她的身子，说道：

"玉华，你不要误会我吧！我可绝没有这个意思的，只是你也并不十分的富裕，叫我怎么好意思……"

"你又说了，我最恨的就是……"

玉华不等说完，就猛可地回过身子来阻止他说下去。

"嗯！我就不说，我就不说，那总好了。"

乐文忍不住笑出声音来了。

"啐！"

玉华啐了他一口，也不禁嫣然笑了，接着又道：

"那么你等一等，我到房中去把存折拿来给你，你可以先去买几件乐器。"

"慢着，等我叫他们去，大家想好办法，凑齐了十万块钱之后，你再交给我好了。此刻你不用去拿，藏在我身边，回头倒给我花了。"

乐文拉住了她手，微笑着说。

"也好，不过我倒相信你绝不会拿钱花到不正当的娱乐场所去的。"

玉华点了点头，俏眼斜了他一眼，俏皮地说。乐文觉得这位姑娘有些像玫瑰花，身上长了刺，时常会刺人的，这就无话可答，只好报之以微笑。

　　这时壁上的钟已鸣六下了，室中也完全呈现了黑暗，显然天已入夜了，乐文道：

　　"时候不早，我该回家了。"

　　玉华道：

　　"已经是吃晚饭的时候，就吃了晚饭走吧！我爸爸也可以回家了，说不定和他谈起这件事情，他会帮助你，也未可知呢？"

　　"不客气了。真也奇怪，你爸爸虽然很瞧得起我，可是我见了他，不知怎么终有些害怕，这件事情，还是别和他说吧！"

　　乐文说着话，已走到衣架旁去把雨衣呢帽取了下来穿上了。

　　玉华笑道：

　　"你这人就太不大方了，又不做什么亏心事，为什么要害怕呢？爸爸和妈谈话之中，倒常说你的好。"

　　"真的吗？"

　　乐文惊喜地问，因为玉华抿了嘴在咻咻地笑，遂摇头又道：

　　"不见得吧！你一定骗我。"

　　玉华好笑道：

　　"我为什么要骗你？那么你自以为做人好不好呢？"

　　乐文道：

　　"自己终说自己好的，终不会再说我这人是坏透了的。玉华，你说我这人究竟好不好？"

　　玉华笑道：

　　"又像好，又像不好，总而言之，你应该更做得好一些。"

　　乐文点头道：

　　"你这话很不错，单说一个好字，也是无边际的，那么我一定听从你的话，更要好好地做一个人。玉华，我走了，再会吧！"

玉华送着走出，在院子里停住了，仰天望了一会儿，说道：

"还在下雨哪！为什么偏不肯吃了晚饭走呢？"

乐文道：

"因为妈等着我，怕她会记挂的。"

玉华道：

"我也好久不上你那儿去拜望你妈了，请你给我代为问安吧！"

乐文答应着，他的身子已在雨缝中消失了。玉华遂走到上房里去。

何太太问：

"秦少爷呢？"

玉华道：

"他回去了。"

何太太道：

"这么晚了，为什么不留他吃饭？"

玉华道：

"他说有事情。"

说着又问道：

"奇怪，爸爸今天为什么还不回家呢？"

"回家了，回家了，有什么事情吗？"

就在这时，何志明却一脚跨进上房来，笑嘻嘻地说。玉华很高兴地迎上去，给他脱雨衣，笑道：

"幸亏没有说爸爸什么坏话，要不然全被你听见了。"

何志明一面笑，一面望了何太太一眼，说道：

"真奇怪，我今天在公司里忽然接到了你这位古怪脾气哥哥的一封快信，说叫我到杭州去一次，有事情和我商量。我想他平素和我感情不大好，这次他会写信给我，真不知道是什么意思？"

"啊！是舅父写给爸爸的信吗？他怎么样说呢？"

玉华听舅父来了信，遂急急地问。何志明在袋内摸出信封，交

23

给她瞧。玉华展开信笺，念给何太太听了一遍，说有事和她父亲商量，别的也不写什么。何太太道：

"哥哥这人的脾气再怪僻也没有的，他这次叫你去，不知会不会生着病吗？"

"不会的吧？舅父要如生着病，他在信上为什么不写明呢？"

玉华猜测着回答。

"我想他既然有信给我，终有一些事情，所以我明天预备动身去一次。他的年纪也很老了，族中又没有什么侄子，他这许多的家产，终该有个人托付，假使他看上了我，我的造化就不小了。"

何志明坐在沙发上，右腿搁在左膝上，摇摆了几下，嘴里吸着雪茄，很有希望地说出了这几句话。

何太太、玉华被他这么一提醒，两人心中也欢喜起来。玉华的欢喜，她想舅父肯帮助我，乐文这十万块的经费就不成问题的了。何太太小心地向他叮嘱道：

"你这次到杭州去，什么事情可都要顺从哥哥的意思才好，只要他肯信任你，一切就是你所有的了。"

"这个我当然知道，还用得到你叮嘱吗？"

何志明口里回答着，但他的两眼，还是呆呆地望着从他嘴里喷出来的一圈一圈的烟雾出神。在他这种态度上看来，就可以知道，他脑筋里是煞费苦心地计划着，他这次到杭州后，该怎样以灵巧的手段应付史鸣德。

就在这时候，阿梅进房来说，晚饭已开出，请老爷、太太、小姐用饭去了。

次日早晨，何太太给志明整理一只皮箱，给他动身到杭州去。

匆匆过了五天，这日志明从杭州有电报到来，说九月十五日他和史鸣德动身到沪，叫玉华到车站相接。何太太、玉华得到这个消息，心里欢喜得什么似的，一面预先定好酒席，给他洗尘。

到了九月十五日那天下午二时，何太太和玉华坐了三轮车，亲自到火车站迎接。不多一会儿，两点班火车到了，何太太、玉华站在月台外，见头等车厢里跳下两个男子，一个身穿蓝袍黑褂，一个身穿西服大衣，正是爸爸和舅父两个人。玉华扬着帕，笑盈盈地向他们叫了一声。志明听见，把史鸣德手一拉，说道：

"德哥，你瞧，玉华母女俩在这边等我们呢！"

史鸣德抬头望去，自己妹妹是认识的，不过旁边那个挺美丽的姑娘真有些不相识了。但猜想过去，大概是玉华无疑，想不到五年没见，玉华竟长得这样的漂亮。因为自己活了五十朝外的年纪，还是没有一个子女，如今有这么一个美丽的外甥女来亲亲热热地叫自己一声舅舅，他心里这一欢喜，简直无法形容，咧开嘴，不免笑出声音来了。

第三回

游湖惊艳神魂颠倒

秋阳淡淡地从玻璃的片子上照射到清辉壁脚旁放着那个花架子上的这盆秋海棠的花顶尖端里,那花朵的颜色,是更显得鲜美娇艳一点儿,好像二八女郎浴后新妆一样的美丽,亭亭玉立,婀娜中包含了温文的姿态。墙壁上映上了花叶子和花朵的黑影,像图案画片似的,瞧在沙发上正静坐着的史鸣德的眼里,在寂寞孤零之余,似乎也感到了一些情趣。他嘴里微微地喷去了一口雪茄烟的烟雾,脸上含了一丝自己也说不出所以然的笑意,他的神情是完全浸在一种不可思议的环境里。不过这种画片的时间是很短促的,在不到半个钟点之后,那壁上的黑影随着淡黄的秋阳慢慢地消失了。史鸣德觉得房中是笼罩了一层暗淡的阴影,不知怎么的,他全身会抖了一抖,顿时感到一阵无限凄凉的意味,他手中的雪茄已跌落到地下去了,情不自禁地会微微地叹了一口气。他俯了身子,去拾起雪茄的时候,阿陈从下面急急地上来,说道:

"老爷,姑老爷已从上海到来了。"

"哦!真的吗?快请他上楼来吧!"

史鸣德一听妹夫真的到来了,因为有五年不见自己的亲戚了,今日听见志明到来,真仿佛罪犯听到亲戚来探监一样的快乐,他情不自禁从沙发上跳起来。就在这个时候,何志明提了一只挈匣,已走进了室中,他放下挈匣,脱下头上的呢帽,阿陈都已接了过去。史鸣德也已笑呵呵地走到他的面前,伸手和他握了一阵,说道:

"志明弟，我的信你已接到了吗？想不到我们有五年不见了，妹妹和你的身子都好吗？"

他说完了这几句话，伸过手去似乎还要给志明脱大衣的意思。何志明想不到他会和自己这样的亲热，心里又惊异又喜悦，遂倒退一步，自己把大衣脱了，给阿陈拿去，笑着说道：

"我们托你的洪福，倒很顽强。鸣德哥，我和你虽然五年不见，但是你的人还是和五年前一样，一些没有显得苍老的神气。"

何志明这两句话不免带有些恭维的成分，但史鸣德却信以为真，伸手摸了自己一下脸颊，笑道：

"真的吗？也许不见得，这两年来，我觉得精神都衰弱了，看我的两鬓，不是显着花白的颜色了吗？"

"没有，没有，我觉得你的精神很饱满，照我看起来也不过四十五六岁的光景，倒是我这几年来，真的苍老得多了。"

何志明为了博得他的欢心起见，还是一味地奉承他。

史鸣德听了他这几句话，再呵呵地笑过了一阵之后，他又轻轻地叹了一口气，暗自想道：假使我真的还只有四十几岁的话，这对于续弦问题倒又可以解决了，现在究竟是五十多岁的年纪了，离进坟墓的日子恐怕是愈弄愈近的了，哪里还谈得到这一个问题呢？于是把手一摆，说道：

"请坐请坐。志明弟，你为什么去留些小胡须？看起来就老相得多了。"

何志明坐下，史鸣德递上一支烟卷，两人吸着烟，阿陈倒上两杯龙井茶，走到楼下去吩咐厨房里做点心。志明摸了一下人中上的短须，笑道：

"我的玉华已经十八岁了，所以我留胡须，也可说是应该的事情。"

"真的，玉华有十八岁了，她现在一定长得很漂亮了吧？"

史鸣德含了笑容，很喜悦的样子说。

"这几年来，我一个人住在这怪冷清的杭州城外，几乎把我关得闷死了。"

何志明不免笑出声音来了，他为了遮掩自己的笑不是带有些神秘的作用，于是很快地端了茶杯喝了一口，说道：

"鸣德哥，这五年来的日子，不是我讨你的好说话，确实我们都非常地记挂你，去年玉华母女俩都想来望望你，又怕你老哥的古怪脾气不肯改，见了我们会感觉到讨厌，所以我们都不敢来。这次接到您的信，我们心里真觉得快乐。"

史鸣德很轻微地叹了一口气，摇了摇头，带了懊悔的口吻，说道：

"这原是我的不应该，可是奇怪得很，我现在的脾气就改变了许多，好在我们是至亲，你终也应该原谅我的苦衷。五年前，内人死了不久，孩子又惨遭横死，唉！把我的一颗心都痛得粉碎了。你想，叫我如何不要变成疯子一样了呢？"

"这当然是怪不了你的，我们不但可以原谅你，而且还非常地同情你，玉华老提起你说，舅爸是最可怜的了。"

何志明见他提起了往事，大有凄然泪下的神气，于是用了感情充分的话，更去激动他那颗脆弱而苍老的心。

果然，史鸣德的眼角旁涌现了一颗晶莹的泪水，不过他满显皱纹的脸上，还含了一丝欣慰的笑容，说道：

"是的，玉华很知道我的心，确实，舅爸是最可怜的了，但是这次她为什么不跟了你一同来望望我？"

史鸣德说着话，把手颤抖地抬上去擦他眼角旁的泪水。

何志明忙道：

"玉华本来要跟我一同来的，因为这几天她学校里正在考试，所以分不开身，她曾经对我说，无论如何请舅爸到上海去玩几天的。"

史鸣德微微地露出一丝笑意来，点了点头，说道：

"倒也亏她这样地想念我，其实我这次叫你到这儿来，原预备到上海去活动活动，和你商量一些事情。"

"鸣德哥，你有什么事情和我商量呢？只要我有能力可以尽责的话，我终可以竭力替你效劳的。"

何志明听他的说话慢慢地接近起来，心里当然十二分的欢喜，他用了很忠心而诚实的口吻，向他低低地回答。在他的心坎里，自然是充满了理想的希望。

史鸣德咳嗽了一声，这次他说话的神情表示很有劲的样子，说道：

"我想一个人生长在世界上，终要有些事业做做，那么才有意思。假使一辈子住在乡间荒僻之地与草木共腐，这实在是太没有价值的了。"

说到这里，又连连咳嗽了两声。何志明是只管点头，连说对对。史鸣德这才得意地接下去说道：

"我有了这许多的家产，死沉沉地存在银行里，又不拿出来买些东西用，又不拿出来买些食物吃，那么老实地说，我和没有钱的人又有什么两样。况且我的年纪这么老了，既没有一个儿子，又没有一个侄子，我死之后，就是给我带到阴间里去，也是没有什么用的。为此我左思右想，是非趁着活着的时候创办一些事情不可。"

"鸣德哥，你说的话再对也没有了。"

何志明不等他说完，就先奉承了他一句，在他心中不免细细地暗想：他要创办事业，当然需要一个帮手给他做的，大概他是看上我的了。虽然他并没有把遗产传给我的意思，不过我在他创办事业中能够得到一些实权的地位，那么他死了之后，也还不是一切都属于我自己所有的了吗？他在这样感觉之下，遂把手摸着人中上的一撮小胡须，笑问道：

"那么你老哥预备创办一些什么事业呢？我想要创办事业，范围一定要大，比方说，开设一家股票公司，在上海对于这一项事业最发达，每年至少可以盈余几百万，比方说……"

"不对，不对，……你说的完全不对。"

史鸣德不等他再说下去，连忙阻止他再说，他摇了摇头，连说了两个不对。这么一来，把个何志明不免弄得两颊绯红，向他怔怔地愕住了一会子。在他的心中，当然有些不了解他究竟是存的什么意思。

史鸣德慢条斯理地端起茶杯，喝了一口，方才低低地说道：

"我的所谓创办事业，完全是不在乎赚钱这两个字的。"

何志明幸亏也是个聪敏人，他在听到了这一句话之后，在他心中就有了一个恍然大悟，于是立刻哦了一声，转变了他的话锋，先抢着说道：

"我明白老哥的意思了，老哥是预备拿钱出来创办一些慈善事业对吗？我本来对你就有这一个意思，在社会上做事，终要有益于社会国家才对。比方说，开办一个义务学校，使失学的儿童都可以得到教育，将来成个良好的国民。比方说，创立一个慈善医院，使一班没钱就医的贫民，可以得到免去痛苦的幸福。比方说……"

史鸣德见他还是滔滔不绝地比方下去，这就笑了一笑，说道：

"你说的这些话才合着我的意思了。我想钱太多了，是一些也没有用的，有了钱不算稀奇，要有名这才有意思，尤其能够帮助国家社会可以得到光明的前途，我想这绝不是金钱所能买得到的。现在我请你到来的意思，就是和你商量先预备创办一个慈善贫民医院，大概预备五千万资本，不过有了资本创办事业也不是一件容易的事情，最要紧的还是在办事人方面能不能负起责任来？我对于老弟办事的精神是素来敬佩的，只不过我心里还有些担心……"

史鸣德说到这里，放下手中的茶杯，向他笑了一笑，却没有再说下去。

何志明窥测他这笑的神情，至少是包含了一些神秘的意思，这就不免有些局促的样子，皱了眉毛，低低地问道：

"老哥，你有些担心什么呢？"

史鸣德笑了一笑，还是没有明白地说出来，他觉得有些碍口。何志明奇怪道：

"到底为了什么？你只管说吧！"

史鸣德这才笑道：

"我就担心你老毛病要发作的。"

就凭了他这一句话，何志明的两颊就会像喝过了酒一样地通红起来。他为了避免自己难为情起见，所以他只管吸着烟卷，故作不明白的样子，问道：

"你说的是我什么老毛病？哦！"

说到这里，又觉得装糊涂也是不妥当的，因为给他明白地说了出来，那当然是更觉得难为情一些，所以他又哦了一声，笑道：

"老哥，你这个请尽管放心，现在我是老了，比不得年轻的时候，瞧我玉华这个孩子也有这么大了，我做爸爸的难道还可以再糊涂起来吗？为此我才留了一小撮的胡须，表示告诉自己，我的年纪已老，应该要努力一下事业才好。老哥若不相信的话，你到上海的时候，可以问你的妹妹，就可以知道我这几年来是多么一本正经为事业而努力的了。"

史鸣德被他这样的一解释，也就忍不住笑出声音来了。

"既然你把老毛病已经改过了，那当然是再好也没有了。现在我想请你给我做一个帮手，大家来创办这一个救世的医院。我们应该计划一下，院址是自造，还是向人家现成去购买下来？还有医生问题，你有没有朋友可以介绍几个？"

史鸣德在笑过了一会儿之后，方才很正经地向他讨论着这几个问题。何志明沉吟了一会儿，说道：

"医生问题倒没有什么困难，我有一个朋友名叫刘志仁，他是德国留学博士，平日为人非常仁爱热心，只要他肯答应担任医务主任，那么他手下有许多学生子，就都可以带过来了。只是院址问题，我们倒需要考虑一下的。自造固然花费太大，而且时间也太拖长，我的意思，还是购买现成的。"

"现成购买固然很好，不过哪有这样凑巧的事情呢？难道别人家正有院址愿意出让吗？"

史鸣德皱了两条稀疏的眉毛，很担忧地回答。

何志明笑道：

"并不一定要医院的房子，假使有什么小洋房愿意出让的话，我们购买下来可以另行装修过的，你想，那不也是一样的吗？"

"不错，不错，那么我们准定购买现成的房屋好了。"

史鸣德这才转忧为喜地说。他觉得自己在这荒僻的地方住上了五年，外面的情形固然一些不知道，就是一切思想也更陈旧得不堪设想了。于是他觉得自己要创办事业，实在是少不了像何志明那样一个精明能干的帮手的。何志明道：

"那么老哥预备几时动身到上海去？我该先写封信去告诉内人和玉华，叫她们可以收拾收拾老兄住的卧房，并且到了那天，叫她们可以前来车站迎接。"

"我想老弟既然到了杭州，就玩几天再动身到上海去，你们久住在都市里的人，偶然置身在青山绿水之中，当然是很感到兴趣的。可惜现在不是春的季节，否则西湖的景致少不得更美丽一些。不过秋天有秋天的风景，红蓼白苹，老圃黄花，虽然稍为感到一些凄凉的意味，却也有她妩媚的风韵。"

史鸣德就喜欢这样自说自话的，表示他的谈吐之中至少是包含了一些诗意的成分。何志明当然不敢拂他的盛意，遂答应在杭州游玩了两天，大家再动身到上海去。就在这个时候，阿陈端了一盘点心走上楼来给他们吃了。

到了第二天早上，史鸣德伴着何志明去游玩西湖，只见湖水澄清，其圆如镜，南北二高峰矗立云端，倒映水中，第觉湖光山色，美不胜收。远望六桥三竺，游艇往来不绝。志明笑道：

"秋天的季节，游人依然如云，其热闹情景却不减于春天，可见西湖景色之美是够令人留恋的了。"

史鸣德笑道：

"可不是？不过在我眼中看来，也并不觉得怎样使人留恋，这当然因为我日久生厌的缘故。老弟既然有兴趣，我们不妨雇一小艇也去荡一会儿湖。"

何志明点头说好，这时候齐巧有一个船娘划了小艇驶近过来，向他们问道：

"老先生，要船吗？"

史鸣德点了点头，遂和志明跳下小艇，吩咐她说道：

"你先给我划到平湖秋月去吧！"

船娘答应，待他们坐定，遂划了木浆，向湖心里驶了过去。何志明坐在船头，望着那条长长的苏堤，虽然不是三月里艳阳的天气，但柳絮迎着微风飞舞，像波浪推动样的还是绿得非常可爱，四周松柏对峙，隔着一株半株的丹枫，沿湖芦苇密密，散出一片白花，点缀在绿油油的浮萍上面，逐波漂流，第觉红的血红，白的雪白，绿的碧绿。秋色固然也能使人陶醉，犹若徐娘半老，而风韵犹存，其浓烈之热情，固未必输于青春时期之妙龄女郎也。

何志明回眸四顾，正在欣赏着湖光山色，忽然听到一阵女子咪咪的笑声，响入了耳线。他连忙抬头望去，只见有一艘小艇，很快地从后面飞驶上来，里面坐着两个年轻的女郎，一个年约二十许，身穿墨绿绸旗袍，外罩浅蓝色兔子毛短大衣，一个年约十八九，身穿条子花呢旗袍，外罩绯红色兔子毛短大衣。看她们的容貌，好像是一对姐妹，生得柳眉杏眼，樱桃小口，真是艳丽动人。她们的小船已经抢前驶了过去，还回过头来，向志明、鸣德两人秋波一转，并且又是一阵细细的笑声。何志明觉得被她们临去那秋波一转，不免有些神往左右，再看鸣德的神情，他望着远去了她们的艇子，几乎有些木然了的样子，这就不免暗暗好笑，遂伸手拍了他一下肩胛，问道：

"老哥，你认识她们这两个女子吗？"

史鸣德因为是心虚的缘故，他苍老的两颊上也会浮现了一丝红晕，但他还竭力镇静了态度，摇了摇头，向他说道：

"我怎么会认识她们？你莫非老毛病又发作了吗？"

"哪里哪里！"

何志明被他这么一问，脸不期然地也红了起来，连忙说道：

"老兄，你不要误会我的意思，那是因为看你向她们呆望着出神，所以才这么向你问一声，以为你是认识她们的呢。"

"老弟，你这话简直是太岂有此理了，我几时曾经向她们呆望过？我望着天际的浮云，正在计划着我这次创办医院的事情呢！你怎么和我也开起玩笑来了？"

鸣德也有些急了，他好像有些生气的样子，一面向他责问，一面向他解释。

何志明笑起来，说道：

"并不是我和你开玩笑，那是我误会你了，请你不要生气。"

说到这里，却故意装出很正经的神气，说道：

"不过话又得说回来，舅兄的年纪也不算大，自从舅嫂没了之后，照理是应该要续娶一房夫人的，这样子你的生活上，自然比较可以得到一些安慰的了。"

史鸣德微微地叹了一口气，摇了摇头，说道：

"老弟，请你不要再提起这一件事情了，我心里有些怕听这些话。"

何志明的意思，原想竭力奉承他，以便博得他的欢心，谁知史鸣德却怕听这些话，因为并不晓得他心中是曾经有过许多的考虑；所以望着他自不免愣住了一会子。这时史鸣德低了头，望着湖水中映起的自己的脸容，他有些感伤的意思。虽然他脑海里还印上着刚才那两个娇小的倩影，不过他为了自己满显皱纹的脸，他痛苦地不得不又淡淡地忘怀了。何志明的心中还在猜测着这位舅兄所以怕听这些话的缘故，他忍不住又开口问道：

"舅兄，我倒不明白你心中的意思，为什么怕听这些话呢？"

史鸣德不作答，过了好一会儿后，方才说道：

"你还问呢，瞧瞧我的头发，都已花白了，还谈得到这些吗？老弟，我和你今生是不必再想在女人身上找爱情的，尤其是你。你有美满的家庭，再说我已把事业都托付你了，你这个老毛病是千万不能发作的，假使你一发作老毛病的话，我就不放心再把重任托付你了。"

"不，绝不，绝不会发作的。老兄，这个你请千万地放心，假使我有什么色迷的行为，你就不把事业交托我去办理是了。"

何志明听他这么地说，心中就急了起来，正了脸色，表示很认真的样子回答。史鸣德笑了一笑，他慢慢地又垂下头来。

船到平湖秋月，两人舍船登陆，鸣德付了船资，各处游览了一会儿，又到雷峰夕照，那边还有南屏晚钟。他们顺路地又游玩了高庄、宋庄、刘庄，觉得一山一水都含有诗情画意，尤其在秋的季节，更会使人激发出深厚的情绪。行行重行行，不觉不知地已到了飞来峰了。史鸣德年老无用，颇感乏力，遂对何志明说到茅亭里去休息一会儿，志明点头赞成，遂和他一同入内坐在栏杆的旁边。只见里面挂着字画，正中有横匾一方，言曰"冷泉亭"，旁边尚有对联一副，上面写的是：

泉自几时冷起　峰从何处飞来

志明笑道：

"这副对联问得有趣。"

两人正在说时，忽然听一阵女子哧哧的笑声，随风吹来。同时还听她们说道：

"燕妹，我走得吃不消了，还是给我到亭内去休息一会儿吧！"

35

另有一个女子声音清脆地答道：

"雁姐，你真没有用的，走了这一些路，就喊吃不消，别人家远足旅行起来那可怎么办呢？也好，我们就进内去坐一会儿吧！"

史鸣德和何志明听了这些话，心里奇怪，都回过头来向外望，齐巧和她们走进来的两个女子望了一个正着。这正出乎意料之外的，原来那两个女子不是别人，正是刚才湖心中划船的那两个姑娘。她们似乎也认识鸣德、志明两个人，因此四人自不免愕住了一会子。只见那个穿花呢旗袍的少女，拉了她旁边那个同伴一下手，叫道：

"雁姐，我们到那边坐吧！"

鸣德、志明见她们坐到对过的栏杆旁，脸却向着亭子外面，看下面的风景。志明因为怕鸣德不把事业托付自己去办，所以他是竭力镇静自己的态度，表示毫不在意的样子，他把身子先转了一个侧，故意说道：

"老哥，我们到别处玩去好不好？"

"才坐了不多一会儿，你怎么又要走了？我们再休息一会儿。"

鸣德口里回答，他的两只眼睛却只管注意到对过那两个姑娘的身上去。何志明心里好笑，遂也不说什么，其实他也不舍得离开，很想多看看这一对美丽的姐妹花。

看女人的资格，何志明比史鸣德当然有经验得多。鸣德的视线，只不过在她们的脸部上，但何志明就不是这样，他是从头上一直要看到脚下，觉得这一对姐妹花真是生得美丽到了极顶，脸蛋固然像出水芙蓉，白是白，红是红，好像吹弹可破的样子，那腰肢曲线的美妙，真所谓像杨柳一样。尤其是那一双脚的样子，使人有些魂销的，这固然是全仗物质的装饰，不过本身的脚样当然也是最要紧的，她们穿的是一双咖啡色绝薄的丝袜，配了一双灰色鹿皮的高跟鞋，不瘦不肥，不大不小，真是越看越好看，越看越心爱，恨不得走上前去把她们摸了一摸。

那两个姑娘的脸，她们虽然是望着亭外的风景，不过她们的听觉，也在注意亭内这两个人。因为这许多的时候，却不听他们有什么动静，心里似乎感到有些奇怪，遂都回头来向他们瞟了一眼，谁知只见他们两人好像泥塑木雕的，向着自己发呆。那个叫燕的向身旁叫雁的在耳边低低地不知说了一句什么话，两人便不约而同咪咪地笑了起来。

这是很明显的事情，她们的笑，当然是在志明和鸣德的身上。他们两个不是愚笨的人，心里自然很明白的。大家都是虚心，所以各人心头一阵子热燥，两颊便会发烧似的通红起来。志明为了避免自己的难为情起见，遂故意又搭讪道：

"鸣德哥，我们这次创办医院，不知定什么名称好呢?"

鸣德在万分局促不安之下，也巴不得他有这一句话问，这就说道：

"我的意思，就用我这个鸣德贫民医院字样好不好?"

志明为了要拍他的马屁，遂把手一拍，说道：

"再好也没有了，照老兄这样关心社会慈善事业的人，'鸣德'两字，实可当之无愧。"

志明说完，鸣德自然很得意，但这时只听她们在说道：

"雁姐，我有一个朋友的父亲，他们要开办一个义务学校，取不出好的名字，后来我给他们取了一个老色迷义务学校。原来他们只收女生，不收男生，看见女人，又是色眯眯地好像被吸铁石吸住了一样，你想，我这个名字取得好不好? 不料那个老头子偏爱戴假面具，说取上一个仁德，还说什么鸣德，真正是叫人笑痛肚子哩!"

那个雁姐的拍了她一下肩胛，笑骂了一声你这淘气的孩子，两人都又咪咪地笑起来了。

鸣德听了她这几句话，分明是当着和尚面骂贼秃，一时又气又恨，又怨又愧，脸涨红得仿佛血喷猪头似的，真弄得有些哭笑不得的了。志明因为听她们骂的不是自己，局促的态度比较好一些，但是心里到底有些不自在，正欲去向他说我们走了吧! 谁知她们两个人先站起身子，一面笑，一面匆匆地携手走出亭外去了。

史鸣德待她们走后，方才愤愤地说道：

"世界上的女人，没有一个是好东西的。我们又没有得罪她们，她们竟拿这些狗屁不通的话来讥笑我们，你想气人不气人？"

"老哥，你也不必生气，或许她们说的果有其人，并非是讥笑我们，我们何苦去多心她呢？还是到别处再去游玩吧！"

何志明在说这几句话的时候，他原没有想到这许多，可是他既说出了口之后，猛可想到"果有其人"这四个字，他真急得一头冷汗。幸亏史鸣德心头只管愤恨女人，倒也并不理会这许多，和志明一同又到一线天等各处名胜去游玩了。这天他们游罢回来，在楼外楼吃晚饭，在史鸣德当然是请请他的意思。

晚上，史鸣德睡在床上，望着窗外照射进来月亮光芒的影子，心中想着白天里遇见的那两个美丽的姑娘，他终觉得在脑海里留下了一个印象。虽然她们是这样的可恨，不过她们的美色是足以打动人的心弦。最后，他又想到了儿子的死，不觉身子抖了两抖，他想女人终究是害人的东西，我不能因近年来感到寂寞而害了自己这一条老命，鸣德在这样感觉之下，他静闭着眼睡熟过去了。

这样过了两天，他们也游玩得厌了，遂决计动身到上海去。杭州家里，由阿陈和几个下人看管。他们坐车到火车站，车票是老早派人买好的，所以单等火车一到，他们就跳上头等车厢坐下，因为离开驶行时尚早，他们便取了烟卷来吸。这时月台上小贩喊卖糖果的声音甚闹，志明探首向窗外买了两块咖啡糖，正在付钱的时候，忽然见月台外走入两个少女，手提皮箱，匆匆而来，仔细一看，正是冷泉亭内遇见的那两个，这就咦了一声，不禁喊了起来。鸣德见他好像发现了什么似的，遂也探首窗外，问道：

"你看见了什么？"

志明没有回答，鸣德也早已发现了她们，同时她们抬头也看见两人，她们由不得微微地一笑，却管自跳到二等车厢里去了。鸣德、志明回头进内，互相望了一眼，志明笑道：

"天下竟有这样巧的事情，真也有趣。"

"管她，你的老毛病可不要发作呀！"

鸣德有些讨厌她们的样子，向他认真地叮嘱。

"你放心，我是绝不会的，只怕……"

志明摇了摇头，望了他一眼，有些神秘似的笑。

"只怕什么？你要知道，我生平是最恨女人的一个。"

鸣德向他正色地声明。

志明点了点头，忍不住微微地笑了。不多一会儿，火车开了，车厢里的旅客，有的看报纸，有的吃瓜子，有的静坐，有的打盹，各种各样的表情，都是淋漓尽致。鸣德和志明两人微闭了眼睛，在表面上他们是在静静地养神，然而在事实上，他们的神魂都已钻入到二等车厢里去了。

火车到了上海，是已下午两点钟。志明提了皮箱，和鸣德匆匆跳下车厢，在他们的心里，是都希望和这一对姐妹花有再见一面的机会。所以走出月台之后，抬头东张西望地看个不停，谁知这一对姐妹花没有瞧见，却被志明发现他的妻子和女儿玉华已在车站门口等着了。于是向鸣德拉了拉，低低地告诉。鸣德随着他手指过去的地方瞧望，见妹妹的身旁站着一个亭亭玉立的女郎，和那一对姐妹花相较，真是有过之无不及，想不到自己的外甥女竟长得这么天仙化人似的美丽，心里一喜欢，这就笑得嘴也合不拢来了。

第四回

因祸得福意外奇遇

玉华很天真地走了上来，向鸣德行了一个四十五度的鞠躬礼，转了转乌圆的眸珠，向他水盈盈地一瞟，笑道：

"舅爸，你老人家还认识我吗?"

史鸣德笑呵呵地拉了她的手，觉得她的纤手，真是柔弱无骨，这五年来是从没有握过女人的手，而且是这样美丽姑娘的手，所以他真有些爱不忍释，凭着自己是个五十多岁舅父的身份，和外甥女多握了一会儿手，这也不算什么失了礼节，也许人家会当老人家疼爱小辈的意思。鸣德利用这一点，终算给他享受了些好多年不曾享受过的温软滋味，他那双老花眼，向玉华脸细细地打量了一会儿，方才说道：

"不认识了，真的不认识了，假使在路上遇见的话，我是绝不会把你当作玉华的。哦!有五年不见，无怪小姑娘要变得不认识了。"

"舅爸，你这人!"

玉华听他末了一句的话至少是带些取笑的成分，她感到有些难为情，微红了两颊，挣脱了手，秋波逗给他一个娇嗔之后，忍不住又抿嘴笑了起来。

史鸣德也觉得有些不好意思，遂慌忙借故别转头去，吐了一口痰，向何太太说道：

"妹妹，这五年来我真想念你们，你们都好?"

何太太听了，心里不免暗暗好笑，遂奉承他说道：

"哥哥，你也不要说起的了，我们哪个不想念你呢？就是志明时常提起你，本来早想来望你，又怕你古怪脾气没有改，所以不敢冒昧前来。不过今日见面之下，我才晓得哥哥的人好像是换一个了。"

"真的吗？唉！我也觉得自己脾气改了许多，我心里想，一个人到底不能脱离人群的。玉华，你真的每天都想念我两三遍吗？"

史鸣德说到这里，回过头去，又向玉华笑嘻嘻地问，在他心中是表示那一份的得意。

"当然真的，舅爸，你在杭州难道连一个喷嚏都没有打过吗？"

玉华这一句回答的话，是天真中包含了顽皮的成分，鸣德笑道：

"喷嚏倒时常打的，我以为是伤风呢！"

志明和何太太忍不住也笑了起来。这时月台外旅人非常拥挤，志明遂叫大家坐上三轮车，先回到家里去。

玉华这次对于舅爸的到来，她心中是感到万分的兴奋，她兴奋的原因，是乐文这十万元钱的经费大概是可以没有问题的了，不过要舅爸答应帮助这十万元钱购买音乐器具的经费，终要先和舅爸表示亲热一些，所以当她们回家的时候，她却跳上鸣德同一辆的三轮车，和鸣德坐在一起。鸣德自从在西湖里遇见了那一对姐妹花之后，虽然对于她们的说话是很生气，不过对于她们的美色，在他心中却是留恋着不肯忘记，现在身旁坐了这么一个美丽的姑娘，他几乎有些想入非非起来了。

"舅爸，爸爸来信中说你老人家到上海来要创办一些慈善事业，你预备创办什么事业呢？"

三轮车在马路上驶行的时候，玉华绕着媚意的俏眼，向他温柔地问。

史鸣德回过头去的当儿，有阵微风扑面，吹进鼻管里的是阵芬芳的幽香，那是很显明的，这香气是玉华身上散发出来的，鸣德心里有些昏陶陶的，他望着玉华粉脸却是木然的样子。玉华见他没有回答，遂把手摇撼了他一下肩胛，又问道：

"舅爸，你干吗不回答我？你在想什么心事吗？"

"不，不，我到上海来原想创办一些慈善事业的。"

史鸣德被她问得有些窘住了，他很急促地说了两个不字，然后低低地告诉。心中不免有些羞愧，觉得自己是个舅爸的身份，似乎不应该对她有这一种的态度，这未免有些禽兽的行为了。

玉华听他这么回答，却忍不住扑哧的一声笑起来，说道：

"舅爸，你这话还是不回答的好，慈善事业，爸爸信中也说起过，但是哪一项的慈善事业呢？"

史鸣德的两颊也会浮现了一层猪肝色似的红晕，笑了一笑，竭力镇静了态度，说道：

"这几年来我的人又老了许多，记忆力也不大好，说过就会忘记，而且耳朵也有些不便当，人老了，样样事情都没有趣味。我想自己没有一男半女，空有了这许多的家产，死后也不好带到棺材里去，所以我想到上海来创办一个医院，给贫穷人家的病者造一些幸福，你想我这个意思好不好？"

"舅爸这个意思真是好极了，我非常地赞成，因为我是读医科的，将来我在医院里可以有个实习的机会，那真叫我欢喜煞人了。"

玉华听他这样说，很快乐地回答。一面又安慰他说道：

"舅爸，你不要这样的消极，五十几岁的人，正是创造事业的时代，外祖父他七十五岁才归天的，舅爸至少有八十岁可以活，这样还有三十年可以做事业哩！"

"我也不想活到七八十岁，只要能够上六十岁也够知足的了。"

史鸣德含了一丝微笑回答，他的神情终掩不住包含了一些凄凉的意味。

大家到了家里，阿梅把舅老爷衣箱搬到东书房里去，这里仆妇泡上香茗，志明递上烟卷，招待得非常周到。何太太道：

"哥哥，你的卧房已收拾好了，你去看看，有什么不舒齐的地方，你只管告诉我，我可以叫他们添置。"

"妹妹给我布置的，大概也不会有什么错的了。"

随了鸣德这两句话，大家又到东书房内去坐了一会儿，鸣德说很好，他表示十分满意。这时已经五点光景，阿梅已烧了一锅子虾仁面出来，叫大家到外面用点心。正在这个当儿，秦乐文匆匆地到来，玉华很欢喜地叫道：

"乐文，你来得正好，我给你介绍，这位是我的舅爸，他刚从杭州到上海来。舅爸，这位是我的好朋友秦乐文先生。"

乐文听了，很恭敬地向他鞠了一躬，叫声"老伯，请你的安好"。史鸣德见他眉清目秀，一表人才，真是一个风流翩翩的美少年，暗想：这大概是玉华的情人了。他们站在一起，真可说珠联璧合，一对玉人。心中十分欢喜，遂叫他坐下一同吃点心。玉华见舅爸对乐文很亲热，她快乐得什么似的，秋波向他脉脉地瞟，是叫他奉承舅爸的意思。乐文原是个聪敏的人，听志明对他谈着创办医院的事情，知道他定是个有家产的人，所以很小心地拿话去拍他马屁。鸣德当然很高兴，遂和他絮絮地谈个不停，问道：

"秦先生府上还有什么人吗？"

"舍间只有一个家母，别的也没有什么。老伯，你叫我名字好了，不要太客气，倒显得生疏了。"

志明在旁边也插嘴说道：

"乐文和我玉华是很要好的朋友，你不用和他客气的，只管叫他名字好了。"

鸣德听志明也这么说，可见他们将来终是一对的了，遂笑道：

"那么我就不客气了，叫你一声名字，乐文，你和玉华大概是同学吧？"

"不错，初中里曾经同过三年的学，一直到现在，认识的时间差不多也有六个年头了。"

乐文微笑着说。

鸣德点了点头，说道：

"有这许多年头了，这就无怪你们像自己兄妹一样的了，那么你现在什么学校里读书呢？"

玉华秋波乜斜了他一眼，忍不住得意地微笑。乐文有些难为情，红晕了脸，说道：

"我自从音乐专科毕业之后，却闲在家里，现在正想和同学们组织一个音乐队，将来有请老伯帮忙的地方，还得多多指教才行。"

鸣德一听他是音乐专科毕业的，这不免是触动了他的旧创，因此把满脸含着的笑容收了起来，微蹙了眉尖，嗯了一声，态度顿时冷淡起来。乐文见他这个情景，心里还是莫名其妙，暗想：这是为了什么缘故？难道我这两句话中有什么得罪他的地方吗？玉华在旁边也好生奇怪，只好笑道：

"那当然，舅爸为人是十分的热心，他一定会帮助你，况且你又是我的好朋友，帮你的忙，也就是帮我的忙一样。"

鸣德微微地一笑，却并没有表示什么意思。吃毕点心，阿梅递上手巾，给众人擦嘴揩手，重新泡上好茶，大家散坐。乐文因为鸣德对自己从此没有什么好感的样子，因为自己也是个志高气傲的脾气，这就很不受用，遂起身告别要走。玉华忙道：

"已经是吃晚饭的时候了，你怎么要走了？今天舅爸到上海，备了一席酒筵，你没有事，就做个陪客，吃了晚饭走吧！"

乐文道：

"今天我们约在卡乐咖啡室开第二次筹备大会，时间六点到八点，吃饭恐怕来不及了，很对不起，我只好下次奉陪。"

志明道：

"既然你有正经事情，我也不强留你了。"

乐文于是向众人作别，走出院子外来。玉华悄悄地跟在后面，把他叫住了。乐文回头道：

"玉华，你叫我有什么话吗？"

玉华道：

"没有什么，我送你一程。"

说着话，赶上两步，拉了乐文的手，踱出了大门。

天空已经是薄暮了，街上已呈现了灰暗的颜色，秋风吹动着街树的枝叶，奏出凄然动人心弦的音调，使乐文善感的心头，不免感到一阵无限的悲哀，情不自禁微微地叹了一口气。玉华知道乐文叹气的原因，她很同情地也叹了一声，低低地说道：

"乐文，你心里很不快乐吧？"

"没有什么不快乐，我就觉得我们是太不如意一些了。"

乐文这回答的话显然是包含了一些矛盾，他继续地又叹了一口气。玉华用了温和的口吻，说道：

"乐文，不要难过，我舅爸的脾气本来就很怪僻的，也许他自己想到什么不如意的事情了。"

"你舅爸叫什么名字？不过他也不该立刻就这样地冷待我，叫我真有些难堪。而且我也没有什么地方得罪过他，好好地马上变化，那真叫人有些莫名其妙了。"

乐文很受一些委屈的样子回答，他有些生气。

"他名叫史鸣德，说起来我也感到奇怪极了，好好忽然地变了态度，这人的脾气就是这一点子古怪。乐文，你瞧在我的面上，就别生他的气了。"

玉华握了他的手，含了央求的口吻，逗给他一个娇艳的媚笑。乐文苦笑着道：

"我倒并不是生他的气，我想这到底是为了什么缘故呢？说起来终是我的运道不好，所以会碰到他这样莫名其妙的人。玉华，你舅爸到上海预备创办医院吗？那么他是很多着几张钞票的了，是不是？"

"就是为了他多几张钞票，我才叫你奉承奉承他，说得投机，就可以叫他帮助你们，谁知他忽然又会改变态度了，我想这终有一个缘故的。回头我倒要探听探听他的口气，假使他肯帮忙的话，不要说十万元钱，就是二十万元也不成什么问题的了。"

玉华点了点头，很坦白地向他告诉了这几句话，无非是利用他的意思。乐文道：

"他若不肯帮助，也不必苦苦哀求，看等一会儿开会的结果，也许大家有办法可以凑足十万元钱的话，最好是不去求靠别人。"

"你说的也不错……"

玉华知道他的脾气，遂点了点头，附和着他说了一句，接着又道：

"只要他们可以想八万元钱的办法就是，反正你名下两万元钱是已经有的了。"

乐文听她这样说，心里当然是万分地感激，遂把她手紧握了一阵，说道：

"玉华，你不要送了，越走越远，天快黑了，还是回去吧！"

玉华点了点头，这才和他握手作别，管自回家。

乐文三脚两步地赶到卡乐咖啡馆，这是一条很冷静马路旁开设的一家很小型的咖啡馆，在街树枝叶缝中可以见到用红砖头砌成的一角墙头，这就是咖啡馆的地址了。乐文还未走到门口，就见一个黑黢黢的胖子走上来，叫道：

"老秦啊，你的架子可真不小哪！我们全都到齐了，你为什么到这时候才来呢？叫人家等待得多心焦的。"

乐文不用瞧他的人，一听他的口音，就知道他是李广大，遂赶上一步道：

"真对不起，我因为有些事情，所以耽搁了许多时间，他们都到齐了？"

"早已到齐了，就单等着你这个人哪！"

李广大还没有回答，咖啡馆门口探出一个头来，却先传送到这两句话。乐文抬头去望，见是唐小七，遂加快两步，和李广大走进里面去了。

卡乐咖啡馆的名字相当美丽幽雅，但内部的装置是非常的简陋，更因为这几天落雨的缘故，兼之生意清淡，所以景象更为凄惨。这里当然没有什么大乐队伴奏，更没有什么美丽的茶花招待，有的是老板带伙计的王阿三，和小开带学生意的王小狗两个人。乐文见里面除了那边一桌上围坐几个自己同学之外，简直张张台子是空的，不知怎么的见了这个情景，使他心头也会感到一阵莫名的悲哀，觉得这家咖啡馆的命运就像和眼前的自己一样，委顿、潦倒，简直是像快将死的病人差不多的了。

"老秦啊！为什么直到这时候才到来？"

"老秦啊！一定和女朋友在看电影。"

几个同学见了乐文，便都嘻嘻哈哈地嚷了起来。乐文心里暗想：穷得这个样子，还这么的高兴呢！遂和李广大、唐小七在桌旁坐下，望着他们苦笑了一下，说道：

"不要穷开心，这个年头还谈得上和女朋友瞧电影，吃得了这个豆腐，你们心肠也真硬的了。"

"你这话也太瞧轻自己了，穷人难道连谈恋爱的自由都没有了吗？"

李广大有些不服气的样子回答，他是在穷争气。

"不是说穷人没有自由谈爱情，却是说穷人够不到资格谈爱情。"

乐文辩白了两句，忙又改变话锋说道：

"算了，算了，我们今天到来不是讨论这个问题，这些废话少说吧！"

"还不是你自个儿在讨论吗？"

随了唐小七这一句话，大家都忍不住又哄然起来。不料这时候王小狗又走了上来，他用了鄙视的目光，向他们斜掠了一瞥，问道：

"这位吃的是什么点心啊？"

"点心"两字有些刺耳，乐文简直有些回答不出什么话来，唐小七这就代为答道：

"先拿一杯红茶来。"

王小狗这就一面向里走，一面高声喊道：

"哦！再来一杯红茶啊！"

这声音在空洞洞的室内回应得更响了一些，乐文等众人互相望了一眼，大家脸颊上都浮现了一层焦躁的红晕。李广大骂了一声他妈的，说道：

"穷爷是来开会讨论事情的，不是请客吃饭的，喝红茶怎么不可以的吗？真是岂有此理！"

"好了，好了，让他去说吧！多什么是非哪！"

忍耐功夫到底是乐文好，他皱了眉尖，向他瞅了一眼低低地埋怨。

唐小七道：

"这也难怪人家的，他们的生意已经这样清淡，再碰到了我们这一班穷朋友，真也算是他们的倒霉。刚才你不来，我们真急得坐立不安，几乎汗都冒了出来。"

"这是为什么缘故？"

乐文对于他末了这两句话，心中有些不了解，望了他低声问。

"说出来有些难为情。"

唐小七支吾了一会儿说：

"因为我们七个人的袋内凑拼起来，连七杯红茶的钱也付不够呢！假使你今天要失约不来的话，我这件上装又只好到娘舅家里……"

"好吧，我们开会吧！"

李广大见王小狗拿了一杯红茶过来了，生怕唐小七的话被他听了去，所以急忙打岔着说。同时在桌子底下，把脚向唐小七腿上乱踢，唐小七不知原因，哎哟了一声叫起来，说道：

"你……踢……踢什么？我腿上还有一个疮呢！"

乐文见了这一对宝货的神情，忍不住也笑出声音来了。这时唐小七也见到王小狗把红茶拿来，放在桌子上，这才明白他踢自己的原因。自己想想，也觉好笑起来。乐文待王小狗走后，遂发表谈话说道：

"现在我们要谈正经事情了，那天我们预定购买音乐器具的经费是一共十万元钱，由我们八个人负责筹款，现在请各位把筹款的经过报告出来吧，看一共已经有了多少款子。"

众人不听乐文谈起这一件事情，脸上还含了一丝微微的笑容。如今一谈到筹款的事情，他们紧紧地锁了眉尖，脸上现出了一副尴尬的面孔。大家你望我，我望你，看这情形，大概好像都有这一层意思：我的希望是很少，不知你可有成功了没有？

在各人的心中既然都是这样的意思，所以谁也没有站起来报告。乐文看了这一种情形，觉得今日开会的结果，又是悲观的成分比较多一些，他心中盖上了一层暗淡的阴影，微微地叹了一口气。虽然室中的窗户是全关着，他全身的肌肤，也会像吹了寒意秋风一样地感到说不出的凄凉。

"不管筹备的经过是成功是失败，你们终应该报告一下。不报告，那么今天这个会还开它做什么呢？"

乐文最后向他们说出了这两句话。李广大抓了抓他的光头，向唐小七挤挤眼睛，是叫他先站起来报告的意思。唐小七摇了摇头，把他大腿拍了两下，努努嘴，也无非是叫他先报告。李广大没有办法，只好硬着头皮，站起身子来，眨了眨眼睛，咽了一口唾沫。因为这是别人家的小吃部，不是什么礼堂，若站起身子报告，到底又不大雅观。乐文想到了这一层，于是向他招了招手，说道：

"你坐下来报告好了，说话的声音不要太大。"

李广大也觉得站起来报告是更会说不出话来的，于是又坐下身子，他在不说话之前，脸先盖上了一层红晕，然后轻声地说道：

"诸位同学，今日叫我先来报告筹款的经过，我真是感到十二万分的惭愧，因为我不但没有什么好成绩可以报告，而且……简……

直是一些也……"

李广大本来就犯着一些口吃病，当他说到这里的时候，他的口吃病也就更犯得厉害起来，涨红了两颊，"也……也……"也不下去了。

乐文又好气又好笑，遂向他阻止说道：

"好了，你也不要再说下去了，我已经晓得你是没有什么办法去筹款对不对？"

"不……不错……我费尽了九牛二虎之力，却是一些也没有用。他们都是自顾不暇，哪里来能力帮助我呢？"

李广大脸上浮现了暗淡的愁容，虽然他是一个大胖子，可是在淡蓝的日光灯笼映之下，也显得很惨然的了。

"那么小唐怎么样呢？好歹你也报告出来听听。"

秦乐文用了颓废无力的口吻，至少是包含了一些凄婉的成分。

唐小七摸了摸他下巴上挺硬的胡须，显现出一副哭里带笑的面容，低低地说道：

"自从那天分手之后，我回到家里，妈正等着我吃晚饭，她问我事情办得怎么样了，我把大家分头筹款的办法去告诉妈。妈叹了一口气说：'到什么地方去筹款好呢？早知道毕业之后也是换不到一碗苦饭吃，真悔不该花了许多金钱，给你读这音乐专科，倒不如从小就给你荐到什么店家去学生意好了。'妈说到这里，大有凄然泪下的样子。正在这个时候，我的娘舅来了，我心里倒是一欢喜，谁知我还没有开口问他借钱，他老人家却先向我妈借钱，说外祖母病得很厉害，他自己最近又赌输了不少的钱。天哪！我在这个情形之下，真叫我弄得有些啼笑皆非了。第二天我跑了许多朋友的家，可怜我的朋友都是那么的穷，他们有的比我还苦着十分，有一个姓王的朋友，他今年三十二岁了吧！有一个娘、一个妻子、两个儿子、三个女儿，他自己是个画家，偏他最近生了病。我到他家的时候，他正巧病将咽气了，床边老娘叫、妻子哭、儿女喊，悲惨之情景，令人酸鼻。他见到了我，似乎很欢喜的样子，用足了他的精神，挣扎出这几句话来说道：'小唐，你真是我的好朋友，我穷得这个样子，你还有义气来瞧望我，我现在是快要离开世界的人了，请你可怜我，可怜这一班无儿无夫无父的孤苦无依的人，我死之后，希望你多多地照顾，我虽在九泉之下，亦是感恩不浅啊！'"

唐小七一口气说到这里，他眼皮一红，不免已经落下泪来。

众人听了他的报告，也不禁为之凄然。乐文叹道：

"唉！干艺术的人为什么都是这样穷苦？老天真也太残忍了。小唐，那么你可曾帮助他们一些没有？"

"叫我拿什么去帮助他们好呢？当时我没有办法，只好把一支心爱的钢笔去押了三百元钱，悉数送给了他们，亡友魂而有知，大概也不会怨我不够交情了吧！"

唐小七说完了这几句话，又拭了拭眼泪，表示无限哀痛的样子。

大家说不出什么话，静默了一会子。乐文向众人望了一眼，问道：

"还有诸位呢？难道也是一些款子没法筹备吗？"

众人摇了摇头，都没有说什么话。乐文的全身仿佛是浇上了一盆冷水，满肚的热望顿时冰冷了起来。室中本来是够冷清了，现在他们都静寂得木然呆坐，因此好像变成了一方荒冢一样，在各人的心头都有无限悲凉的感觉。

"那么我们难道就没有路可以走了吗？"

最后，李广大抓着头皮，茫然地问出了这一句话。

"不！决不！"

秦乐文很坚定地回答说着：

"你们大家不要灰心，也不要气馁，西哲有言，失败乃成功之母。愈失败应该愈努力，只要我们有坚毅的精神，我相信终会有成功的一天。像我们的国父，他是经过了多少次的失败，最后终于给他创造成功了伟大的事业，何况我们这一些些的小事，当然是说不上多大的困难了。"

李广大听了他这几句提神的话，把他刺激得兴奋起来了。他把拳头在桌子上重重地击了一下，大叫道：

"老秦这话对极，我们只要埋头苦干，一切困难的事情，还有什么可怕的呢！同学们，我们应该起来，起来！"

王小狗因为今夜生意这样清淡，心中已经是十分地懊恼。现在见他们这一班穷小子都只有喝了一杯红茶，把这儿当作孵豆芽的地方，心中更加着恼起来，他上前说道：

"喂！你们不要把玻璃台板敲碎了，看你们赔得起吗？"

大家被他这么一说，脸上都不免热辣辣起来。乐文见李广大不敢回答，觉得这是一个极大的侮辱，我们岂可以就此忍耐下去？于是他站起身子，冷笑一声，说道：

"放屁！你说的什么话？"

"我说你们喝茶就只管喝茶，不要把我们玻璃台板乱敲，我看时候也已不早，你们肚子想也饿了，还是早些回家去吃饭吧！"

王小狗倒也不肯示弱，加紧他的语气，真可说极尽讽刺，他心头感到无限的痛快。

乐文是一个血气方刚的少年，如何受得了这些侮辱的话？他觉得社会上狗眼看人低，真是太以势利了。一时愤怒到了极点，遂扬起手，啪的一声，小狗颊上早已着了一记耳光。他一面骂道：

"什么？你这是什么话？我问你，你们开的咖啡馆，是不是给客人作为会谈的地方？你敢这样对待顾客，你简直是浑蛋极了。"

"好！好！你胆敢动手打人！你……"

王小狗摸着面孔，他圆睁了眼睛，狠视乐文，当然他也有还手互打的意思。

李广大、唐小七等众人见他也想动手，这就都站起来，把袖子卷了卷，骂道：

"他妈的！你这小王八蛋！预备打人吗？"

王阿三是个五十多岁的老头子，平日为人十分老实，他此刻坐在账柜上，见儿子和顾客胡闹起来，这就急忙也走了上来，把小狗拉开一旁，向乐文招呼道：

"不要吵，不要吵，我们有话好好地谈吧！这是我的小犬，他冒犯了各位，千万请你们瞧在我老头子的面上，原谅他了吧！"

王小狗见他们人多，自己就是动手，也绝不是他们的对手，今见父亲上前劝解，因此也只好顺水推舟地把身子退到父亲的后面去。李广大见有人前来打招呼，他的嗓子这就愈加响了起来，骂道：

"你这老头子真太没有家教了，对待顾客这样没有礼貌，无怪生意清淡得这个样子，我们就是来喝杯红茶，难道就不出钱吗？"

乐文把李广大身子也拉过一旁，是叫他不要吵闹的意思。一面向王阿三说道：

"老先生，并不是我们喜欢多事，实在令郎说话太以欺人了。你们开店，对于顾客，固然也不希望你们招待太周到，但终也不能够得罪顾客的。他叫我们什么早些回去，这种话简直是放屁之至，你自己说一句话，他是应该不应该？"

"小狗，你这畜生真是发疯了，什么？叫他们早些回去？生意已经清淡得这个样子，你还要得罪顾客，你……你……难道不要过生活了吗？"

王阿三听他这样告诉，他把生意清淡的恼恨，都要在他儿子头上出气了。说到这里的时候，回过身子去，要打他的儿子。乐文到底是个忠厚的人，他见父子两人要打了起来，反而把王阿三拉住了，说道：

"老先生，你也不要去打他了，只要你心中明白，事情也就算了。我也知道他所以看轻我们，无非因为我们没有多吃什么名贵的菜，不过你们开店的，对于大小顾客，应该一视同仁，不应如此无礼态度来对付我们，希望令郎下次还要改过了才好。"

"你先生的话真是不错，我心里十分感激。"

王阿三一面请教，一面回头又向小狗吩咐道：

"去拿八客吐司来吧！"

王阿三这一下子的客气，真把他们八个人急出了满身大汗。在王阿三心中的意思，当然是请他们的客，不过在他们八个人中，除了乐文身上备有八杯红茶的钱外，其余七人都是"瘪的生司"。虽然王阿三不要他们拿钞，在他们终不好意思吃人家的白食，所以乐文连忙说道：

"不，不，你不要去拿，我们就要走的。"

"没有关系，你先生的人很好，我倒愿意跟你交一个朋友。"

王阿三说着话，却在他们一张桌子上坐了下来。王小狗知道父亲仍旧叫自己去拿的意思，虽然不大情愿，也只好走到厨下去了。

乐文当然不好意思强叫人家不去拿取，也只好暗中焦急了一阵子。唐小七此刻肚子正有些发饿，知道老板请客，心中倒是十分欢喜，遂替乐文代为答道：

"他姓秦名叫乐文，是音乐专科毕业的高才生，奏一只梵婀玲，真是好得了不得，请问老板贵姓？"

王阿三道：

"原来是音乐家，失敬失敬。敝人叫作王阿三，是一个目不识丁的粗人，还请诸位多多指教才好。"

"他们都是我的同学。王老先生为什么不把贵店整顿整顿？我想这地段还不错，只要整理一下，营业也许会好起来的。"

乐文一面代为介绍，一面贡献了一些意见。

王阿三向他们一一请教了姓名，一面点头说道：

"我也这样想，因为瞧此下去，我们实在难以维持下去。秦先生既然是音乐专科毕业，想来在什么剧院里伴奏的了。"

"不，我们几个同学，还只有刚才毕业，今天在这儿开座谈会，也就是为了要组织一个乐队的意思。"

乐文向他很忠实地告诉。

王阿三眼珠转了一转，心里这就有了一个主意，微笑道：

"秦先生，我想和诸位商量商量，不知各位心中的意思怎么样？"

乐文是个聪敏的人，从阿三几句问话中猜测，就明白他心里有请教的意思。暗想：这倒是意想不到的机遇。不免暗暗地欢喜，忙说道：

"王先生，你要和我们商量些什么事情呢？"

"我想请你们在小店里伴奏，不过小店的地方实在太不成样子一些，不知你们肯答应吗？"

王阿三含了微笑方才说了出来，他两眼凝视着乐文，当然是希望他有个圆满的答应。

众人听他果然有请教的意思，心里都欢喜得连心花也朵朵地开起来了。唐小七和李广大把乐文身子连连推了两下，表示叫他允许的意思。乐文是个很细心的人，他在一阵子欢喜之后，两条眉毛立刻又微微地蹙了起来，支吾了一会儿，方才说道：

"王先生要我们在贵店伴奏，这当然是承蒙你看得起我，怎样还有不答应的道理吗？不过这儿还有一个困难的问题，就是我们音乐器具都还没有购买，假使你王先生有办法备齐的话，我们一定可以献丑的。"

"这个……"

王阿三说了这个两字，沉吟了下去，表示有些困难。众人的脸色当然也随了他的态度而转变的，因为他有些困难，这就没有成功的希望，所以乐文等的心中顿时又冷了下来。忽然王阿三想到了什么似的，笑道：

"对于音乐器具，也许我有办法可以借得到，不过眼前我还不敢做肯定的回答，假使明天我去借成功了之后，一定请诸位在小店帮忙。至于各位的酬劳，现在是只有津贴一些车马费，我的意思，每月每人致送二千元，看将来营业怎么样，倘然能够发达，一定再行另订正式合同。这一点意思，不知各位以为如何？"

众人在听了这些话之后，大家立刻扬着眉毛，连嘴巴也笑得合不拢来了。乐文道：

"王老先生的意思很好，我们当然表示十二分的赞成，不过时间怎样安排？"

"我想暂时定为七时至十一时，下午待将来生意好了再作道理，因为我也是很明理的人，假使整日地要你们帮忙，而只送你们二千元钱薪水，就是给你们买一包烟卷吸也是不够的。所以晚上七时至十一时四个钟头，你们也譬如出来游玩游玩。白天有事情依然可以去任职的，你们想我的话对不对？"

"不错，不错，王老先生真能体谅我们的苦衷，那么事情就这样决定了，我们几时来听你的回音呢？"

乐文点了点头，一面又向他低低地问。

"明天怕来不及，我想过两天，就是后天好不好？"

王阿三想过了一会儿之后，对他回答。

"也好，准定后天来听你的回话。"

乐文说完了这两句话，他在袋内摸出皮夹，似乎要拿钱付账的意思，一面又道：

"那么我们该走了。"

李广大、唐小七等觉得乐文这一个举动，真是聪敏到了极点。一时也都站起身子，表示要走的样子。王阿三这就急了起来，一手按住他的皮夹，一面急急地说道：

"秦先生，你要如这样客气的话，那就把我当作外人看待了。现在我们可说一见如故，那么你应该赏我一个脸，千万不要客气。况且小犬已在吩咐厨下拿吐司了，回头拿出来还给谁吃呢？"

正在这个时候，王小狗已从厨下端出八客白脱吐司。秦乐文等众人也只好坐了下来，王阿三又把请他们来伴奏的话向小狗告诉，乐文这时也向小狗抱歉道：

"小王先生，刚才我很对不起，一切还请你原谅才好。"

王小狗听他们是音乐家，而且父亲已和他们接洽定妥前来伴奏，这对于店里营业问题，说不定大有帮助的地方，这就立刻浮现了一丝笑容，也很和气地说道：

　　"不要紧，不要紧，这也不能怪你一个人不好，我当然也有错处，现在我们不必再提起这些事情，大家是已成自己朋友了。说起来真有趣，真所谓不打不成相识了。"

　　这时有两三顾客进来，王小狗于是也去招待他们了。这里王阿三和乐文等又闲谈了一会儿，他们也已吃毕吐司，故意客气了一会儿，其实乐文袋内也付不出这许多的钞票，经王阿三再三地推拒，于是也就顺水推舟地道了两声谢，抹了抹嘴唇，站起走了。阿三父子两人招待得真客气，还亲自送他们走出了大门。

　　乐文等众人在走出了卡乐咖啡馆大门之后，大家都忍不住笑出声音来了，李广大笑道：

　　"这真是意想不到的机会，吃了白食，还找到生意，而且连乐器都不发生什么问题了。这真是天无绝人之路，我们穷人终算也有今天这么得意的日子，真比买着跑马票头奖还要兴奋十分哩！"

　　一面说，一面手舞足蹈地，嘴里还哼起华尔兹的乐曲来。

　　众人听了，也都笑了起来。于是大家商量后天再在卡乐咖啡馆碰头，方才各分道路回家。乐文的家是在爱文义路立仁里十四号，他今天一路回家，可说从来没有这样快乐过，所以走起路来，两脚是特别的轻松。当他弯进里门口的时候，这当然是意想不到的事情，里面也会走出一个人来。因为路上是黑暗，电灯光芒的暗淡，好像是没有灯光一样，兼之今夜的月色也是没有，所以两人就不免撞了一个满怀。只听一个女子声音呀地叫了一声之后，同时听乒乓的一声，是一只碗落地打碎的声音，这一下子真把乐文吃了一惊，那一颗心好像十五只吊水桶似的七上八下忐忑地跳跃起来了。

第五回

红粉飘零异地作客

　　从杭州一路来上海的那一对姐妹花，一个姐姐的叫杨秋雁，一个妹妹的叫杨春燕，秋雁今年二十岁，春燕还只有十七岁，她们都是杭州新民女子中学读过书的，可惜为了环境恶劣的缘故，大家都没有毕业。说起她们的身世，真也够令人感到凄凉。秋雁十五岁头上死了父母，幸亏家中稍有薄产，做叔父的终算把她收留在家中，姐妹两人依然继续读书，可是最近叔父有个朋友看中秋雁做小老婆，秋雁不答应，叔父却有强迫的意思。春燕个性倔强，就怂恿姐姐大家情愿脱离家庭，到上海来自谋生活。秋雁当下答应，两人遂留书出亡了。

　　两个单身的女子，孤零零地到上海来找寻生活，真也不是一件容易的事情，况且在上海无亲无眷，到底上哪里去安身，这实在是非常忧愁的一个问题。所以秋雁在火车里坐着，紧锁了眉毛，只管呆呆地想着到上海后的生活问题。

　　春燕的性情和姐姐有不同的地方，就是没有忧愁、没有顾虑的。她以为一个人在世界上，绝不会有饿死的危险。到什么地方，终有一个会给她们安身的地方，所以她是并不感到十分的忧愁，相反还感觉十二分的欢喜。她见姐姐那种愁眉苦脸的样子，遂望了她一眼，笑问道：

　　"姐姐，这次我们离开家乡，在我的心中，倒有个新的希望。"

　　"不过在我心中，至少有些感到凄凉。"

秋雁回眸在她粉脸上掠了一瞥，低低地回答。

"上海虽然是个繁华的都市，不过找事情，却也相当的困难，我们应该预先计划一下，到上海之后，应该先到什么地方去安身呢？"

"你何必一定要顾虑到这些问题，船到桥头自会直。到了上海，再说这些，终不会给你在马路上睡的。"

春燕瞅了她一眼说，表示根本没有什么困难的意思。

秋雁微微地叹了一口气，觉得妹妹究竟不脱孩子的成分。春燕见姐姐低头不说话，遂把身子凑过来一些，笑道：

"姐姐，你为什么不回答？难道说我的话不对吗？你不要急，我来给你想法子……"

说到这里，乌圆眸珠一转，哦了一声，接着道：

"有了，我倒想着了一个法子。"

"是什么法子？你说吧！"

秋雁拉了妹妹的手，向她追问。

"我记得你有一个同学叫沈美琴的，她不是住在上海爱文义路吗？"

春燕说到这里，接着道：

"不过什么里弄、几号门牌，我都忘记了，姐姐想来不会忘记。我们到了上海之后，还是先到她家中去住几天，然后再借房子，你说好不好？"

秋雁被她这么一提，倒想起来了，忙道：

"不错，美琴她是住在爱文义路立仁里十二号，从前我倒和她时常通信的，后来她没有回信，我们就疏远起来了。不知她可有搬了家，假使没有搬家的话，她一定不会讨厌我去的。"

"那么我们到了上海，就不妨先去试试，再作道理。"

春燕用了安慰的口吻，向她低低地说。秋雁也认为只有这一个办法，遂点了点头，并没有作答。

姐妹两人在静默了之后，那火车在铁轨上行动的响声，又在耳际轧隆轧隆地震动着。忽然春燕笑了起来，说了一声"世界上真是死不完的这一班色迷的男子"。秋雁听了，有些不明白似的，怔怔问道：

"你骂的是什么人？"

春燕道：

"叔父这个朋友，年纪已经五十多岁，还要想讨你做小老婆，无非多了几个臭铜钿，你想屈不屈？还有冷泉亭里碰见那两个老色鬼，说起来更是有趣，想不到事情偏有这样的凑巧，他们也会坐同一班火车到上海去，你见他们在车厢里，一见我们，大家都在注目我们呢？"

"说不定他们是到别处去的，男子一有了钱，终是色迷的多，这是所谓饱暖思淫欲的一句话。不过多数的女人，都是自作轻贱，爱好虚荣，因此男子的金钱，也成为勾引女子最具有功效的东西了，假使女子不爱虚荣，不为物质的诱惑，那么男子的金钱，根本失去其功效。比方说叔父那个朋友，他虽然有钱，不过我并不爱钱，他纵然有娶我做小老婆的意思，可是终究叫他感到永远的失望。所以男子的色迷，还是在女子本身自重或轻贱问题而判定的。"

秋雁很有见解地回答。春燕点了点头，当然认为姐姐的话是十二分地不错。

火车进了上海北站，时在下午两点。秋雁在上海已来过两次，所以并不感觉有特殊的异样。春燕是初次到上海，她见上海一切建筑物都较杭州巍峨，就是街上的行人，也要比杭州多上几倍。总之，和杭州城市相较，自然更见华丽热闹，她那双盈盈秋波东张西望，真有些应接不暇了。

秋雁讨了街车，坐到爱文义路立仁里，付了车资，找到十二号，一同进内，问了一个讯，方知沈美琴倒没有迁居，她是住在亭子间里。姐妹两人道了谢匆匆上楼，只见亭子间门开着，遂推门进去。这是出乎姐妹两人意料之外的，想不到下午两点钟美琴还睡在床上，于是含笑叫道：

"美琴，你怎么还睡在床上？莫非有些不舒服吗？"

美琴抬头一见姐妹两人，连忙披了一件旗袍，从床上坐起，笑着道：

"啊呀！秋雁，真想不到你们姐妹两人会到上海来了，我没有什么不舒服，因为起来没有事，所以睡一会子。快请坐，快请坐。"

一面说，一面已跳下床来，拖了一双睡鞋，只扣上了三粒钮子，就到桌子上去拿热水瓶倒茶了。

秋雁放下了皮箱，一面说不要客气，一面在桌子边坐下了，她的眼睛，在打量房中的一切。家生是相当简单，一张床、一只梳妆台、一只衣橱、一只台子、四只凳子，壁上挂了美琴自己几张美术小照，有站有坐，各种姿势不同。因为美琴在杭州读书的时候，曾经说她是有父亲有母亲的人，如何现在会变成一个孤独者的呢？因此她忍不住开口问道：

"美琴，你的爸爸和妈妈呢？这儿只有你一个人住着吗？"

美琴倒了两杯开水，回过身子来，听她这样问，忍不住先叹了一口气，说道：

"事情说来话长，你们且先喝杯茶。"

她说着话，退到床边去穿丝袜，一面望了春燕一眼，笑道：

"黄毛丫头十八变，你二妹变得我认都不认得了。"

"你不要取笑我，我看你也变成一个懒丫头了，怎么这时候还睡在床上？午饭吃了没有？"

春燕喝了一口茶，秋波乜斜了她一眼，笑着回答。

美琴笑道：

"我老早就起来了，吃了午饭，又睡一觉。你们吃了没有？要不然，我给你们去淘米烧饭，小菜倒有几碗留着。"

美琴说时，已穿舒齐了衣服，欲去淘米。秋雁姐妹忙拦住了她，说火车上已经吃过，我们老同学好久不见，还是坐下来谈谈，一面又追问美琴的父母。美琴未说话之前，眼皮先红了起来，说道：

"我很不应该，从前没有详细地告诉你。因为我的妈是人家的侧室，这个侧室的地位很可怜，她并不是父亲十分宠爱的小星，因为过去妈是家中一个婢女，也不知如何会被父亲看中了。我真恨这一班纨绔不是人养的东西，他简直把我们女性当作了玩具一般地看待，在一个封建思想的大家庭中，像我那么一个婢女养下的姑娘，当然到处会被人家看轻和欺侮，我所以到杭州来读书，也就是为了这一个缘故。那年寒假回到上海，不料我妈病了，她是患了一种很厉害的伤寒，在没有一星期之中，可怜她抛弃了我死了。在父亲对于妈呢，似乎不算怎么一回稀奇的事，不过我在这个家庭中再也住不下去了，于是我不想再读书，毅然地脱离了这个噬人的家，来过我孤独而凄清的生活。"

秋雁见她絮絮地说到这里，颊上已沾了几滴亮晶晶的眼泪了。一时她也感到同情的悲哀，觉得美琴的身世真和自己一样的可怜。春燕早已先问道：

"那么姐姐在什么地方找到了职业？要不然，你怎么地过生活？"

美琴听她这样问，又深长地叹了一口气，一时里微红了粉脸却回答不出话来。凭了她这一副态度上看来，秋雁就知道她在上海所以能够很安闲地生活着，在她的内心一定相反地有无限的隐痛，这隐痛对于孤苦伶仃的一个弱女子当然是万分的可怜。因为本身自己也是一个前途茫茫的女子，她的心头是感到同情的悲哀，用了凄婉的口吻，低低地问道：

"美琴，在这样高的生活程度下度活，真也亏你辛苦的了，那么你当然找到了很好的职业。"

"很好的职业？"

美琴在苦笑了一下之后，她又轻轻地叹了一声。

"说起来当然是非常的惭愧，不但是惭愧，在你们和我一样都是身为女子的听来，自然是更会感到心痛一些的。好在我们是老同学，你当然会同情我的环境，来可怜我的苦衷。一个受了中学教育的女子，任你胸中有多少的才学，可是要在社会上找一条出路，真所谓比登天还难。为了这样，我不能不牺牲自己的色相，去兑换个人在社会上的生活。所以我的职业，就是叫作舞女。其实这根本谈不到职业两个字，无非是人肉市场中的一种买卖罢了。"

美琴说到这里，她想到了自己所受的种种委屈凌辱，她是万分地苦涩，眼泪会像断线珍珠一般地直滚了下来。

有了三次到过上海的秋雁，她明白舞女是这么一种的职业，她是非常地同情，眼皮一红，泪水几乎也掉了下来。因为她这次到上海的热望是变成泡影了，假使为了要活口的话，那么自己难道也去步她的后尘吗？因为从美琴口中所说，已经很明显地告诉了你，在上海社会上女子的出路，是只有牺牲色相的了。这是所谓兔死狐悲，所以秋雁眼角旁也涌现了晶莹莹的一颗。

春燕真像春天里的燕子一样，她天真烂漫的懂得了什么呢？见了两个人悲苦的情形，她那颗纯洁的小心灵中真有些不解其意，遂急急地问道：

"琴姐，什么叫作舞女？舞女是怎么样的一回事情呢，莫非是表演舞蹈的吗？"

美琴摇了一摇头，伸手在颊上拭了一下，说道：

"舞女就是供一班男子搂抱着跳舞的职业，这种场所，可说是不正当的娱乐，它是消沉一班年轻子弟的魔窟，不过也是残害一班可怜姑娘终身幸福的地方。我真不明白，为什么不开设几个工场农场来给我们一班女子作为服务社会国家的职业，却喜欢纸醉金迷的，花费了几百万几千万的巨资，去建造富丽堂皇像宫殿那么一样巍峨的舞厅。唉！这难道是中国人独特的见解吗？"

"供给一班男人搂抱着跳舞的？"

春燕这样地自语了一句，在她的芳心中不免起了无限神秘的感觉，接着又道：

"那么是怎样的跳法？跳了之后又怎样，就可以有钱到手吗？"

美琴听她完全不明白地问着，一时倒又被她问得好笑起来，说道：

"这个叫我一时里也告诉不出详细的情形，你要明白的话，可以跟我去看一次，那你就会知道一切了。"

春燕道：

"琴姐每天什么时候去呢？我也可以跟你一同去看吗？"

美琴道：

"在从前每天一共有三场，二点到五点是茶室舞，五点到七点半是茶舞，八点到十一时是夜舞，现在为了节省电流，所以茶室舞是取消了。而且晚上又提早打烊，所以生意也十分清淡。本来舞厅是上中下阶级都可以来玩的，不过现在中下阶级根本够不到资格来玩了。你想，现在这样生活程度之下，一班薪水阶级，大家喝粥汤都还觉得困难，如何还会到这种地方来吗？不过玩的人虽少，而却都是一班囤积户投机家的阔客，他们的跳舞，根本是美其名的，无非拿了花花绿绿的钞票，来侮辱人家姑娘的身体罢了。"

秋雁是呆呆地想着心事，因为在上海找出路，既然如此困难，那么我们姐妹两人以后的生活又将怎么样办呢？难道也牺牲色相去调换面包吗？她是急得一句话也说不出来，所以让她们两人说着话，她一声也不响地坐着。美琴回头望了她一眼，遂说道：

"秋雁，你们这次到上海来，难道也有什么事情？还是来游玩几天的？"

秋雁这才醒过来似的哦了一声，但她又摇了摇头，眼泪却是夺眶落了下来。美琴奇怪道：

"秋雁，你快告诉我，到底是为了什么事情呢？"

春燕代为说道：

"叔父有个朋友，今年五十多岁了，他竟要看中我姐姐做小老婆。你想，这不是一件太混账的事情了吗？所以我和姐姐情愿抛家

64

出走，到上海来自谋生路。谁知听了你的话，知道在上海找一条出路，也是这么的困难，我姐姐是急得呆住了，你看她一句话也说不出了呢！"

春燕和秋雁相反地脸上含一丝微笑，她指了姐姐的脸，却毫不在意地告诉她。

美琴点了点头，说道：

"原来是为了这样，那么你们这次到上海来，当然也没有什么地方可以去耽搁，还是在我这里先住下了再说。好在我只有一个人，平日也感到太孤单，你是我从小知己同学，原像亲妹妹一样，所以你们到来，我倒表示十分的安慰和欢喜。虽然你这次所以到上海的遭遇是那么的不幸和痛心，不过我们应该拿我们的精神来向四周的恶魔抵抗才好。"

"美琴，你这句话是相当对，我当然非常感谢你。我的意思，在你家先住一个月，对于吃饭问题由我们自己开支，房租金我也老实不客气了。"

秋雁点了点头，向她说着。

美琴听了这两句话，反而不高兴似的瞅了她一眼，说道：

"秋雁，我们是同学，是很知己的同学，我已经向你预先说过，你似乎不应该再向我说这种生分的话，倒叫我听了难受。现在我们不但是同学，而且已成了一样可怜一样身世的同伴了，我们更应该有互助的精神，我有饭吃，终不让你们吃一顿粥的。"

美琴这几句话是包含了血性的感情作用，使她们姐妹两人自然感激得无话可说的了。

三个人经过了一下午的闲谈，不知不觉黄昏已笼罩了大地，在寂静的空气中，流动了钟鸣五下的响声，倒是春燕提醒了她说道：

"琴姐，已五点钟了，你该是上茶舞的时候了。"

美琴道："不错，我该洗脸了。"

一面说，一面把热水瓶里水倒一半到脸盆里，又把洋风炉子点旺了，又把热水倒在饭锅子里，回头说道：

"这一锅子饭是我中午吃剩的，大概够你们姐妹吃一顿晚饭，早晨叫前楼阿姨置了几样小菜，都在菜橱里，回头你们自己拿了吃，我是没法招待你们的了。"

秋雁道：

"你自己不吃了吗？"

美琴道：

"只怕时候来不及。"

春燕道：

"那么你回头不要肚子饿吗？"

美琴这时一面洗脸梳发，一面说道：

"茶舞下来七点半，说不定有熟客来请我们到外面吃饭，否则，我们在舞厅里叫一些点心吃。"

"这样的吃食不调匀，就容易伤身子。"

秋雁用了关怀的口吻说。

"可是有什么办法吗？"

美琴至少是包含了感叹的成分。

"所以我们小姐妹之中，十个倒有九个是患胃痛病的，这是因为吃得好的太好，同时饱的时候，客人叫你吃，你也只好吃，甚至好好的牛排炸鸡都糟蹋掉。但你饿的时候，偏一个客人都不来，因此也就只好挨饿，就是自己先买些点心吃，终也不舍得太花费钱，所以我们的生活，绝对是矛盾的，有天堂，也有地狱。唉！说起来自然会叫人伤心。"

美琴语气是相当的伤感，她几乎又要掉下眼泪的光景。春燕道：

"我今天能不能跟你一同去看看呢？因为我的脑海里此刻还在幻想着，不知道舞厅是个怎样的地方？"

秋雁听妹妹这样说，遂以手扯了扯她的衣袖，当然是不要她去的意思。美琴对了梳妆台在梳洗，她在镜子里看到身后秋雁的举动，心里明白她是在阻挡着妹妹，于是说道：

"你已到了上海，这种地方，终有见识的时候，何必急急要去看呢？过几天我陪你去好吗？"

春燕因为姐姐已经有了一个暗示，于是也只好点了点头不说话了。

当当的敲六点钟了，在秋天的季节，恐怕天色已经是昏黑的了。美琴是早已走了，此刻一间室中只有秋雁、春燕姐妹两个人，她们围坐在一张小圆桌旁，默默地吃着饭。春燕望了姐姐一眼，低低地问道：

"姐姐，我不懂你是什么意思，为什么不许我跟她到舞厅去见识见识呢？"

秋雁叹了一口气，说道：

"我不愿意你那颗纯洁的心灵去染上了这一些不清白的印象，所以这种灯红酒绿的地方，你还是不去见识的好。"

"那么姐姐对于以后的生活将如何地打算？终不能够依靠琴姐一辈子吧？"

春燕并不谅解姐姐的一番苦心，她激起了一些反感回答。

"那当然，我们住在这里无非是暂时之计，我想上海这样一个大都会，又是文化界最先进的荟萃之区，终觉得连一些清苦的生活都不会找不到吧！"

秋雁点了点头说。

春燕知道姐姐所谓清苦生活是希望找一些什么教员或抄写的工作，不过事情当然没有这样的容易，遂又追问一句道：

"假使找不到职业的话，姐姐又将怎么地办？"

秋雁被她问得一时里无话可答，她原是绝顶聪敏的姑娘，乌圆眸珠在长睫毛里一转之后，似乎有些理会妹妹的意思了，忍不住反问着道：

"妹妹，照你的意思，是不是想步美琴的后尘？"

春燕红了两颊道：

"倘然在不得已的时候，我们是只有找这一条出路了，难道我们就这样地逃到上海来饿死吗？"

秋雁心中感到了无限的悲哀，摇了摇头，说道：

"不，不，我终不希望你去走这一条慢性自杀的死路。你是一个年轻的姑娘，你此刻是多么的纯洁，是多么的清白，可是你若走上了这一条路，你的前途就会呈现了黑暗，你的终身就会丢送了幸福。妹妹，你难道没有听见美琴刚才所说的血和泪混合的一番话吗？舞女是什么？是牺牲色相调换面包的一种职业，换一句话说，可怜是出卖肉体来维持生计的一种职业。妹妹，你难道甘心情愿去堕落吗？去毁灭自己的前途吗？"

"姐姐，你这话也不尽然的，似乎太过分一些了。舞女既然是供男子搂抱跳舞的，那么除了跳舞去换取面包外，至于其他的要求，你不是死人，何必要去答应人家呢？我以为一个人有一个人的头脑和理智，你只要有坚强的意志，难道怕人家来强迫你吗？我以为这一个世界，女子除了色相去攻打男子外，是永远得不到胜利的。"

春燕的思想与姐姐相反，她有她的见解，在她当然也未始不是没有道理。

"那么你的存心，似乎是只有这一条路了。"

秋雁感到十分的失望，她是滋长了悲哀的情意，两眼茫然地望着妹妹的粉脸，话声包含了一些颤抖的成分。忽然她又鼓足了十二分的勇气，拉住了妹妹的手，说道：

"不！不！我绝不让你去走这一条路的。妹妹，你不能为了爱好虚荣而自甘堕落，你……你……不能为了只贪物质上的享受，而情愿去做这一种被男子认为是玩具的工作。"

春燕被姐姐说得脸由红转变得灰青的颜色，她觉得姐姐似乎太不谅解自己的苦心了，因为她本是一个还只有十七岁的女孩子，心中受不住这样的委屈，一时哇的一声，由不得哭了起来。秋雁在说这几句话的时候，原也想不到这许多，现在被妹妹一哭，也觉得自己说得太过分了一些，遂忙解释道：

"妹妹，你不要生气，我说错了，请你原谅我吧！"

春燕被姐姐一说好话，一时更感到伤心，她也吃不下饭了，遂离开了桌旁，伏在床上呜呜咽咽地哭了起来。秋雁当然是十分地懊悔，因为在这个异乡客地，举目无亲，已经是多么的忧愁，此刻被她哭得这样伤心，一时万分辛酸，泪水也淌了下来，慢慢地走到床边，伸手拍了拍她的腰肢，低低地道：

"妹妹，你应该知道姐姐待你一番忠诚的好心，你要明白我是多么地来爱护你呀！可怜你为了我一同逃到了上海，假使你因生活而堕入了苦海，这不是我害了你的终身吗？妹妹，姐姐若有一分能力存在，我终不希望你去受一些委屈。你不要哭，你不要哭，你再哭，我也要哭起来了。"

秋雁说到这里，她却真的也哭起来了。春燕听姐姐这一番言语，她不禁一骨碌翻身坐起，伸手擦了擦眼皮，偎过身子，倒在秋雁的怀内，说道：

"姐姐，我并没有生你的气，我所以哭，是因为我们身为女子的太可怜一些了。我明白姐姐是爱护我的，终希望我前途有光明的展现，只不过天下幸福的人能有几个？人生本来是苦味的，假使不是苦味的话，那么何以产下来的孩子，而只有哭，没有笑的呢？姐姐，环境虽然是这样的恶劣，不过在恶劣中当然也需要生活的，所以我的要去步美琴的后尘，绝不是为了爱好虚荣，也不是为了物质上的享受。姐姐，你是不能冤枉我的，自甘堕落这一句话，我是感到太心痛了。"

"我知道你的苦心，不过你也要谅解我的苦衷，妹妹，在可能避免不去干这种工作的话，我终不愿意你去走上这一条道路。"

秋雁抚摸着妹妹的头发，她还是坚定她原有的宗旨回答。春燕没有再说什么话，点了点头，因为她明白姐姐完全是为了爱护自己的意思。

"妹妹，那么你吃饭吧！"

秋雁望了她沉静的粉脸，低低地说。

"姐姐，我吃不下了，你自己吃吧！"

春燕摇摇头，她横身倒下来，却在床上躺着了。秋雁也不知道她心中是否还生着气，因为从杭州到上海一路也辛苦，她既然在床上躺下了，也就让她去休息一会儿。她自己匆匆吃完了饭，把碗筷都收拾了，这时已七点光景。秋雁听妹子在床上咳嗽，于是走上低低问道：

"妹妹，你怎么咳嗽起来？要睡就脱了衣服好好睡，这样子和衣躺着，是容易受凉的。"

春燕不作答，秋雁依然接下去说道：

"妹妹，你饿不饿？我给你去买一碗肉丝面来好不好？"

"我不饿，你不要费心了。"

春燕这才回答了这两句话。秋雁觉得妹妹这种态度，至少是有些生气的成分，这当然是为了自己刚才说话太过分了一些，于是摇了摇头，微微地叹了一口气，也不征求她的同意，就拿了一只碗，悄悄地走出了房门，到馆子里买肉丝面去。

上海的夜里，弄内是没有灯光，从前说上海的夜都会，仿佛火树银花，城开不夜。不过如今这些话就不应时了，天色一黑，街上就静悄悄、黑魆魆的，仿佛鬼出现的，连一些灯光都不容易找寻。所以秋雁在走到弄口的时候，却和来人撞了一个满怀，因为冷不防之间的，秋雁一失手，那只碗掉落到地下去，只听乒乓的一声响，却把碗敲得粉碎了。

那个进来的人就是乐文，乐文平日走路终是那么慢吞吞的，今天因为无意中找到了职业，所以心中是感到特别的欢喜，就因为太兴奋了的缘故，这就应了乐极生悲的一句话了。当时乐文倒吓了一跳，他连忙拿了手电筒，向前照射了一下，不偏不斜，一圆圈的电光就照到秋雁的粉脸上，心中不免暗想：倒是个挺清秀的人。

秋雁因为是初到上海，况且时在黑夜，被他这样的一照射，还以为遇到了什么歹徒，一时粉脸吓得变成了灰白的颜色，急道：

"你……你……是什么人？"

乐文本是个安分守己的少年，他被秋雁这么一问，怕事情生出许多是非来，这就忙说道：

"对不起，对不起，我没有看清楚，把你那只碗撞落打碎了，让我赔你的钱好吗？"

秋雁听他这么说，方知对方也是一个良善的路人，并不是什么歹徒有意来寻事的，把那颗剧跳的心，才算平静了许多，因此说道：

"赔钱倒是小事，你真把我吓了一跳。"

"这当然是我太鲁莽了一些，还请小姐特别原谅才好。"

乐文慌忙弯了弯腰，表示向她十二分的抱歉。

秋雁虽然看不清楚那是一个怎么样的人，不过在模糊之中可以辨明他是一个身穿西服的年轻小伙子。因为人家一味地向自己赔错，自己当然不好意思再有发脾气的可能，同时又因为碗既已打碎，也就不能再去买面，她也不想人家赔钱，回转身子向弄内走进去。在秋雁心中的意思，她是预备回家再去拿碗，不料乐文也跟着进来，并且摸出五十元钱来，说道：

"小姐，这五十元钱我赔给你买一只碗吧！"

秋雁是不知道乐文也住在立仁里的，今见他跟着进来赔钱，于是回身望了他一眼，因为弄堂里是亮着一盏路灯，不比弄口来得黑暗，秋雁这才看清楚乐文的脸。爱美终是人之天性，秋雁心中也有这么一个感觉："倒是一个挺好的模样"。这就瞟了他一眼，抿嘴微笑道：

"也不能全怪你一个人错，都是没有灯光的缘故，我也不要你赔偿了。"

乐文听她这两句话，那似乎感到意外的惊喜。因为自己袋内只有五十元钱，本来预备付茶账的，后来王阿三请了客，他预备剩下来给妈去买户口米，想不到自己又会闯了这么的祸水，只好拿了五十元钱去赔人家。如今她却不要赔，乐文自然会感到莫名的欢喜，遂笑道：

"多谢小姐，你也住在立仁里的吗？"

凭了"你也"两个字，秋雁就明白他就住在立仁里的，暗想：正也是个巧事。遂点头道：

"是的，那么先生的家也在这里了。"

"我住在这里十四号，差不多已有五年的光景，可是进进出出的时候，却和你小姐今天还是初见，大概你不常出外的吧？"

乐文一面告诉，一面这样地猜疑。秋雁听他这样问，由不得扑哧的一声笑出来，但既笑出来之后，倒又感觉得有些难为情，幸亏这时已走到十二号的后门口，秋雁也不加以作答，和他一点头，就很快地奔进去了。乐文被她笑得有些莫名其妙，站在十二号的后门口倒是怔怔地愕住了一会子。暗想：凭我这两句话，也没有什么好笑的地方，她的笑当然至少还有一层另外的缘故，不过是为了什么缘故，这就不得而知了。这时十二号后门内又走出一个老妈子来，她见乐文呆站着，就瞪了一眼，问道：

"找哪家？"

乐文不知所对，回身就走，不料听那老妈子骂道：

"阿利妈妈，昨天晚上偷了一只铜勺子，今天又来了吗？"

乐文听了这两句话，不但不生气，他忍不住自个儿也笑出声音来了，这才很快地走进十四号的门口，一步一步地跨到楼上去。

秋雁回到了亭子间，只见妹妹却是呼呼地熟睡着，于是她也不再去买面了，把被给她盖上了，坐在桌旁，呆呆地想了一会儿心事。也不知经过了多少时候，春燕却一觉醒了转来，她擦了擦眼睛，坐起身子，向秋雁说道：

"姐姐，什么时候了？你怎么呆坐着出神？"

"快近十点了，一转眼真也过得快的。"

秋雁回头望了桌上那只闹钟，方才意识到似的回答，接着又道：

"妹妹，我想出了一个法子，记得新民女子中学里有个王静英先生，她现在上海女中担任教务主任，我想明天去找她，说不定她会给我们介绍事情做的。"

春燕纤手按在嘴上打了一个呵欠，点了点头，说道：

"我想明天在报纸上看看，说不定也有什么公司银行家招考女职员的，那我们就不妨去试试。谋事在人，成事在天，我想天无绝人之路，最后终有一条路会给我们去走的。"

秋雁点头说妹妹这话不错，大家又商量了一会儿以后的事情。这时候忽然天空中落起一阵雨来，天气是转冷了许多，秋雁心念美琴还没有回家，不料房门外笃笃敲了两下，只听美琴的声音叫道：

"秋雁！秋雁！谢谢你，起来给我开一开门。"

第六回

见花爱花浪子心肠

美琴茶舞是在仙乐斯做的，当时她别了秋雁姐妹两人，坐车匆匆到仙乐斯舞宫，先在换洗室内脱了大衣，然后和小姐妹淘一同到舞池里来坐位置。这时候已经六点十分，舞厅里的客人也陆续地到来。音乐队一见舞客拥挤，他们也特别地卖力，那个菲律宾黑炭洋琴鬼，在音乐台上蹦蹦跳跳，赛过来勒发神经病。美琴对于这些司空见惯，根本不算稀奇，她在没有跳舞的时候，终喜欢低了头一个人静静地想心事，尤其是今天秋雁姐妹两人逃婚到她家之后，当然可想的事情是更多了一些。

在上海女子要找出路，是只有牺牲色相，美琴完全是经验所告诉她的成见。不过秋雁姐妹两人这次到上海来找事情，恐怕除了这条路可走的外，其他也许是不通的了。但秋雁平日的思想和品格，我是素来知道的，对于这种供人作搂抱的生涯恐怕是不愿意做的，可是为了生活的压迫，不愿干也只好干，在当初我何尝喜欢这样做，还不是含了一眶子血泪在苦海中过着虚伪的日子吗？美琴想到这里，觉得舞池内又将增加一对可怜的被蹂躏的弱女子了，她深长地叹了一口气，在她眼角旁不禁涌上了一颗晶莹的泪珠。

"美琴，你在想心事吗？"

一个黑影子走到了她的眼前，接着有阵轻柔而包含了温文成分的话声送进了她的耳鼓，美琴慌忙抬起头来看，原来是徐子秋。子秋可说是她的拖车，但也可说是她的冤家，记得那夜失身在他的手里，完全是欺骗的手段，他用酒灌醉了自己，又用甜言蜜语打动了自己，因此一个醉后的姑娘，也就糊里糊涂地中了他的圈套。虽然子秋常常来捧她，坐她的台子，不过美琴的心中，对子秋终有那么一个不忠实的恶印象。但美琴不是一个浪漫的女子，她还有从一而终、女子不事二夫的旧道德的观念，所以对于子秋在十分怨恨之中到底还带有了七分疼爱的成分。

当时美琴见了子秋，遂含笑站了起来，和他到舞池去跳舞。子秋似乎发现她的颊上沾有泪痕，遂很关心地问道：

"美琴，有谁欺侮过你吗？"

"没有谁欺侮我。"

美琴低低地回答。

"那么你怎的挂着眼泪？"

子秋望着她，表示有些怜惜的样子。

"挂着眼泪有什么稀奇？"

美琴噘起了小嘴回答。

"像我们这种可怜的女子，天天眼泪淘饭吃，比不得你们大少爷，花天酒地的多么高兴。"

"为什么好好的给我碰了一个钉子？"

子秋不解其意地望着她薄怒娇嗔的粉脸出神。美琴哼了一声，却不作答。就在这时，音乐停了，大家归座，子秋暗想：女人家惯会假惺惺作态，大概我几天不来望她，她心里就怨恨我了，于是吩咐侍者，叫美琴坐台子。

美琴由舞池姗姗地走到子秋座桌旁坐下，倒了一杯开水，她两手抬到脑后去理了一下拖长的头发，却沉默着不说什么。子秋挨近了一些身子，拉过她的手，说道：

"美琴，你倒给我说一个明白，到底有什么地方和我过不去？今天一见了我，就这样地恨我。"

"问你自己，你到底预备几时和我结婚？你要明白，我是一个姑娘的身子交到你手里的。想你也是一个大学生，你有你的人格，你把我身子占了，你好意思叫我再在苦海里过灯红酒绿的生活吗？"

美琴逗给他一个怨恨的娇嗔，方才向他说出了这几句话。子秋哦了一声，握了她的柔荑，抚摸了一会儿，笑道：

"原来是为了这个缘故不如意的，这个你何必如此性急呢！我已经向你发过咒，倘然抛弃了你，定然不得好死，难道你还不信任我吗？"

"并非是不信任你，因为我对于伴舞的生活实在是厌倦了，假使你真心爱我的话，你应该快些和我结婚，因为这样拖延下去，我终觉得夜长梦多，人心难测。像陆爱莲，她的小张，你也知道的，现在他出码头去了，从此杳如黄鹤，可怜爱莲为他生了一场大病，几乎丧了性命。你想，女子太痴心，男子终是太狠心的。"

美琴举一个例子来说，她也有些惊心，忍不住叹了一口气，又逗给他一个怨恨的白眼。

子秋望着她这个白眼，似乎更觉得她美丽了一些，笑道：

"我也知道你是非常的痴心，不过我可不是小张，你不能因小张的负心，同时也疑心我的头上来。"

"我觉得男子都是无情无义的，爱你的时候，什么下跪磕头都做得出，不爱你的时候，把你当作一堆粪土还没有这样讨厌的。我以为小张的行为，就可以代表社会上千千万万男子的心理。"

美琴始终还是坚定她的成见，很愤恨地说。

"那你也说得太过分了。"

子秋喝了一口茶，依然微笑着回答。

"你想，假使我要抛弃你的话，还会天天来望你吗？而且也不会叫你坐台子了。"

"那么你到底也给我一个日子，几时可以结婚了？"

美琴觉得始终以硬派作风，那也会使男女间爱情发生破裂的可能，所以她又含了妩媚的娇笑，把身子偎上去，柔情蜜意地问。子秋沉吟了一会儿，把嘴凑在她的粉脸上，低低地说道：

"美琴，你应该谅解我的苦衷，我还是刚从大学里踏上社会的一个青年，虽然在医院里做个助手，也有一万多元的薪水，不过我自己的零用，每月却要花费两万多，时常还要问母亲去拿，叫我哪里还有结婚的一笔费用呢？"

"我以为结婚是一个仪式，只要彼此真心相爱，结婚的仪式倒可以从简，至于两口子每月家庭开支，苦吃苦用，一万元钱也可以勉强过去。况且我也有些私蓄，你可以拿去做些生意，比方说这几天西药大涨，你是完全内行的，不也可以赚钱了吗？"

美琴对他一心一意地说，在她当然有着一万分的痴心。

"你说的话虽然不错，但是我也有我的困难地方，我父亲是个社会上有声望的人，而且他又只生了我一个儿子，对于儿子结婚的事情，他岂肯就此马马虎虎地过去呢？这给外界说起来，不是太没有面子了吗？所以你说的我是无所谓，只怕家中不答应。"

子秋一面点头，一面解释。美琴把他这几句话细细地回味起来，她的芳心里滋长了万分的悲哀，这就凄然说道：

"你这话是矛盾到了极点，既然你父亲很有钱，我们结婚以后，那每月一笔开支还不是你父亲可以供给的吗？所以我觉得你对我说的，完全是一种敷衍性质。"

说到这里，由不得淌泪道：

"我也明白像我一个做舞女的人，是够不到资格嫁到你们富家去的。既然你不能有主权可以与我结婚，你就不该存心不良，你……岂不是害了我终身的幸福吗？"

"为了这样，所以我要等我自立了，再与你结婚。"

子秋很温和地道：

"美琴，你不要伤心，我是不会抛弃你的。"

美琴冷笑了一声说道：

"还说不会抛弃我的，你根本没有真心爱上我，假使你有真心的话，你就马上回家去要求父母，与我结婚。"

"这个……怕父亲会不答应的吧！"

子秋心中一急，不免说出了这一句真心的话。美琴的心中像刺穿了一枚利箭那么的疼痛，她泪眼盈盈地白了他一下，说道：

"这可是你自己说的吧！那么你预备怎样呢？要如你有勇气的话，你要和家庭脱离，我情愿跟你过清苦的生活，就是天天吃粥，我也情愿的。"

"这不是一件容易解决的事情，让我考虑考虑，再来答复你。"

子秋摸出烟盒子来，取了烟卷吸烟，从他这一个神情上看来，显然他是有些要决不下的烦恼。美琴听他这样说，眼泪更像泉水般地涌了上来，说道：

"我想你也不用考虑，反正我没有福气跟你做夫妻，我也不怨恨你，总而言之，是我命生得苦。"

子秋被她说得有些辛酸，遂拉过她的手，说道：

"美琴，你不要哭呀！被人家瞧见了像什么样子呢？我知道你是很痴心很可怜的，所以我绝不会狠心地来丢你。你放心，我明天一定和父亲去说，假使他不肯的话，我就决定脱离家庭，和你去做对同甘共苦的鸳鸯。"

美琴听他说得这样的毅决，一时又得到了无上的安慰，遂偎了他身子，用了感激的目光，向他脉脉含情地逗了那么一瞥，破涕道：

"子秋，你若果有这样伟大的爱，我到死都感激你的恩情。"

子秋乘势把她默默地温存了一会儿。美琴慢慢地推开他的身子，秋波逗给他一瞥娇羞的媚眼，说道：

"子秋，我劝你应该节省一些，不要太花费，我希望你以后还是不要常到这里来好，并非我向你灌迷汤，因为这种灯红酒绿的场所，到底不是青年人正当的娱乐。"

"你这话说得不错，以后我还是到你家来谈谈，或者看一场电影，或者去游一会儿公园，这样既可以节省金钱，而且又可以时常相见，你想好不好？"

子秋点了点头，表示非常赞成的意思。美琴听了，自然十分欢喜，子秋要拿啤酒喝，美琴不肯给他喝，说快要打烊了，喝酒到底是伤身子的。子秋道：

"那么我们到外面去吃一些点心。"

美琴这次不忍拂他的意思，只好点头答应了。

子秋于是付了茶账，买了一千元舞票，和美琴挽手走出仙乐斯舞厅门口的时候，又塞给美琴一千元现钞。美琴在黑魆魆之中捏到了一卷纸，一时想不到是钞票，遂低低问道：

"这是什么东西？"

"给你买一些香粉用的。"

子秋向她微笑着回答。

"不，我不要，你自己也要零用的。"

凭了子秋这一句话，美琴就明白那是一卷钞票，遂摇了摇头，用了十二分真挚的情意，向他低声地说。子秋道：

"我自己零用当然有的，你只管拿了去吧！"

美琴这才不客气地收下了。

在子秋的意思，他想约美琴今夜一同宿在外面了。美琴本来倒可以答应他，但是今天秋雁姐妹初次来家，我若一夜不回去，这给秋雁的心中恐怕会留下了一个轻视的恶感，所以她只好向子秋撒了一个谎，在他耳边低低地说了一阵，那粉脸上故意又显出红晕的样子。

子秋倒信以为真，哭里带笑地说道：

"想不到这样的凑巧，那么过几天再说吧！"

美琴赧赧然地点了一下头，大家吃好点心，美琴又买了一盒鸡球大包回家。谁知回到家里的时候，天空中忽然落起大雨来了。

当时秋雁给她开门进内，忙问道：

"美琴，你淋着了雨没有？"

美琴道：

"倒没有，刚走到后门口，天就下雨了，你们姐妹两人还没有睡吗？"

美琴一面说，一面把盒子、皮包放在桌上，脱了大衣，把盒子打开道：

"来，我们大家吃点心。"

春燕因为刚才只吃了半碗饭，此刻真的有些饿了，于是跳下床来，坐到桌边，拿了鸡球大包就吃。秋雁倒了三杯茶，见美琴开了皮包在数舞票，遂道：

"美琴，你自己为什么不吃？"

"我在外面已经吃过点心了，你们吃吧！"

美琴数了舞票，又取出一叠钞票数着。春燕瞧了，心中不免暗想：美琴的进益一定很不错，否则，哪里来这许多的钞票呢？其实给男子搂抱了跳跳舞，那也算不得是件可耻的事情。只要抱定了自己的宗旨，还怕什么人来欺侮吗？秋雁此刻心中也在暗想，不过她的感想，和妹妹是完全的相反。她觉得美琴手中拿的这许多钞票，可怜她一定是拿了血和泪混合的代价去交换来的，她非常沉痛，微蹙了翠眉，几乎有些食不下咽的难受。

钟声已敲十二下了，她们三个姑娘都入梦乡了，夜是静悄悄的，四周都像死过去了一样的沉寂，只有窗外风雨的声音，打在玻璃片子上，发出了"嗒嗒"凄凉的音调。

子秋的父亲徐伯荪，他是银钱业的领袖，在上海也是一个社会名人。住宅在静安寺路六十七号，那是一座小型的洋房。母亲是个陈旧思想的妇人，从前是乡村里的姑娘，目不识丁，一天到晚，以念佛为消遣。伯荪在从前是衙门里当捕快的，吃公事饭的人，当然免不得有几件伤阴骘的事情。所以到现在伯荪常常做慈善事业，在他当然是要弥补从前罪恶的意思。所以他叫子秋读的是医科，也是叫他为病家服务，替社会造福。好在子秋倒是个聪敏的人，今年暑期已经毕业，如今入公德医院做助手，也有两个月的日子。今夜和美琴分手之后，他便匆匆地回家，一路上不免暗想：我明天应该向父亲如何地要求呢？假使我说明要讨一个舞女的话，父亲一定要不答应，不但是不答应，恐怕还要挨一顿骂，这个对于婚事，根本难以成功。那么我只有骗他说，美琴是个学校中的女学生，不过父亲一定又要追究下去，问她父亲做什么生意，家境如何。万一他知道美琴是个孤零的女子，他一定又说门不当户不对，他不赞成，这……便如何是好？子秋左思右想，终觉得难以开口。这时一阵夜风，夹着雨点儿打送到脸上，心中真有些无限的凄凉。

子秋回到家里，悄悄地到了自己的卧房，开亮了台灯，坐在写字台旁呆呆地想了一会儿心事。大概是喝了一些酒的缘故，他又会想到美琴的身上去，今天是太不凑巧了。假使她没有封关的话，一定会答应我的要求，说不定此刻早已鸳鸯戏水、鸾凤颠倒的……想想，实在真个销魂的了，何至于独对孤灯，只落得眼前凄清呢？

"少爷，你才回来吗？我已来看过你三遍了。"

子秋正在感到十分烦恼的时候，忽然听到这两句话声，于是忙回头去看，原来是母亲房中的丫头小红，遂答道：

"你来看我三遍做什么？"

小红道：

"太太有事情找你，说外祖母身体不大好，要你明天去给她注射几枚补针。"

"我知道了，这也算不了大事情，何必今夜急急要来找我呢？"

子秋对于这种差使平日是最感到头痛的，所以他很生气地回答。

"我怕明天会忘记的。"

小红被子秋埋怨得噘起了嘴，这样地辩白了一句，回身就退出去了。子秋望着她的背影，觉得这几天小红似乎长高了许多，不知他有了一个什么感觉之后，忽然又把小红叫住了，说道：

"小红，你回来。"

小红回过身子来，望了他一眼，说道：

"什么事情？你要喝茶吗？"

子秋道：

"叫你过来，你就过来，我有话问你呀！"

小红只得一步一步走到他的面前，在她芳心中当然感到了十分地猜疑。不料子秋却把她手拉住了，一拖就抱在怀里，问道：

"小红，你几岁了？"

小红倒吃了一惊，红着脸，说道：

"少爷，你……你……"

子秋不等她说下去，很凶狠地又问道：

"你说，你几岁了？"

小红道：

"我十五岁了，你问这个做什么呢？"

子秋这时心头模糊，而且也发烧得厉害。他抱了小红的身子，虽然觉得她还是一个十五岁的小姑娘，而且乱头粗服，是个丫头的身份，不过此刻在醉眼中望着小红的粉颊，似乎女人终有一股子吸引的魔力，笑道：

"小红，少爷很爱你，你心里欢喜吗？"

"这是什么话？少爷，你不要开玩笑呀！"

小红已经有了十五岁的年龄，她当然也懂得了一些男女间爱不爱的事情。今听少爷这样说，那真是出乎意料之外的情形，绯红了粉脸，一面说着话，一面却微微地挣扎。

"谁和你开玩笑？我是真的很爱你，小红。"

子秋说了这两句话，又迫切地叫了一声。他站起身子，把小红拖到床边去了。小红的身子本来很娇小无力，固然抵不过他，就是在地位上说，他是少爷，自己是丫头，好像不敢有违背的意思，同时更因为小红是个没有受过教育的小女孩，知道两字根本谈不到，所以在叫了两声少爷你怎么啦之后，竟然任他蹂躏和摆布。

子秋对于小红这一个举动，根本不是有爱素的作用。他完全把小红当作了一架器具，所以他并没有一些爱怜的意思，在他认为一切都已舒齐的时候，就推开她的身子，说道：

"好了，没有你的事了，怕太太找你，你快些回去吧!"

小红虽然不甚了解"爱"到底是怎么的一回事情? 不过对于少爷这一种态度，自己心中不免有些反感。她想：难道这样就此结束了爱吗? 可怜她已经在颊上沾了无数点的眼泪，此刻一阵子悲酸，她眼泪更像雨点儿一般地直滚下来了。

"咦? 你好好哭起来做什么?"

子秋有些讨厌的样子问她，不过他怕事情闹僵了，遂在袋内摸出三百元钞票来，塞到她的手里，说道：

"小红，你不许哭，这些给你买些生发油、香粉用的。今夜的事情，你不许给人家知道，假使你要告诉了一个人，被太太晓得，恐怕你的性命就完了。"

小红有些怨恨，她拭了拭泪痕，把钞票依然放在桌上，拖着沉重的步子，一步一步地走出房外去了。子秋笑了一笑，偶然低头望到被单上沾有了几瓣玫瑰的颜色，他似乎在体会刚才那一种小红痛苦的表情，这才感到她有些可怜。但不上三分钟之后，他抱着被已是呼呼地熟睡去了。

第二天起来，因为子秋在医院里是挨着夜班，所以下午吃过饭，他预备去望美琴。不料车夫阿根前来说老爷在书房叫他，子秋不知道什么事情，遂匆匆走到书房，只见父亲和一个不相识的老年人在谈话，于是走上去叫道：

"爸爸，你叫我什么事情?"

伯荪见了子秋，遂忙叫道：

"子秋，你快过来，拜见这位史鸣德老伯，他是我的老朋友，最近从杭州出来，预备创办一个慈善医院，我说你是学医科的，将来倒可以代替史老伯负一些责任，同时也替社会可以造一些福。"

子秋听了，连忙向鸣德恭恭敬敬地行一个鞠躬礼，叫道：

"史老伯，小侄知识浅薄，还请你老人家多多指教才好。"

鸣德向子秋望了一眼，只见他生得一表人才，品貌非凡，兼之穿了笔挺的西服，更显得眉清目秀，十分的英俊。因为他说话极有礼貌，所以自己十分地喜欢，吸了一口雪茄，笑道：

"贤侄不要客气，坐下来我和你谈谈。"

子秋见他光秃了头顶，一副清瘦的脸，知道这个人是爱拍马屁的，所以鸣德问他话的时候，他便小心十分地回答，而且时时地奉承他。鸣德这就愈加欢喜，向伯荪道：

"令郎正是一个人才，我想叫他脱离公德医院，到我鸣德医院来干事情，不知老兄的意思怎么样？"

伯荪笑道：

"你老哥肯提拔小犬，这我还有不欢喜的道理吗？"

鸣德道：

"如此好极了，我们现在已经开始创办，一切事情都由我妹夫何志明在筹备，他说一个月后，就得开始成立。将来对于医师方面，还请贤侄广为介绍才是。"

鸣德说到这里，又向子秋望了一眼，微微地笑。

"那是当然，那是当然，小侄一定尽力。"

子秋连连地点头，很和气地回答。伯荪这时想到了一件事，向子秋问道：

"你上房里去过没有？你娘叫你带两支维他命西去，给你外祖母注射，你知道吗？"

"我知道的，这时候我原预备去了。"

子秋在鸣德的面前，只好这样地回答。

"那么你此刻就去吧！"

伯荪怕耽误了时间，向他催促。子秋巴不得有这一句话，遂站起身子，向鸣德又鞠躬，说声老伯多坐一会儿，匆匆地走出了书房。

因为父亲也这样关照过了，他不敢不到外祖家里去一次，给外祖母注射了两枚针，急急赶到立仁里，找到十二号门口。美琴的家里他是来过好多次的，所以他就一直上楼，推进亭子间的房门，口里还叫着美琴的名字。可是出乎意料之外的，里面坐着一个女子，不是美琴，却是一个比美琴更年轻美丽的姑娘，当时他还以为走错了人家，不过他见到梳妆台上那张美琴的半身照片，知道并没有找错，这就含笑问道：

"请问沈美琴小姐出去了吗？"

"哦，美琴和我姐姐一同出去了。"

原来这个少女就是春燕，春燕见了子秋，由不得呆住了一会儿，及至听他问起了美琴，方知是美琴的朋友，于是站起身子，向他低低地回答。

子秋想不到美琴家里会多了一个这样美丽姑娘，他不免感到意外的惊喜，遂忙又温和地问道：

"恕我冒昧得很，您这位小姐贵姓？从前美琴是只有一个人住的呀！"

春燕知道他不是第一次来，遂微红了粉脸，说道：

"敝姓杨，不错，我和姐姐最近从杭州到上海的，美琴是我姐姐的同学，所以我们在她家里暂时耽搁几天。您先生贵姓？找美琴有什么事情吗？"

"哦，原来是杨小姐，我姓徐，草字子秋，和美琴是个普通的朋友，因为好久不见，所以来望望她。"

子秋一面说，一面老实不客气地在桌旁坐了下来。他所以说上一句是普通朋友，在他心中当然是包含了一层深刻的作用。

春燕听他连名字都告诉出来，一时倒忍不住暗暗好笑。因为人家已经坐了下来，自己少不得代替主人要招待招待，遂在热水瓶里倒了一杯开水，送到他的面前，说道：

"徐先生，喝杯茶，美琴姐大概就可以回来的。"

"杨小姐，谢谢你。"

子秋欠了身子，含了满面的笑容，说道：

"这次你和姐姐一同到上海来，不知道有些什么事情吗？"

这倒叫春燕难以回答了，雪白的牙齿，微咬了殷红的嘴唇皮子，支吾了一会儿，说道：

"我们原想到上海来找一些事情做做。"

子秋暗想：她们要到上海来找事情做，可见她们一定是个孤苦无依的女子，这样就有办法了，他不禁暗暗地欢喜，遂很开怀地问道：

"杨小姐，那么我倒要向你问一声，你在杭州府上还有什么人？老太爷和老太太不知都健在吗？"

"都过世了，假使我有爸妈的话，还用得到上海来找事情吗？"

春燕摇了摇头，叹了一口气，显然她是有些伤感的意思。子秋很表同情地搓了搓手，说道：

"这样说来，徐小姐在杭州府上是没有什么亲人的了。"

春燕点了点头，却不作声。子秋道：

"徐小姐的身世倒真是十分凄凉，不知道你在什么学校里读过书的？"

"我们在杭州新民女子中学读过书，可是为了环境关系，我们都没有毕业，我想，像我们这样学识浅陋的女子，也没有什么事情可以干吧！"

春燕很忧愁地说。

子秋道：

"徐小姐既然也受过中学程度的教育，我想总可以找一些事情做的。我爸爸在银钱业中说起来稍许有一些名望，假使徐小姐需要我帮助的话，我总可以给你们尽一些责任。"

春燕听他这样地说，不免向他微微地一笑，说道：

"徐先生肯帮助我们，我们当然十分感激。不过我倒要问你一句话，美琴姊姊她也是很有学问的人，你和她既然是朋友，为什么不给她介绍一个职业，却眼瞧着她去做舞女呢?"

子秋被她这一问，倒有些回答不出一个所以然来，怔住了一会儿之后，才说道:

"杨小姐，你不知道我和美琴认识的时候，她已经在做舞女了。虽然我曾经也劝过她脱离这个舞女的生活，不过她喜欢这样做，叫我又有什么办法呢?"

春燕口里虽然没有表示什么，但她心里却在怀疑着:这就奇怪了，难道美琴姊姊却喜欢自甘堕落吗?子秋见她沉吟着出神，遂又说道:

"杨小姐，美琴这时候大概不见得就会回来，我们到外面走走好吗?"

春燕道:

"家里没有了人，怕有些不方便。"

子秋道:

"不要紧，我们一会儿就回来好了。"

春燕也是个重情面的姑娘，这就不好意思再拒绝他，其实子秋这时候见了春燕，把美琴的情爱早已抛到了九霄云外去了。

第七回

一样热诚两种怀抱

春燕关上司必令锁，好在美琴也有钥匙带在身边，所以她很放心地跟子秋走出了立仁里。两人在街上慢步地走了一会儿，子秋先开口说道：

"杨小姐，我们去吃一些点心好吗？"

"我倒没有饿，大家还是踱一会儿，我就要回去的。"

春燕觉得自己和他到底是才见面的初交，如何好意思就此跟了一个陌生男子去吃点心呢？况且他是美琴的朋友，虽然不知道他们到底是怎样的交谊，不过自己终也得避一些嫌疑，所以她摇了摇头，表示谢谢的意思。

子秋当然不会因她的推却就此终止他的要求，因为他知道一个姑娘家多少还是为了怕难为情的缘故，遂又诚恳地说道：

"杨小姐，我们就不妨到附近咖啡室去坐一会儿，喝一杯咖啡，当然是不会饱的。我这人的脾气就喜欢直爽，你和我是初见，大概不知道，将来日子久了，你就明白我是一个很爱交朋友的人，所以杨小姐千万不要客气，大家还是实心眼一些的好。"

春燕听他这样说，当然不好意思一味地拒绝人家了。秋波向他瞟了一眼，由不得微微地一笑，这就跟他走进了一家咖啡室，在一个座桌旁坐了下来。侍者上来问吃什么，子秋拿了菜单，递到春燕的面前，含笑问道：

"杨小姐，你爱吃什么？你自己点吧。"

"我真的很饱，就喝一杯咖啡好了。"

春燕有些怕羞的样子回答，因为她跟了男子在外面吃点心实在还只有破例第一遭，她那颗芳心是跳跃得相当的剧烈。子秋遂不再客气，向侍者吩咐拿两杯咖啡，侍者答应下去。两人静静地坐了一会儿，偶然四目相接的时候，春燕由不得嫣然地一笑，但立刻又红晕了粉脸，把头低了下来。子秋此刻眼中看来，觉得这位杨小姐真是美丽到了极点，尤其在日光灯笼映之下，只觉得她的脸像剥出鸡蛋似的嫩白，这和美琴相较，当然是胜过了十倍以上，他心中是像糖衣涂过了一样的甜蜜，脸上的笑容这就没有平复的时候。

"杨小姐，我们喝咖啡吧！"

侍者送上咖啡，子秋这才有了说话的机会。春燕也方才抬起头来，微微地一点。子秋夹了两块方糖，送到她的咖啡杯子里去，春燕含笑说了一声多谢，两人又静默下来。这时春燕的心中，自不免暗暗地想了一会儿，这位徐子秋的年纪大概是二十二三左右吧，不过生得雪白的皮肤、很俊美的脸蛋，倒确实是一个美男子。因为他虽然请自己来吃咖啡，但不大和自己说话，可见他也并不是个很会说话的男子，那么换句话说，他倒不是一个油腔滑调的少年。从他那双脉脉含情的眼睛猜想，他一定是个十分多情的少年，想到这里，由不得心中荡漾了一下，可是她的粉脸却不期然地会热辣辣地红晕起来。

子秋在情场中可说是老手了，他能够体会女子的心理，所以他才应用如何的态度去对付。在他早已看准春燕是个情窦初开的女郎，又知道她是一个才从杭州到上海的少女，在她当然是很需要有知心着意的朋友去安慰她，不过她需要的是一个诚实可靠的朋友，在她的前途至少是可以有些互助，那么自己在她的面前当然更应该装出一本正经很老实的样子。子秋既然胸有成竹，他在春燕的面前，自然格外显出温和的神情，只不过那班涉世未深的小姑娘，又哪里知道对方的心怀不良呢？

吃毕咖啡出来，时候已经四点半，两人在咖啡馆内，可说是并没有谈过一句话。春燕心中自不免暗暗猜疑了一会儿，觉得子秋对自己不知道究竟是存着什么用意，不过自己是一个年轻的姑娘，人家既然不向自己说话，我一个女孩儿家终不好意思向人家先搭讪上去。但尽管这样默默地在马路上走着，那也没有什么多大的意思，所以她忍不住开口说道：

"徐先生，很对不起，叫你破钞了，时候不早，我想回家了。"

子秋这才说道：

"杨小姐，你不要如此客气，倒叫我不好意思了。既然你要回家，那么我叫街车送你回去。"

春燕忙道：

"不必了，我自己会讨车子。"

子秋道：

"杨小姐，你慢些走，我还有一句话要同你说。"

春燕身子已向前走了两步，如今被他叫住了，这就又回过身子来，低低问道：

"徐先生，你还有什么话要跟我说？"

子秋挨近了一些身子，明眸充满了热情的光芒，在她粉脸上脉脉地望了一会儿，说道：

"杨小姐，你什么时候有空，我们大家再来叙叙呢？"

"我在没有找到职业之前，只怕天天就空在家里。"

春燕觉得他临别时的这两句话，那就大有意思了。因为在她心中是需要他有这两句话，所以她是感到十分欢喜，眉毛一扬，露着雪白的牙齿，微笑着回答。

"假使徐先生有空的话，不妨到美琴姐家来玩，那么我们就有了再叙的机会了。"

"不过我的意思，最好约一个地方，明天你假使有空的话，我们再在这光明咖啡室见面好吗？"

子秋从她脸部上的表情看来，知道她的芳心中，对自己至少并没有一些恶感，所以他大胆地说出了这一个要求，因为他预料春燕绝没有拒绝的勇气。

"也好……"

春燕沉吟了一会儿，接着又问道：

"那么几点钟呢？"

"下午三点钟怎么样？"

子秋觉得小姑娘的心细，她问几点钟，那就可以表示她有这一份的诚意。

春燕点了点头，表示赞成的意思。子秋这时大胆地又握住了她的手，微笑道：

"杨小姐，我们约会的事，还是不要被美琴知道，因为她要取笑你的。"

"那么我们再见……"

春燕听他这样叮嘱，一时细细地回味，自然十分地难为情，她一点头，便转身走了。子秋忙给她讨了一辆街车，而且给她付去车资。春燕道了一声谢，遂匆匆地别去。

春燕在回家的途中，由不得暗暗地想了一会儿心事，子秋临别又约我明天在光明咖啡馆碰头，可见他对我不免有情，而且他又叫我不要给美琴知道，这其中当然是含有深刻作用的了。这时候春燕的心中，是只会想到子秋待自己好，而待美琴不好，她是十分地欢喜，这大概就是为了爱情本是自私的东西，只有我而没有他的缘故吧！春燕回到家中，只见亭子间的门依然锁着，她敲了两下，没有人答应，知道她们还没有回来过，因为自己对于这件事也很想秘密一些，当然对于她们还没有回家是很感到安慰的。于是匆匆开门进内，只装作没有走出过去的样子。

其实秋雁是早已回来过的，因为她身边没有钥匙，所以只好又出去了。原来秋雁和美琴下午出去，她们不是一同到上海女中去的，美琴是去买一些东西，所以两人在马路上便各自分手，秋雁坐车到上海女中门口跳下，走进传达室，问道：

"请问这王静英先生可在校中吗？"

传达室中那个老头子，向秋雁脸上望了一眼，说道：

"你不知道吗？王静英先生在春天里患肺病死了。"

"啊！患肺病死了？"

这惊人的消息，使秋雁那颗脆弱的心会震动得极度的痛苦，她失声地叫了一声，眼泪不由自主地会流了下来。那老头子见秋雁悲痛的样子，很表同情地叹了一口气，说道：

"说起来真是可惜得很，像王先生这样和蔼可亲的人会患肺病死了，老天真也太残忍的了。"

秋雁没有说什么话，她拖着两只沉重的脚一步一步地移出了上海女中的大门，含了满眶子的热泪，秋风吹到身上，她不由自主地抖动了一下，真有说不出的凄凉。在她脑海里映起王先生慈祥的脸，记得那年分别的时候，他握了我的手，用了颤抖的口吻，说道：

"秋雁，你是我最亲爱的学生，希望你时常和我通信。我半年来时常咳嗽，医生说我是肺病，要我静静地休养，不过我是终身为教育而服务的人，岂能有休养的机会？只要我活着一天，我终得为教育而尽一份责任。"

这几句话似乎还在耳际隐隐地流动，然而王先生果然已脱离了人间了，真是武侯所说，鞠躬尽瘁，死而后已。唉！失意人偏逢失意事，秋雁情不自禁地叹了一口气。她茫然地走了许多路，抬起头来，只见前面是一个公园，她也不知道这是什么公园，因为心中烦闷，遂买了一张门票，踱了进去。秋天在公园里是会感到满目荒凉的悲哀，何况这时秋雁的心境，她觉得无景不是使自己会感到十分地忧愁和惨然，见了人家三五成群那种欢喜的神情，更衬自己孤独的可怜。她奇怪着自己也只不过是个二十岁的年纪，为什么竟没有一些青年人春夏之气呢？秋雁一面走，一面想着，不料这时候有个小皮球滚到她的脚旁，秋雁因为没有注意，一脚踏了上去，皮球一滑，秋雁站立不住，身子竟向前扑了下去。因为是冷不防的，这一跌可不轻，秋雁痛得几乎站不起来。

一个十几岁的西洋小孩，拾了皮球就跑，幸亏这时后面有个年轻的姑娘，她抢步奔到秋雁的身旁，把秋雁从地上扶起。秋雁屈了膝踝，还是站不起来的样子，那姑娘说道：

"我扶你到那边椅子上去坐一会儿再说。"

秋雁颦蹙了眉尖，点头说了一声多谢你，一拐一拐地走到椅子旁坐下。在坐下椅子的时候，她抬头向那姑娘望了一眼，这才瞧清楚那姑娘是个挺秀丽的模样，遂点点头表示感谢的意思说道：

"真对不起你，叫我心里十分感激。"

"不要客气，这班孩子顶顽皮了，你跌得怎样？没有受伤吗？"

那姑娘也在一旁坐下了，一手去按摸她的膝踝，很关怀地说。

秋雁把丝袜脱下一些看，膝踝上有一块青，遂又穿上了，说道：

"还好，幸亏是草地，要不然一定会皮破血流的。小姐你贵姓？"

说着话，又瞟了她一眼问。

"我姓何……"

那姑娘一面回答，一面在皮包内取出一张名片，递了过去。同时又问她说道：

"您小姐贵姓？"

秋雁接过名片来看，见上面印的何玉华三个字，遂点头笑道：

"原来是何小姐，我却没有备着名片，敝姓木易杨。"

"杨小姐在哪里读书？"

玉华向她搭讪着问。

"从前我在杭州新民女子中学读书，现在却闲在家里。何小姐还在求学吧？"

秋雁见她很想和自己交一个朋友的样子，遂也向她低低地反问。

"我在明德女中读书，不过我喜欢的是医科，所以我不久也许要

93

到医院里去做实习生。"

玉华很天真地向她告诉。秋雁听了这话，心中倒是一动，忙问道：

"何小姐有人介绍吗？假使可能的话，我倒也有这一个志愿。"

玉华笑道：

"你也有一个志愿，那是再好也没有的了。我老实告诉你，因为我舅父要创办一个慈善贫民医院，现在一切事情，都由我父亲在着手进行，大概一个月后就可开始成立。医院成立之后，里面当然需要许多看护生，假使杨小姐果然有这个志愿的话，那当然是极对的，不发生问题。"

秋雁哦了一声，暗想：这样说来，她定是个贵族的小姐了，想不到一个有钱人家的小姐，倒情愿刻苦耐劳地喜欢干看护的工作，这倒也是一件难得的事情，于是忙道：

"何小姐肯帮助我加入，我真是十二分地感激，不过我还有一个妹妹，也要请你特别地帮忙。"

"原来你还有一个妹妹，好极了，我一定尽力帮忙，其实我可以做主，保险你们都可以进去工作。"

玉华很欢喜地说：

"那么你还得告诉我，杨小姐的芳名叫什么。不知道府上在哪里？将来医院成立，我可以来通知你。"

"我的名字叫秋雁，妹妹叫春燕，在上海我们可说是没有家，因为我们父母都死了，只有姐妹两个人，才从杭州到上海，现在耽搁朋友家里，原想预备找一些事情做做的。"

秋雁认为自己是遇到知己一样，把身世从实地告诉了她。

玉华是个善良的姑娘，她听了秋雁的告诉之后，她的眉毛不免微蹙了起来，秋波脉脉含情地逗她一瞥同情的目光，说道：

"杨小姐，那么照你这样说，你的身世真是很凄凉，我倒非常地同情。我和你也可说是一见如故，不怕冒昧的话，假使医院还要一个月可以成立，那么你们难道在朋友家中耽搁一个月吗？我想你朋友的境况不知如何，万一不甚宽裕的话，那么在她当然也是不胜负担。我倒有一个意思，想和你结拜了姐妹，不知你的意思怎么样？假使你不弃的话，从此你就住到我的家里去，我爸妈一定是十分地欢迎。"

秋雁对于她这一番意思，那真是感到了意外的惊喜，情不自禁握住了她的纤手，连连摇撼了一阵，说道：

"何小姐，你这话可是真的吗？"

"当然是真的，我如何肯骗你。"

玉华也知道她是欢喜的表示，遂扬着眉毛笑嘻嘻回答。秋雁微红了粉脸，说道：

"只不过，你是一个贵族小姐，怕委屈了你的身份。"

"杨小姐，你说这些话太客气了，我倒有些不好意思。那么你今年几岁了？"

玉华秋波逗给她一个娇嗔之后，又含了微笑，向她低低地问。

"虚度了二十岁，你几岁？我猜想你终比我小两岁的。"

秋雁望着她白里透红的粉颊，一面告诉，一面猜测着说。

玉华扑哧的一声，忍不住笑了出来，说道：

"你就猜得这样的准确吗？"

秋雁也笑道：

"其实我说的终比我小两岁是混说的，或者两岁，或者三岁的意思，现在被你这样一笑，大概你真的比我小两岁的了。"

"嗯！我真的比你小两岁，那么你妹妹几岁？"

玉华点了点头，也笑着说。

"我妹妹十七岁，比你还要小一岁。"

秋雁抚着她的手，含了欣喜的微笑。

"那么你老大，我老二，你妹妹老三。从今日起，我就叫你大姐。"

玉华说得十分的天真，脸上充满了喜悦的表情。

"你叫我大姐，我就叫你二妹。"

秋雁欢喜得掀起了酒窝，她这才把刚才一切的忧愁都抛到九霄云外去了。玉华道：

"我的家里是在静安寺路三民村八号，大姐此刻就和我一同去好吗？"

"此刻我想不去了，明天和妹妹一同来好不好？"

秋雁低低地回答。

"那也好，明天上午就来，我备一些菜，大家叙叙姐妹的道理。我家除了爸妈之外，我又没有一个姐妹兄弟，所以你们只管住到我的家里去，那是一些都不成问题的。等医院成立之后，我们一同去做看护，晚上还可以大家研究医学知识，你想以后的生活不是很叫人快乐的吗？"

玉华絮絮地说了一大套，表示她内心兴奋得这样的程度。

秋雁除了内心深深地感激之外，她握紧了玉华的纤手，再也说不出一句话来，最后方才说道：

"二妹，你待我这样好，我终不会忘记你的恩德。"

"大姐，说什么恩德两个字呢？我想无论一件什么事情，终也有个缘分，今天在顾家宅公园里会和你遇见而相识，这倒不能说是偶然的事情，我以为也许是注定的吧！"

玉华用了恳切的口吻，向她微笑着说。

秋雁忍不住也笑道：

"说起来当然也不是单为了凑巧而相识的，大概真的有些缘分。我到公园来玩，也完全不是存心来的，而且对于公园的名字，也还只有现在你说了方才知道呢！"

"这样说来，我们也许前世是对姐妹。"

玉华得意地笑，接着又问道：

"大姐，你的膝踝还痛吗？假使能走路的话，我们到外面去吃些点心。"

"不痛了，一些也不痛了。假使还痛的话，我也会不觉得痛。"

秋雁说着话，站起身子来，向前走了两步。

"这话是怎么样地解释呀？"

玉华对于她这两句有趣的话，倒不免有些愕然，定住了乌圆的眸珠，向她怔怔地问。

"我遇到了像你这么一个有义气的好妹妹，就是跌得皮破血流的话，我也会一些都不感到痛的了。"

秋雁握了她的手，很认真的样子，说出了这几句话。

玉华嗯了一声，伸手在她肩上拍了一下，却也抿嘴笑了起来。秋雁觉得玉华说得令人可爱，一时望着她的粉脸，也由不得咪咪地笑。

两人在春江茶室吃了点心，约定明天上午准定到玉华的家里。分别的时候，玉华还写了一张地址的字条给她，方才各自别去。

秋雁回到家里，谁知妹妹不在家，因为身边没有钥匙，无法进内，只好又退了出来。意欲到马路上去踱了一个圈子，不料走到弄口的时候，为了避让一辆自由车，却又和一个少年撞了一下。两人抬头一见，似乎有些面熟，大家都忍不住微微笑了。

第八回

似曾相识脉脉含情

乐文那夜回到家里，他的母亲秦太太还等他回来一同吃饭。乐文因为自己在咖啡馆内曾经吃过了一客吐司，所以倒也不觉得十分的饿，遂说道：

"妈，你饿了，你还是自己先吃吧！"

"我倒也不饿什么，你回来了，就一同吃过了算了，饭都凉了。"

秦太太一面说，一面盛了两碗饭。乐文坐下，握了筷子，在碗内挑着饭粒，向口内一粒一粒地嚼着。凭了他这一种出神的态度，就可以知道他是在想着心事。秦太太这就低低地问道：

"乐文，今天你们开会的结果怎么样呢？到底有没有成功的希望？"

"妈，这件事情说起来真是出乎意料之外的。"

乐文这才恢复过他的知觉来，微微地一笑，遂把咖啡馆内经过的情形向她诉说了一遍，并且说道：

"你想，那不是因祸而得福？"

秦太太笑了一笑，说道：

"但愿乐器能够不发生什么问题，这真是谢天谢地的了。"

说到这里，她那两条稀疏的眉毛，又微微地蹙了起来，说道：

"下半年的生活，比上半年又涨得好几倍了，今天白米要卖两万了，就是菜市场里的小菜也涨了数倍，一天买一百五十元小菜，还是一些也没有什么可吃，你想，生油要三百多元一斤。这种生活，我活了五十六年来，真是从生都没有过着过。你爸爸五年前死了，当时我真伤心，现在我倒反而羡慕他了，他真福气，这种生活到底没有看见。唉！要如换了我死，那是多么的好，你也不会这样受到环境逼迫的痛苦了。"

乐文听母亲这样地说，他的内心会慢慢地滋长了悲哀的成分，叹了一口气说道：

"妈，你别那么地说，这都是我做儿子的太没有能力了，白白活了二十二岁的年纪，不能够给母亲有好日子过，这是我的罪恶。唉！为什么我要去干这种艺术的苦生活呢？"

"乐文，不，你不要误会我做娘的说的这几句话。"

秦太太见儿子脸上显出了痛苦的样子，慌忙给他解释。

"我的意思，因为我是个女子，而且是个思想陈旧、年纪苍老的女子，所以我竟没有一些可以帮助儿子成功事业的能力。这我是感到深深的不安和难过，你瞧瞧这一张照片，那时你还只有十六岁吧！"

说到这里，放下碗筷，把手指到写字台旁的壁上那个框子上去。乐文在暗淡的灯罩下的光线中看去，这是我十六岁拍的一张半身小照，白白胖胖，这正是我的黄金时代，听母亲又接下去说道：

"那时候你父亲还在世上，所以你真幸福，脸是那么的丰腴，白白胖胖，完全是一个孩子的模样，可是现在……"

秦太太把她柔弱的目光，又注视到他的脸上去，说道：

"你的脸是那么的瘦削，是那么的苍黄，我知道这是被生活所磨难得这个样子的。有时候我见你写文章编乐谱到半夜三更的时候，我忍不住终要落下眼泪来。唉！这都是我累苦了你……"

秦太太的眼角旁几乎要润湿起来。

乐文被母子之情感动，他忍不住也要落下眼泪来，只不过为了母亲已经有伤感之意，自己当然不能再去增加她的悲哀，他把眼泪从肚子里吞了下去，含了无限酸楚的微笑，低低地说道：

"妈，这是你自己心理作用，我现在也只不过二十二岁的年纪，我的脸也算不得这样的苍老，你瞧瞧，我的两颊，这几天好像是胖了一些了。"

乐文为了要博娘的欢心，他把手抬上来拍了拍自己的两颊。

秦太太似乎也明白儿子的意思，满显皱纹的脸上也浮现了一丝苦笑，微微地点了点头，自言自语道：

"二十二岁了，说小也不算小了，像你父亲那么年纪结婚的话，也许你已经有了孩子。我想你终不能这样一辈子不结婚的，不管经济怎么样，我想终预备给你娶一房媳妇，这样在我终似乎可以放下了一头心事。"

"妈，你又谈到这个问题上去了。"

乐文不免两颊微微地一红，摇了摇头，一面加紧地吃饭，一面笑着说，在他的心中，当然认为现在还不是谈婚姻问题的时候。

"男大当婚，女大当嫁，这是古今皆然，为什么不能谈呢？"

秦太太注视着他微现红晕的脸，却忍不住笑起来。

"可是在我的环境说，还不到这个时候。"

乐文说完这两句话，他已放下了饭碗，离开了桌子，坐到写字台旁去了，似乎还听到母亲一阵细微的叹声。这叹声给予乐文十二分的同情，他也忍不住叹了一口气，坐到写字台旁来的本意，是预备作一些乐曲，不过为了母亲提起婚姻问题这一句话，他提了钢笔却是一个字也没有写下来。

玉华在我的心目中是未来的夫人，就是在玉华的心中，也未始没有这一个意思。不过将来事实上，能否成为一对，这当然还是另外的一个问题。在性情上说，我们是十分的融洽，在品貌上说，似乎还可以说相等。在年龄上说，简直可以说是恰当。只有在环境上说，那似乎相差得太远一些。虽然玉华她不是一个爱好虚荣的女子，她绝不会有什么贫富的观念，只不过思想与见解是空虚的，日常的生活是最现实，能够实现日常的生活，这思想和见解才可算是准确

100

的。否则，还只好说是纸上谈兵，根本不发生一些效力。那么玉华究竟是否过得惯清苦的生活，因为此刻她在家里的生活，当然不是一个普通家庭中可以能够享受得到的。在未婚的时候，她一定会说，我就是吃些淡粥淡饭，也不会嫌苦，不过结婚后的事实，到底不容易预料的。所以与其是结婚后感到争吵的痛苦，倒不如做一辈子光棍的幸福。乐文在经过这一阵的沉思之后，他把平日和玉华一切浓厚的热望，顿时冷了下来。觉得在事业还没有得到成功之前，千万还是不要做粉红色的梦想才好。于是他提起笔来，专心地又去作他华尔兹的乐曲了。

第二天下午，乐文想起了玉华，遂匆匆到她的家里去，预备把卡乐咖啡馆内的事情告诉她，也好叫她心里欢喜。不料到了玉华的家，阿梅告诉他，说小姐不在家，老爷也出去接洽事情了，只有太太一个人在上房睡午觉，问乐文要不到上房里去坐一会儿。乐文心中当然感到有些失望，遂说还有事情，不坐了。他匆匆别了阿梅，走出了大门，心中不免暗想：到什么地方去呢？反正现在没有事，何不到卡乐咖啡馆去探听消息呢？想定主意，遂一路走到卡乐咖啡馆。

王阿三见了乐文到来，表示非常欢迎的样子，和他握了一阵手，笑道：

"秦先生，你来得正好，我正在想念你。"

凭了王阿三这一句话，就知道事情有了成功的希望，心里一快乐，眉毛会扬了起来，忙笑道：

"怎么样？音乐器具有办法了吗？"

王阿三一面拉他到桌边坐下，一面点了点头，说道：

"音乐器具完全不成问题，昨天晚上我向朋友去商量，他一口答应下来。不过我每月也得给他一些租费，虽然我和他是老朋友，对于金钱两字是无所谓的，不过我的心中觉得这样比较过得去一些。"

"王老先生这话很不错，那么这些乐器，什么时候可以送来呢？"

乐文兴奋得脸上笑容没有平复过，他觉得比毕业时候还要高兴一些。

"今天晚上就可以送来，所以我的意思，要请秦先生通知各位，最好今夜来试奏一下，那么打从明天起，就可以开始伴奏了。"

王阿三一面说，一面叫阿狗倒上两杯咖啡，接着又道：

"不知道你的朋友——都可以喊得到吗？"

"可以，可以，我马上就可以打电话去告诉他们，叫他们晚上七时准定到来好不好？"

乐文连说了两个可以，笑嘻嘻地回答。王阿三点头说好，乐文遂走到柜台旁，拨了电话机号码，先打给唐小七，小七一听是乐文的声音，他的心开始跳得剧烈，因为还不知事情究竟成功还是失败，他说话的声音是有些急促，问道：

"你是乐文吗？事情怎么样了？事情怎么样了？"

乐文明白小七心中的意思，他感到小七有些可怜，遂忙告诉他道：

"事情已经成功了，你给我到李广家中去一次，叫他今晚七点准时到卡乐咖啡馆来，还有几个同学，也请你们两位代为通知一声，不要忘记。"

"啊！天哪！真是上帝的恩德，叫我欢喜极了。"

乐文听他在电话里高声地说出这两句话来，可知他内心是欢喜得怎样的程度了。一时又好气又好笑，遂追问他说道：

"小七，你知道了没有？不要……"

乐文说到傻字的时候，猛可记得身旁还有一个王阿三站着，这就把傻字又咽了下去。只听唐小七说了两声我知道，我知道，我马上就去。乐文这才把听筒搁上了，回头对王阿三说道：

"我关照过他们了，他们晚上七点准到。"

"好极，好极，对于酬劳方面，那天我已向你们说过，暂时每月每位致送车马费二千元，以后营业若十分发达，当然我要增加你们

102

津贴，眼面前只好大家刻苦一些了。"

王阿三含了笑容，向他表示很抱歉地说。

"没有关系，没有关系，王老先生，你不要太客气，那么我也晚上七时准到，此刻再见了。"

乐文知道王阿三是个很爽快的人，于是他也表示特别的客气。王阿三遂也不强留他，说声晚上再见，送他出了大门，方才进内。

乐文今天的快乐，比昨天晚上更要增加了一些，走在路上，脚步是特别的轻松，他嘴里哼着华尔兹乐曲，觉得自己慢慢地已走到自己所要达到目的的一条道路上去了。一看手表，已经四点敲过。秋天的阳光，本来是十分的淡弱，此刻当然更暗淡了一些，他走过糖炒栗子店的门口，买了一包糖炒栗子，藏在袋内，预备带给母亲去吃，匆匆地走到了立仁里，想不到在弄口又会和秋雁碰见了。秋雁抬头一见，觉得好生面熟，忽然想起那是昨天晚上把自己碗撞落的那个少年，一时不由得向他嫣然一笑。

乐文在昨天晚上是曾经拿了电筒去照射她脸的，所以对于她的脸有个熟悉的印象，因为她向自己一笑，可见她对自己并没有恶感的意思，于是微笑着招呼道：

"小姐，你出去吗？"

秋雁听他向自己说话，觉得不回答人家那似乎有些不懂人情，况且乐文的容貌，也很使自己感到有亲近的吸引，这就微笑道：

"我也还只有刚回来，不料妹妹也出去了，因为钥匙在她的身边，我没有办法进去，只好到外面再去走一会儿。"

乐文听她这样回答，心里就知道她还有和我继续谈话的意思。因为假使她有敷衍的心理，何必回答得这样的详细呢？也许她很有和我认识的意思吗？对于一个美丽的姑娘，这当然无论哪个青年都喜欢有接近的表示，于是忙道：

"这就很巧了，小姐，那么你到我家里去坐一会儿好吗？"

秋雁对乐文虽然并没有一些恶感的印象，不过对于乐文这一句话，到底感觉有些自说自话，这就暗想：我是一个女孩儿家，你是一个年轻的男子，彼此陌陌生生的怎么就好意思到你家中去坐一会儿，这不免是太冒昧一些了，于是摇了摇头，表示谢绝的意思。

乐文在说这一句话的时候，原没有顾虑到这许多，此刻被她一拒绝，他自己也感到这话是太鲁莽一些了，因为有了一阵难为情的感觉，他的两颊顿时热辣辣地红晕起来。

秋雁见他这样情景，觉得他也许不是一个浮滑的青年，心中倒有些懊悔不该拒绝他了。不过她原是一个绝顶聪敏的姑娘，在她乌圆眸珠一转之后，事情当然还有挽救的余地，这就又微笑道：

"我们还是在马路上踱一会儿吧！"

这一句话是最适当也没有的了，乐文心中感到她的聪敏，真有些佩服得五体投地的表示，遂含了笑容，说了一声很好。两人走出了立仁里，在人行道上慢慢地踱了过去。

两人默默地走了一会儿，谁也不好意思先开口，乐文在昨天晚上看见她的时候，到底在黑夜之中，在电筒光线下，只有一个清秀的感觉之外，其他当然是十分模糊。此刻在白天里，又在自己的身旁，他不免有个细细打量的机会，觉得这位姑娘的美丽，是并不在玉华小姐之下的。不过所欠缺的，她比玉华更娇弱一些，真有些弱不禁风的样子，就是因为她具有古典美人那么的神态，更令人会感到一种楚楚爱怜的成分。

秋雁的两眼是集中在自己的脚尖上，她低了头，眼瞧着自己的脚在一步一步地前进着。虽然她和男子并肩地走路，在她生命过程中可说还是第一次，不过彼此默默地不说一句话，那也不成什么情理，所以她抬头向他望了一眼，原是预备先来开口说话的意思，可是万不料乐文望着自己，却在呆呆地出神，一时粉颊像玫瑰花朵般地红了起来，把刚才要开口说话的勇气又打消了，忍不住微微一笑，立刻又垂下了蛾首。

乐文这才感到自己的态度，未免使一个年轻的姑娘有些难为情，于是先开口说道：

"我还不曾请教小姐的贵姓和芳名，不知肯不肯告诉我？"

"敝姓杨，名叫秋雁，您先生的贵姓呢？"

秋雁方才抬起头来，绕过无限媚意的俏眼，向他脉脉含情地瞟了一下，一面告诉，一面还问。

乐文念了一遍杨秋雁，微笑道：

"杨小姐，你的名字太孤单一些了，为什么喜欢取这样字眼的名，不感到太凄凉一些吗？"

"是的，太孤单太凄凉一些了，不过我的身世就是这样的孤单和凄凉，所以我认为这个名字就有这个意思。"

秋雁点了点头，她微蹙了翠眉，说话的声音是包含了一些凄婉的成分。乐文嗯地应了一声，虽然他还没有知道秋雁身世是怎么样的凄凉，他先激动了一些同情之心，似乎有阵莫名的悲哀。秋雁见他不作答，望了他一眼，又笑问道：

"你还不曾告诉我你的贵姓哪？"

"哦，哦，我姓秦，草字乐文。"

乐文这才意识到似的响了两声，连忙把名字告诉了她，接着又问道：

"杨小姐，我想起昨天夜里的事，我真有些奇怪，你为什么这样好笑，匆匆地就逃进门口去了？难道我问你的这几句话，就这么地使你感到好笑吗？"

秋雁被他这样一问，也忍不住笑了起来，说道：

"在这里当然有一个原因的，你问我是否是不常出外的，其实我还是昨天下午从杭州到上海的，所以我就好笑起来了。"

"哦，那么杨小姐住在这儿是亲戚吗？"

乐文心中暗想：这就无怪不常见面了。

"不，是朋友的家。"

秋雁很轻微地回答。凭了她这一句回答，乐文就可以明白她的身世确实是够凄凉的了，遂忙又问道：

"那么杨小姐在上海当然是没有亲戚的了，但是在杭州家里还有什么人吗？"

"我从小就没有了父母，在杭州原是住在叔父家里，因为和叔父多了几句嘴，我想寄人篱下，终不是一个根本的办法，所以我和妹妹就毅然地到上海来，预备找些工作做。"

秋雁把逃婚的那一段事情隐瞒了，她觉得到底有些难为情。

"不过在上海找工作做也不是一件容易的事情，何况你们是女子呢？"

凭了乐文自己找工作困难的经验，他代秋雁不免感到有些忧愁。但他又怕人家误会到自己有看轻女子的意思，这就忙地解释道：

"杨小姐，你不要生气，并非说你们女子没有能力，实在因为上海的工作是太难找了。社会上表面的繁荣，正是内部空虚的表现，少数的纸醉金迷，怎能够来维持社会上整个的民生问题呢？"

乐文说到末了，他是深长地叹了一口气。

秋雁对于他这几句话，表示十二分的同情，她觉得言为心之先声，从他这些话中猜想，就可以知乐文绝不是一个沉迷在天堂生活的富家少爷，因为他不是一个少爷，这使自己对他就更留了一个好感的印象，微微地点了点头，说道：

"秦先生这话说得对极了，上海的社会，有钱的太有钱，穷苦的太穷苦，什么投机，什么囤积，害得一班贫民简直不能够生活下去了。这真是到了世界的末日，说起来岂不叫人痛心。"

"更因为贫富的悬殊，于是社会上就产生了许多畸形的发展，为了生活的逼迫，也有铤而走险，也有无法而堕落的，这事很多很多。女子处此社会，自然更加的危险，一不小心，就有失足的可能，不过这也不是在小心不小心之间的问题，都是在出于不得已之中，所以女子要找出路，我真替您有些担心。"

乐文很关心秋雁以后的生活，他兜了一个圈子在说话。

秋雁是个很聪敏的姑娘，她当然明白乐文是为自己前途着想的一片好心，因为想到了美琴的一番话，她觉得女子在社会上的出路，唯有牺牲色相诚然矣！不过自己在公园里无意之中遇到了玉华，她肯帮助自己，而且又愿意结为金兰之交，这真是意外的奇缘，遂点了点头，微微地笑道：

"谢谢你的好意，不过我也许已经有了一个很高尚的工作做，因为朋友介绍我，说不定可以到医院里去做看护，这不是一个很好很伟大的工作吗？"

"哦，真的吗？那是好极了，假使杨小姐真的去做了白衣天使，这不但是病家的幸福，而且更是社会的幸福。我想像您这样温和的性情，一定能够解除病家许多的痛苦吧！"

乐文听她这样说，一时代她非常的高兴，情不自禁地说出了这几句话。

秋雁的心中自然也感到十分欢喜，不过在欢喜之中也感到有些难为情，娇颜上盖了一层玫瑰的色彩，秋波逗了他一瞥妩媚的娇嗔，却也微微地笑了。经过了这几句谈话之后，彼此又静静地沉默了一会儿。不过他们的两脚却不由自主地一直踱步了过去，显然他们是忘记了四周一切，他们是都在想心事。

阳光早已在暮色苍茫的天空中消失了，灰暗的秋云，一层一层地堆了上来。四周是盖了暗淡的阴影，远近的街树，都笼住了一层鸣蝉似的薄翅，晚风一阵一阵地吹，树叶发出的音调，在凄寂的空气里至少是包含了一些哀怨的成分。秋雁这才意识到时候已经不早，于是停止了步，笑道：

"我们该踱回去了，不知不觉天色已黑下来了。"

"可不是？"

乐文笑了一笑，把身子也向后转，他的手无意中摸到了自己的衣袋，这就把一包糖炒栗子摸了出来，递过去笑道：

"杨小姐，要吃几颗？可惜已经冷了。"

秋雁想不到他袋内藏着一包栗子，可见他至少还包含了一些孩子气的成分，这就望着他嫣然地笑起来，说道：

"你自己吃吧！"

乐文知道她是怕难为情的意思，遂取了数粒，交到她的手里去。秋雁于是只好接了过来，两人都吃着栗子。秋雁在吃栗子的时候，她心中不免也暗想了一会儿，乐文的府上不知还有什么人？他不知又在什么地方工作的？于是低低问道：

"秦先生的爸爸和妈妈大概都健在吧？"

"我的父亲也早年死了，家里只有一个母亲。"

乐文有些凄然的口吻。

"那么你还有兄弟姐妹吗？"

秋雁当然很想知道详细一些。

"没有，只有我一个人。"

乐文很简单地回答。

"所以我的身世也很孤单。"

"比我好一些，你到底还有一个母亲。"

秋雁觉得他说的也很孤单四个字，当然还指点自己而说的，于是望了他一眼，微微地笑。

"不过你也有个妹妹。"

乐文也向她微微地笑，在他们微笑之中，可以想象她们两人的心中是感到一种不可思议的喜悦。这喜悦的滋味，当然非个中人不能体会得出的。

"妹妹年纪轻，处处地方还要我去顾虑她，比不得你母亲，她处处地方还可以来顾虑你，所以我就觉得比你更感到凄凉一些，因为像我这么一个孩子样的姑娘，又何尝不需要人来加以疼爱呢？"

秋雁说完了这两句话，她忍不住又微微地叹了一口气。

乐文笑道：

"像我有了母亲，终也不好意思叫母亲来抱我来疼爱我一会子的，不过有了年老的人在家里，在生活上的一切，都可以有了照应。"

"就是这么说，疼爱这两个字你不要误解了。"

秋雁也被他说得笑起来。

"不过有了妹妹，精神上也有了不少的安慰，我倒很希望有个妹妹，可是老天爷就不肯给我如愿以偿。"

乐文说到这里，明眸充满了热情的光芒，向她脉脉地凝望。

秋雁似乎觉得他这几句话中至少是包含了一些神秘的作用，一颗芳心不免荡漾了一下，红晕了两颊，向他嫣然地一笑，却不由自主地垂下头来。

乐文见她这样娇羞不胜的意态，一时倒有些愕然，及至仔细一想，方知她是误会了自己有什么神秘的用意，这就也感到不好意思起来，低了头，默然了一会儿。不知不觉地又踱回到立仁里的弄口了，这时候在弄口却围了一群人，都说"这是谁家的老太太"？乐文凑过身子去看，只见地上倒躺着一个妇人，旁边打翻了一勺子的开水，当他看到那妇人脸的时候，心中这一吃惊，真把他急得哎哟一声大叫了起来。

欲知后事如何，请看《绿窗艳影》。

绿窗艳影

第一回

代子尽职倩女有意

原来跌在地上的那个妇人却是乐文的母亲，你想，这叫乐文的心中如何不要大惊而特惊呢！这就慌忙分开了众人，把母亲抱了起来；急急地叫道：

"妈！妈！你怎么会跌倒的？你怎么会跌倒的？"

秦太太一见了儿子，心中似乎宽慰了不少，说道：

"我出外来打水，被一辆自行车撞倒的，乐文不要着急，没有关系，你扶我回家中去吧！"

秋雁见铜勺子丢在一旁，遂代她拿了，一面走到秦太太的身旁，一面也扶着她，说道：

"不知开水烫着了没有？"

秦太太回眸望了她一眼，因为不认识她，只道是弄内邻舍热心来帮助自己的，遂点了点头道：

"多谢你！还好，没有烫得十分厉害。"

乐文、秋雁把秦太太扶进了十四号的客堂楼上，一直把她扶到床上躺下。这时天色已经完全地黑了下来，乐文开了电灯，秋雁把铜勺子里的水冲到热水瓶内去。秦太太在床上见到秋雁代为做事情，心中不免有些奇怪，遂问道：

"乐文，这位小姐是什么人？你们认识的吗？"

乐文点了点头。因为母亲的小脚上都湿透了的，知道开水一定是烫痛了脚面，若不把袜子急于脱下，恐怕就有起泡的事情，所以

113

也不及告诉和秋雁是怎么样认识的，连连地先叫她脱了袜子来。秋雁冲好了热水瓶，见秦太太脱袜的情形，是显着很痛苦的样子，于是忙走上来，说道：

"老太太，你躺着不要动，我给你脱吧！"

秦太太刚才跌倒，浑身都觉得疼痛，此刻也觉得无力脱袜子，遂说了一声"多谢"，让秋雁给她脱了袜子。只见她的脚面上烫得血红的一块，有几处已起了一个一个的水泡。乐文见母亲皱了稀疏的眉毛，显然是十分的疼痛，这就急道：

"妈，你觉得痛不痛？那可如何是好？那可如何是好？"

秦太太嘴里呻吟着，却没有作答。秋雁低低地道：

"最好到药房里去买一瓶玉如神油来，搽一搽，否则，年老人受不起痛苦的。"

乐文听了，说了一声"我马上去买了来"，就一转身匆匆地奔下楼去了。

乐文一走了后，室中就只剩了秦太太和秋雁两个人。秦太太是躺在床上呻吟着，秋雁一个人在房中，真弄得了没有法儿，觉得坐下来又不好，走回去也不好。一时不免暗暗地好笑起来，觉得自己糊里糊涂地走到了人家的家里，而主人却反而匆匆出去了，那不是有趣吗？虽然自己和乐文曾经有过一度很长时间的谈话，而且彼此大有一见如故的神气。只不过，说起来到底是陌陌生生一些不认识的，自己在他家里就这么做起事情来，那究竟是太不好意思一些了。秋雁在这样感觉之下，她觉得坐也不是，站也不是，并且她的粉颊也像涂过一层胭脂似的，红了起来。

秦太太虽然是痛得厉害，不过她的心里还是很明白的。她见秋雁呆呆地出神，这就叫了一声"小姐"，低低地问道：

"您贵姓？和我乐文是朋友吗？"

秋雁对于她这一句问话，真叫她感到有些儿为难起来，一时她乌圆眸珠一转，遂挨近了床边，微笑着说道：

"是的，老太太！我名字叫杨秋雁，你痛得很厉害吧？秦先生去买玉如神油了，这油一搽就会止痛，就会好起来的。你冷吗？我给你盖一些被儿吧！"秋雁说着话，把床上被儿撩过，轻轻地给她盖了上去。

秦太太对于她这几句体贴入微的话，可说从来也没有听到过，今日居然在一个毫不相识的姑娘口中，向自己有着一种关怀的口吻，她不免感到了意外的惊喜。这就望着她的粉脸儿，情不自禁呆呆地出了一会子神。秋雁被她看得不好意思，觉得有些坐立不安，因此只好又去倒了一杯茶，送到秦太太的手里，低低地说道：

"老太太，您喝杯茶吧！"

秦太太因为感到过分的欢喜，她脚上的痛苦就似乎忘记了一些，微仰了脖子，把秋雁的手儿拉住了，向她点了点头，这是叫她坐在床边的意思。从微弱的电灯光芒笼映之下，瞧到秋雁的芳容，老太太心中就有这样一个感觉：这位姑娘的容貌倒不在玉华小姐之下的。遂含笑问道：

"杨小姐，你和我乐文也是同学吗？"

秋雁觉得老年人不免有些背了，刚才已经问过一句，此刻又这样的追问一句，难道她不相信我和乐文是同学吗？转念又想，这也怪不了人家，大概因为和我只有第一次见面的缘故。为了要使她心中明白详细一些起见，遂又补充着告诉道：

"这件事情说起来很凑巧！我和秦先生是从前小时候同学，这次我从杭州来上海，齐巧耽搁在这儿十二号的朋友家里。想不到今天和秦先生遇见了。同时想不到老太太会发生这样不幸的事情，真叫我急死了。"

秦太太"哦"了一声，说道：

"原来你还住在隔壁十二号里。不知道那个朋友和你是什么关系？你到上海来是预备玩玩的吗？"

"她是我杭州学校里的同学。这次到上海，原预备找一些事情做做的。"

秋雁很老实地告诉她，秦太太点了点头，少不得问长问短地问了一回。知道秋雁的身世也是很孤苦，而且凄凉，她不免起了一些爱怜之情，遂抚摸着她的手，说道：

"杨小姐，你有空只管到我这里来走走，我家就缺少像你这样的一个姑娘。"

秦太太说到这里，见秋雁的粉脸像玫瑰花朵般的红起来，这就猛可想到自己说的话，不免失了检点，因为自己家里还有一个年轻的儿子在着呢！于是忙又接下去说道：

"杨小姐，你想，假使我有像你那么一个女儿做帮手的话，那我是感到多么幸福呢！"

秋雁听了，这才微微地笑了一笑，说道：

"老太太，你喜欢我这个愚笨的姑娘，那么我就认你做一个干娘。"

"真……"

秦太太乐得笑出声音来，不过她脑海里忽然又浮上了另一个感觉之后，把"真的吗"三个字又缩住了，笑着改口说道：

"给我做干女儿，真不敢当！不过我喜欢你常来这儿和我做一个伴，走得比较亲热一些，那我就够欢喜的了。"

秋雁觉得老太太前后说的话，显然是有着矛盾的感觉，又要和我亲热一些，又不肯收我做干女，又说自己缺少一个像我这样的姑娘。不过细细地回味起来，当然它是含有深刻的意思存在。这意思在秋雁的心中，三分感到的是羞涩，七分是喜悦。她低了头儿，却是说不出一句话来。

"这孩子，不知道什么地方去买的？怎么还不见回来？"

秦太太在静默了一会儿之后，听到桌上的钟已经打六点半了，心中又不免感到焦急地说。

秋雁这才抬起头来，用了安慰的口吻，说道：

"大概就可以回来了吧！老太太，我想你肚子一定有些饿了吧，要不我给你做饭了？"

秋雁这一句话，倒把秦太太提醒了，暗想：不错，时候已经六点半了，人家姑娘可肚子饿了。这就忙道：

"劳你的驾，把洋风炉子点着。那只锅子里有冷饭，你把热水倒一些，滚一滚就得了。"

秋雁听了，便离开了床边，走到桌子旁去照她的意思做事。秦太太望着她的背影，由不得还含了满面的笑容，呆呆地想了一会儿心事。觉得这位杨小姐，才合着自己有十全十美的心理，她正是经济人家的一个贤内助。假使她做了我家里媳妇的话，真不但是乐文的幸福，而且也是我的幸福。虽然玉华待我也非常的好，而且她和我见面的日子也比较长，不过她到底是一个贵族的千金。比方那么的说一句，倘若玉华今天在我家里的话，她绝不会说给我做饭，至多说给我去买一些点心。从这一点子看起来，觉得两个姑娘，当然是秋雁适合我们这样经济人家做主妇的。秦太太心中既然有这一个感觉，她自然对秋雁更有一种说不出的亲热了。

秋雁回过身来的时候，秦太太用了十分歉意的口吻，说道：

"杨小姐，照理，我不应该叫你做这一种工作，因为我觉得这样对你未免太不客气一些了。好在你和乐文是从小的同学，所以我也当你像自己人那么看待了。"

"自己人"三个字，言在意外。秋雁在喜悦中又感到难为情，遂笑道：

"老太太，你别那么说，小菜放在哪儿？"

"在菜橱里，今天也没有买什么菜，因为我是吃长斋的，乐文他又不常回家吃饭，菜多人少，又怕坏了滋味，所以我也不敢多买。"秦太太很不好意思地回答。

秋雁在绿纱网橱内端出三碗素菜来，一面放在桌子上，一面说道：

"在这一个年头儿，豆腐可以吃到从前一桌很好的酒筵价钱。你想，那还有什么可说的呢！"

秦太太笑起来说道：

"可不是？现在买二十元钱豆腐还烧不到两碗。从前二十元一桌酒筵，不要说摆银台面，鱼翅海参都可以吃了呢！唉！这一个年头，真不是人过的。"

说到末了，却忍不住又叹起气来。正在这个时候，乐文匆匆地买了火烫油回来，说道：

"问了好几家药房，都说没有，我走到南京路才买来的。"

"走得这样气急做什么？"

秋雁接过玉如神油来看，望了他一眼，低低地问。

"你不知道，今天晚上七点钟，我在卡乐咖啡馆第一次试奏，你想叫我急不急呢！"

乐文这几句话听到秋雁的耳中，当然是感觉莫名其妙，望着他气喘的脸儿，愕住了一会儿。床上的秦太太听了，忙问道：

"乐文，你快告诉我，怎么，事情成功了吗？"

"是的，他们音乐器具都已借到了，下午我已接洽定妥。今晚七时约同学们都在卡乐咖啡馆试奏的呀！想不到妈妈又遭到了飞来横祸，真叫我汗都急出来了！"

乐文走到床边告诉。

秦太太欢喜得痛苦都忘了，笑起来说道：

"你不用顾虑我，你只管去干你的正经事吧！反正这里有你同学杨小姐会帮助我，我也不会感到寂寞了。"

乐文听母亲这样说，由不得回头向秋雁望了一眼。秋雁当然明白他这一望的意思，脸儿还不免泛起了一层红晕。秋波在逗给他一个娇羞的媚眼之后，情不自禁地垂下了粉颊。乐文心中暗想：大概她和母亲已经有过一度谈话了。秋雁冒认我们是同学，母亲她却信以为真了。于是忙笑道：

"杨小姐，我真对不起你！那么我走了，母亲请你代为照顾了。"

秋雁听他真的把娘拜托了自己，可见他把我也当作自己人那么看待了，因为情感过分浓厚的缘故，她情不自禁地伸手把他拉住了，说道：

"你难道不吃了晚饭走吗？"

乐文一看手表，已经六点四十分了，这就急道：

"已经是很局促了，只怕来不及。第一次若就失了信用，那给人家的印象不大好。我走了，我走了。"

乐文说完了这两句话，转身就急急地奔下楼去了。在扶梯转角处只听"砰"的一声，显然他是踏空了一级，可知他心中是急促得怎一份样儿的程度了。

秦太太笑道：

"瞧这孩子，也没有急得这一份儿样的。"

秋雁这才走到床边，低低地道：

"老太太，我给你敷油吧。不知用的布条子有否？"

"在衣橱内的活儿盘子里。"秦太太告诉她。秋雁开了衣橱门，在活儿盘子内拣了几块布条子，拿到床边，把被儿轻轻地揭开，说道：

"老太太，玉如神油火烫水烫最灵验，搽上去后，不痛而且也不会烂了。"

"杨小姐，我真不好意思，第一次见面就叫你这样来服侍我，真不知叫我怎么报答你才好呢！"秦太太用了恳切的目光，凝望着她的粉脸，很感激地说。

"老太太，你别那么说。我们不是要像娘俩儿那么的亲热吗？"秋雁含了妩媚的娇笑，向她温和地回答。然后很小心地给她搽油。见老太太的脚似乎在跳动，于是忙又问道：

"老太太，你怎么觉得痛吗？"

"倒不痛什么，只是凉得很，舒服了许多。"秦太太摇了摇头回答。

"哎！这油很有功效，过几天就会好的！"秋雁一面给她轻轻地包裹，一面安慰着她。不过，她的心中却在想另一桩事情。觉得乐文不知他在干什么职业，他说在咖啡馆内，今天第一次试奏，那么，难道他是一个音乐家吗？就在沉思的时候，秦太太说道：

"杨小姐，时候不早，你可以吃晚饭了。我也不和你客气，没有什么好小菜，你就马马虎虎吃一些吧！"

秋雁把玉如神油塞了瓶盖，放在桌子上，一面说道：

"我盛给老太太吃，我却一些没有饿。"

秋雁所以这样说，当然是客气的表示。但秦太太听了，却很不乐意地说道：

"杨小姐，你这是什么话？你不吃饭那你就是嫌小菜不好。"

秋雁被她这样一说，倒不能再向她表示客气了，遂盛了两碗泡饭，把油炉子吹熄了，连菜碗都搬到床边的那张小方桌上去，说道：

"老太太，你自己能吃吗？要不我来服侍你？"

"不，我自己会吃的。"秦太太端了饭碗，握了筷子，又接着道：

"一些菜都没有，那可怎么的好？杨小姐，你给我到门口去买一些烧肉来，好不好？"

秋雁当然明白，她是买给自己吃的意思，遂摇了摇头说道：

"秦太太，这些素菜，倒很配胃口。我这人的胃，就不爱吃肉的。"

"你这话我可不相信。"秦太太摇了摇头，望着她粉脸说。

"我倒没有骗老太太，往后日子久了，你就知道我真的不爱吃肉。"秋雁说着，表示很认真的神气。

秦太太道：

"那么，我就不和你客气了！"

秋雁点了点头。两人这才开始沉默着吃饭。

今天晚饭会在一个毫不相识的人家里吃的，这在秋雁的心中当然感到意外有趣的好笑，觉得人生的聚散，真有些儿不可捉摸。因了老太太的事情，在无形之中增进了我们友谊的认识；假使老太太不发生这种意外的事情，我也许就不会走到他的家里来。那么这偶然的事情，难道说是我们前生注定的缘分吗？秋雁想到这里内心一阵子热躁，两颊像吃了生姜似的红起来。同时，转念又想，你这丫头真也想痴了，还不知道他是怎么样的一个家庭，连人家的底细还不知道呢，你如何就想到这几个问题上去，岂不是笑话吗？

秦太太见她呆然出神的样子，遂又搭讪着问道：

"杨小姐，你说你的爸妈都已死了，全靠叔父母抚养成人的。又说这次到上海，是来找一些儿事情做。那么，恕我冒昧地问你一声，是不是你和叔父母闹了意气才到上海来的吗？"

秋雁被她这样一问，心中有些悲酸的滋味，忍不住微微地叹了一口气，说道：

"老太太，说起来终是没有亲爹娘的命苦，假使我有亲生父母的话，哪里会有这样一种近乎笑话的事情发生呢！"

"杨小姐，不知道是发生了什么事情，你能告诉我知道吗？"秦太太见她沉痛的样子，遂微蹙了眉毛儿，很同情地问。

秋雁遂把叔父为了他自己的地盘要奉承一个上司，把自己欲嫁给一个五十多岁老头子做小星的事向她告诉了一遍。她微红了眼圈，说道：

"我不能屈服在这个黑暗势力的家庭下，而牺牲自己终生幸福，所以我和妹妹一同脱离了家庭，到上海来找出路的。"

秦太太见她放下饭碗，眼角旁已涌上了一颗晶莹的泪水，这就拿了一方手帕，给她去拭泪水，微笑道：

"那是我的不好，倒引起了你的伤心来了。"接着也叹了一口气，说道：

"世界上，利令智昏的人，真不知有多多少少呢！杨小姐，你真有勇气，我很敬佩你。假使你在没有找到事情之前，我倒喜欢你住到我家中来，和我做一个伴，不知道你肯答应我吗？"

秋雁听她这样说，微红了粉脸，不免笑了一笑，说道：

"老太太待我这样好，真像我的亲娘一样。只不过我觉得很说不过去吧！"

"杨小姐，你不要这样说。只要你不嫌弃我们贫穷一些，那我是十二分地欢迎。只怕委屈了你，叫我有些不敢留你做伴。"秦太太的话，自然也显见得十分的客气。

秋雁笑道：

"老太太这样客气，倒叫我没话可说的了。不过在这个年头，赚钱实在太不容易，虽然我和秦先生是同学，但是我也不忍加重他的负担，好在我已经将要有个职位，是医院里做看护的，假使我在公余的时间，当然时常会来拜望你。"

秦太太听她已经有了看护的工作，这就不能强要人家留在家里做伴了。点了点头，说道：

"不过，我终希望有常常见到你的日子，乐文他倒是个好孩子，并非我做妈妈的来夸奖自己儿子，他除了正当的用途外，可以说是没有一个闲钱的花费。虽然近来他也并不十分的得意，不过这样生活程度之下，我觉得也亏他的了。"

秋雁对于她的话，并不加以表示什么，匆匆地吃完了饭。秦太太这才说道：

"为什么不再添一碗？莫非没有好的小菜，所以吃不下饭？"

"老太太，你不要误会。这几天我的胃口本来不大好，你要添一些吗？"秋雁说这话，伸过手去，接她手中的空碗。

秦太太摇头道：

"我是真的不要了，杨小姐，你休息一会儿，这些碗筷我明天自己会洗的。"

秋雁口里答应着，一面把菜碗放进菜橱里，一面依然把碗筷放在面盆里清洁过了。然后在面盆里倒了一些热水，拧了一把手巾拿到床前去，想不到秦太太已经是呼呼地入睡了。于是把手巾拿到梳妆台前，对镜自己洗了一个脸。在洗脸的时候，她的心中不免有许多的思忖。从老太太口里对自己说话的意思猜想，可见她确实有需要自己做媳妇的意思。不过自己和乐文的认识短短的还只有今天两个小时不到，所以会弄到这样熟悉的程度，这也是意想不到的事情。况且，乐文的心中是怎样的意思还不知道。老太太又岂可如此一厢情愿，要我和她做伴，要我住到她的家里来。所以最要紧的，我还要窥测乐文的态度，看他对我是否有相爱的意思。

秋雁只管呆呆地想着心事，忽然一阵钟鸣的声音惊醒了原有的知觉。她回头望去，原来已经九点钟了。这就暗想：我此刻还没有回家，妹妹心中一定是很焦急了。而且妹妹刚才也没有在家，不知道她是到什么地方去的，我不能老留在这里，也该回去的了。秋雁这样想着，她向床上张望了一下，身子已向房门口移步出去。但转念一想，我不能在老太太睡着的时候偷偷回家，明天见到乐文，倒叫我没有了交代。多的时候已经等着了，我何不再忍耐一些时候呢？

秋雁在这一个感觉之下，她把身子一步一步退到沙发上去坐下了。坐在沙发上出了一会子神，抬起头来又把四周打量了一回。这一个客厅楼的面积倒也不算小，里面容纳了两张床、一张写字台、一张梳妆台、一具衣橱，还有一张小圆桌、一张小方桌、四把椅子、一张沙发，可是还不觉得怎样的拥挤，比美琴那个亭子间当然要大了不少。壁上挂了两幅油画，一幅是一个西洋女子出浴时半裸的镜头，还有一幅是风景。油画在什么画片中最显得生动，秋雁由不得向壁上注视了一会。

靠近写字台旁的壁上，是乐文一张十四寸半身小照，而且还着上了彩色。浅笑含颦，姿态温文。大概那时候还很年轻吧！所以脸上，还满显着孩子的成分。

秋雁心中有了爱素的作用，她觉得乐文真是一个温文多情的好青年。胡思乱想地在她脑海里织成了一个甜蜜的美梦，于是在不到半个钟点之后，她真的做起梦来，仿佛她和乐文是结婚了。这是一个喜堂上，贺客如云，真是十二分的热闹。妹妹穿了礼服，她给自己在做傧相。秦太太含着无限得意的笑容，似乎在叮嘱自己向贺客们鞠躬行礼。秋雁这时心中除了无限甜蜜之外，她真有说不出的兴奋和喜欢。可万万料不到，突然来了一个姑娘，她把乐文猛可地拉了过去，柳眉倒竖，显出非常愤怒的神情，好像还骂着自己不要脸，不该夺她的爱人。秋雁见那少女的脸庞儿，似乎很面熟，在什么地方已经看见过。因为自己是个新娘，虽然心中十分的生气，也不好意思和她评理。要想找秦太太，可是秦太太此刻偏不见了。再看乐文，却拉了那位少女的手，一同到礼堂上去结婚了。秋雁心中这一急，真是又愤怒，又伤心，她说了一声"你好狠心"，却"哇"的一声哭起来了。

她这一哭，不打紧，把正在给她盖毯子的乐文倒是吃了一惊。原来乐文已经从卡乐咖啡馆里回家来了。他今天回家是又欢喜又忧愁。欢喜的是试奏的成绩不错，今夜食客比往日多了一倍。王阿三很高兴，他说营业若能够蒸蒸日上，他一定会增加大家的薪水。不过他忧愁的，好好儿母亲会发生这样意外的不幸，不晓得要紧不要紧。他一路上忧愁着回家，当他跨进房门口的时候，再也想不到，秋雁会躺在沙发上睡着了。这就猛可记得秋雁是自己托她照顾母亲，想不到她竟如此忠于朋友，一直没有离开这里。乐文心中在一阵感激之余，不免又起了无限爱怜之情，遂悄悄地走到自己的床边，撩过一条线毯，给秋雁身上慢慢地盖了上去。

谁知道就在这个当儿，秋雁却"哇"的一声哭醒过来。乐文在吃了一惊之后，当然明白她是梦魇了，于是忙低低地唤道：

"杨小姐！杨小姐！"

秋雁睁开眸珠来一瞧，只见乐文站在面前，手里还拿了一条线毯。起初还只道仍旧在梦中，及至听到他的唤呼声，知道自己是做了一个梦。慌忙把手儿揉了揉眼皮，轻轻地"哟"了一声，笑着站起身子来，说道：

"想不到我竟打盹了。秦先生你刚才回来吗?"

"这是我不好！因为怕你身子受了凉，所以把被儿来给你盖，却把你吵醒了。"

乐文把线毯拿回到床上去，回身向她含笑着说。

秋雁纤手按在小嘴儿上打了一个呵欠，摇了摇头，秋波斜乜了他一眼，说道：

"倒不是你给我吵醒的。什么时候了? 哟！已一点多了。"

秋雁说了一句之后，回头望了一下钟，又"哟"了一声说。

乐文也知道她是梦中自己惊醒的，遂笑了一笑，说道：

"杨小姐，我真感激你！承蒙你给我照顾了这许多时候的妈，你也太受累了吧！"

"倒没有什么。"秋雁听他这样说，自己的心中似乎反而感到有些难为情。她低低地回答了一句，立刻又回过身子去，向床上望了一眼，说道：

"老太太这一会子，睡了许多时候，她倒也没有醒来。"

"母亲跌了一跤，真也累了！杨小姐，我们坐一会儿谈谈吧！"

乐文在写字台拿了热水瓶，倒了两杯开水放在桌子上，当然是要她坐下来的意思。

"时候不早了，我想回去了。"秋雁似乎要避一些嫌疑，因为是深夜的缘故，她怕被人家说一句什么丑话。

乐文却没有顾虑到这许多，伸手去把她拉住了，笑道：

"反正在一个弄堂里，回头我送你下去是了。"

秋雁被他手儿一拉，脸上倒是微微地一红。因为不忍拒绝他的意思，遂在小圆桌旁和他一同坐了下来。乐文这时在袋内摸出了一包花生糖来，摊在桌子上，向她指了一指，自己先吃了一块。秋雁见他像个小孩子似的，在袋内终带了这些孩子吃的东西，由不得噗地一笑。乐文被她这一笑，也有些感觉到了，遂望着她笑道：

125

"为什么？你在笑我吗？"

"不！我为什么要笑你？"秋雁摇了摇头，益发不好意思地说。

"那么你笑的是什么？吃糖果吧！"乐文见她这意态是妩媚得可爱，把花生糖拿了两块过去说。

"我倒想着了，你还不曾吃过饭吧？"秋雁一面吃花生糖，一面为了避免他的追问，所以向他这样地说。

乐文觉得她这两句话是包含了一些妻子对丈夫说的那么温文和关心的口吻，一时心中倒是荡漾了一下，遂笑道：

"我在外面吃过了。说起来真不好意思，今天杨小姐在我家里吃晚饭，一些小菜也没有。为了自己要紧赶时间，这些我都顾不到你，还得请你原谅才好。"

"你还说哪！我一些不客气的就在你家吃晚饭了，倒是要请你原谅才好。"秋雁红粉了娇容，羞涩地瞟了他一眼，低低地回答。

乐文"哟"了一声，秋雁却慌忙向他摇了摇手，向床上努了一下嘴，是怕惊醒了老太太的意思。乐文这才低声地说道：

"杨小姐真会说客气话，要不是你给我照顾着母亲，我还不敢放心地去做事情了，所以我的心里真是有说不出的感激。不过事情真也太巧了，母亲会发生这样意外的不幸。假使不是为了我妈跌了一跤的话，杨小姐也许不会到我的家里来。"

秋雁不好意思回答什么，她抿了嘴儿，只是微笑着。乐文好像想心事般地说道：

"无论什么事情，终也有个缘的。不过昨天晚上我撞了你的饭碗，你不向我责骂，而且还不要我赔偿，我就想到你的性情一定是很温和的了。"

秋雁被他这么一说，因此愈加不好意思说什么话了。她乌圆眸珠一转，低低地打岔着说：

"秦先生，你在咖啡馆里做些什么事情呢？"

"我母亲没有告诉过你吗？"乐文向她问了一句，说道，"我做的事情，好听些，说是音乐家，难听些，就是所谓洋琴鬼。每天晚上七时至十一时，我们几个同学在卡乐咖啡馆内伴奏。今天还是第一个晚上。"

"那么你们都是音乐专科毕业的了？"秋雁听他说得有趣，遂笑了一笑问。

"可是毕业也没有用处，这一次成功也不知是怎么的侥幸呢。"乐文点了点头，表示很感慨的样子说。

秋雁很关切他的前途，说道：

"我以为音乐只可以把它当作副业玩玩的，最好你在白天里再找一些工作做做。"

乐文点点头，道：

"我也这样想。不过，我们音乐专科毕业的人，除了会画上几张歌谱之外，还有什么事情会做呢？所以我们在社会上真是显得太渺小了。"乐文说完了这两句话，又表示很惭愧的意思。

"不过话又得说回来，音乐是艺术的一种，有好的音乐，才有好的戏剧。我想你可以在戏剧那一方面去发展发展。"秋雁怕自己的话儿会得罪人，所以她又改变话锋，向他贡献了一些意见。

乐文这才点头道：

"你这话很不错，我倒也有这一个意思。因为我们这一种人，除了音乐之外，还有什么可以做呢？正是'文不能摆拆字摊，武不能拿刀枪'。"

"可是到底也会拿一根指挥棒。"秋雁望着她，微笑着说。

乐文听她说得俏皮，这就感到她的可爱，望着她妩媚的娇靥，倒忍不住也笑起来了。两人静默了一会儿，乐文忽然想到了一件事，向她含笑问道：

"杨小姐，你刚才梦见了什么？为什么在梦中哭得这样伤心呢？"

"大概是手儿压在胸口的缘故，所以糊里糊涂做起噩梦来，醒了也就忘记了，哪里想得起来这许多。"秋雁听他提起了梦中的事情，她不免有些儿怨恨，但口里又不好意思说是你没有良心，所以凑了几句回答他。

"我好像听你说了一句'你好狠心的'，不知道你在说的是哪个。"乐文听她不肯告诉，遂向她很神秘地笑。

秋雁因为是心虚的缘故，她的粉脸顿时更加的绯红起来，笑道："你不要胡说，我哪里曾经说过这一句话？"

"是我亲耳听见的。我想……我想……你一定梦着了……"乐文见她抵赖，遂笑起来说。

秋雁却不等他说下去，就站起身子来，把嘴儿向他一噘，一转身逃到房外去了。乐文见她这种娇憨的神情，心里倒是荡漾了一阵，忙也跟着站起，说道：

"外面黑暗得可怕，你当心跌了一跤。"

"我也该回去了，明儿见吧！"秋雁在房门外面回答着说。

"我来送你下去。"乐文拿了电筒，照射出来，送秋雁到楼下。在后门口又说道：

"杨小姐，谢谢你！明天假使你有空的话，再来跟我母亲做一回伴儿。"

秋雁含笑点了点头，向他挥了挥手，是叫他不要再送的意思，她自己已走进十二号的后门去了。

事情很凑巧，秋雁走进十二号后门，美琴正在开亭子间的门。秋雁这就叫道：

"美琴，你刚回来吗？"

美琴回头见到秋雁，"咦"了一声问道：

"我跟了客人在吃咖啡，所以迟了一些。你怎么也只有刚回来吗？王先生找到了没有？"

两人说着话，已走进了房中，把门关上了。只见春燕睡在床上，呼呼的正睡得香甜。秋雁把自己到上海女中去的情形向美琴告诉了一遍。美琴听王先生已经死了，倒不免又叹息了一回，遂说道：

"秋雁，你也不要着急，找事情终不能太性急，好在我近来进益还算不错，你们就只管住在我这里好了。"

秋雁对于她这一份好意，当然表示很感激。两人谈了一会儿，方才熄灯就寝。

次日早晨，秋雁先一觉醒来，只见妹妹和美琴还是睡得烂熟，于是悄悄地起身，到外面去打了一壶水，洗了一个脸。想起秦太太昨晚睡着了后，不知今天怎么样了。她就有些熬不住，于是掩上了亭子间的门，匆匆走到十四号内去。

上海每一幢房子，因为里面住的人多，所以后门是开得很早的。秋雁悄悄地摸到楼上，只见客堂楼的房门半掩着，心中暗想，大概他们也起来了。于是推门进去，只见乐文站在她母亲的床边，很急促地问道：

"妈，你怎么了？你怎么了？"

秋雁听他的声音是包含了一些惊慌的成分，心中这一吃惊，那颗芳心顿时忐忑地乱跳起来了。

第二回

觥筹交错心猿意马

秋雁三脚两步地走进房中，挨近床边，低低地问道：

"秦先生，老太太怎么样了？"

乐文回头一见秋雁，猛可地把她手儿拉住了，急得流下泪来，说道：

"我妈的神志很糊涂，而且热度又十分的厉害。我叫她，她不理我呢！"

秋雁连忙俯下身去，伸手在她额角上一按，真是十二分的烫手，这就微蹙了眉尖儿，低低地唤了两声"老太太"。

秦太太本来是低垂着眼皮，听了秋雁的叫声，遂微睁开眼睛，向她望了一下。她的精神似乎很衰弱，不过她还向秋雁点了点头，回叫了一声"杨小姐"，接着把眼皮又低垂下来。秋雁回过身子，向乐文望了一眼，安慰他道：

"你不要害怕，老太太这病一定是昨晚跌了一跤的缘故。我想请个大夫来给她开一张方子，只要热度一退，那病自然慢慢地好起来。"

乐文觉得有个人大家商量商量，他的心里就会放宽了不少，于是点了点头说道：

"我也这样想，不过，给她请中医还是给她请西医呢？我的意思，当然是西医比较有效力一些。"

秋雁摇头道：

"我听说年纪老的人都喜欢中医的，所以我的意思还是中医好。"

秦太太虽然病得很厉害，不过她的心里很清楚，而且耳朵也相当的敏捷，她在床上也插嘴说道：

"我不要瞧医生！"

乐文知道母亲所以这样说，当然是为了舍不得钱的意思。遂劝她说道：

"妈，一个人病了，医生终得要瞧的。"

"老太太，给医生开了一张方子，三五天就会好起来。"秋雁挨近了一些身子，也向她低低地劝告。

"那么我也不要瞧西医。"秦太太点了点头回答。

乐文向秋雁望了一眼，是奇怪她竟猜得着母亲心中的意思。秋雁却向他低低地道：

"那么，就给她请中医吧！"

"好，我马上去请。"乐文回身匆匆地欲走。

"慢些儿，你洗好了脸没有？"秋雁把他叫住了，又低低地问。

乐文这就感到秋雁的举动，活像是个贤妻的身份。他觉得在万分孤独之余，终算还有一个美丽的姑娘来关心自己的一切。他是感动得几乎落下泪来，向秋雁愕住了一会儿，却是再也说不出一句话。

"已经是秋天了，外面的晨风很大，吹在脸上要裂痕的，我给你倒盆脸水洗了，再去请医生吧！"秋雁被他这一阵子呆望，心里倒是十分的难为情。乌圆眸珠一转，便回过身子去拿热水瓶倒水，把手巾铺在面盆里，又拿漱口杯盛满了水，向他瞟了一眼说道：

"洗脸吧！"

乐文心中愈是感激，口里愈加说不出一句话。他走到桌子旁，两手伸到盆水里去洗脸了。待乐文洗好了脸，只见秋雁匆匆地走上来，也不知在什么时候走下去的。她手里拿了一碗生煎馒头，放在桌子上，微笑道：

"吃了一些东西出去，不会受冷。"

乐文也许是感激过分的缘故，他猛可地把秋雁手儿握住了，说道：

"杨小姐，你待我太好了，叫我拿什么来感谢你才好！"

秋雁的粉脸儿一层一层地红晕起来，秋波脉脉地含了妩媚的光芒，向他脸上逗了那么一瞥，笑道：

"不要说感谢的话。我以为人类终应该有互助的地方，快些儿吃吧！吃了去请医生。"一面说，一面把他拉到桌子旁坐下。她背转身去，又倒了一杯开水，放到乐文的面前。

乐文且不吃馒头，望着秋雁的粉脸，说道：

"平常这些事情都是妈给我服侍的，今天妈病了，我心里真急得不得了。谁知道，还有你来给我做这些事情，这真是叫我做梦也想不到的。杨小姐，要如你不来的话，我真急得没有法子。"

"那么，你也叫我一声妈……"秋雁为了避免自己代替了贤妻职务的难为情，向他说出了这一句话。可是既说了出来，也觉得很不好意思，忍不住抿着嘴儿，扑哧地一笑。但立刻又想到人家的妈病着呢，于是又平静了脸色，低低地道：

"快吃了馒头，冷了就碍胃的。"

乐文只有感到她的可爱，虽然自己心中是那么的忧煎，不过见到秋雁这一种又天真又妩媚的神情，他的心境也会放宽了不少，觉得她真是解语的花、忘忧的草，这就瞅了她一眼，笑道：

"就算你做了我的妈，那么你也好坐下来，大家一同吃些儿。"

"我在家里已经吃过了，这几只馒头，你还客气做什么？"秋雁虽然还空着肚子，不过她对乐文就有这一片痴心。乐文也不再客气，一会子工夫就把十只馒头吃完了。站起身子来的时候，秋雁还提上一条手巾，给他抿了抿嘴。乐文说声"我走了"，他已向房门外走，秋雁跟着走出来。在扶梯口，乐文又回过身子，低低地道：

"杨小姐，家里的事情一切又要拜托你了。"

"不用说了，你快去吧！"秋雁对于他这两句话，似乎感到有些怨恨的意思，点了点头，低低地回答。乐文似乎也感到自己这两句话是多余的事，连忙含了笑容，又补充着说道：

"妈昨夜说你和她要认娘儿俩，那么我这个家也就是你的家一样的啦！"

秋雁的芳心里是充满了喜悦和羞涩的成分，把他身子一推，"唔"了一声，她绯红了两颊，却回身走进卧房里去了。乐文望着她的背影，在愣住了一会儿之后，方才笑了一笑，转身匆匆地走下楼去了。

爱文义路附近有个方国栋中医，虽不能说有名，倒也很有些医道。乐文就打定主意，到方国栋那里去挂号。上午是门诊，出诊要在中午到下午，诊金三百元，乐文觉得比较西医似乎便宜了一些。于是挂了号，写了地址。

乐文出来，这时已经早晨十点光景。乐文正在一路回家，忽然迎面走来一个人，向他叫道：

"乐文，乐文，你到什么地方去呀？"

乐文抬头一瞧，原来是唐小七，忙答道：

"你到什么地方去？我在请医生，母亲昨晚跌了一跤，今天早晨却全身发热病起来了。"

"我也正到你家里来的。伯母病了，这真又是一件麻烦的事情。"唐小七皱了眉毛儿，搓了搓手，他觉得生病真是我们穷小子的大仇人，他代为感到忧愁。

"你到我家里来有什么事吗？"乐文向他低低地问。

"早晨玉华打电话给我，说叫你今天中午到她家中去一次，有事情跟你说话，所以我是来向你报告的。"唐小七这样告诉他。

"她叫我有什么事情呢?"乐文口里这么问,心中暗暗地想,莫非她有办法帮助我购买了吗?

　　唐小七摇了一下头,说道:

　　"她没有告诉我,所以什么事情我也不知道。"

　　乐文道:

　　"可是我妈妈病着,叫我又分不开身。"

　　唐小七道:

　　"那么,你此刻去一次,假使没有什么要紧的事,你就马上回来好了。"

　　"也好,你一同去不去?"乐文点了点头,又向他问。

　　"我不去了,还有些别的事情。那么晚上再见。"

　　唐小七和他一点头,就匆匆地走了。

　　乐文坐车到静安寺路三民村跳下,三脚两步走到八号的门口。三民村是个西班牙式的小洋房,里面有个小小的院子,也种着西洋种的美人蕉等花卉,外面是一扇亮眼的铁栅门。乐文正欲伸手先按电铃,只见院子里,玉华拿了水壶,却在浇园田里的花卉,于是叫道:

　　"玉华!玉华!"

　　玉华听有人叫她,遂回头来看,一见乐文,这就放下水壶,笑盈盈的亲自奔上来开了铁栅栏,说道:

　　"乐文,是不是唐小七告诉你的?"

　　"是的,你叫我到来有什么事儿?"乐文点了点头,先向她这样问。

　　"事情可多着呢!快到里面去坐着谈吧!"玉华拉了他的手,却一直向里面走了进去。忽然她又回头问道:

　　"你的手怎么这样凉?天气冷了,为什么还不穿大衣呢?"

　　乐文听了玉华这种关切的口吻,使他想起了秋雁,一时望着玉

134

华的粉脸，倒不禁愕住了一会儿。这时玉华已经把乐文拉到了书房，阿梅在里面打扫，把圆桌上铺着的台布换了一方玫瑰红丝绒的料子，桌子上放了四盘水果、一瓶鲜花。乐文见了，心中有些奇怪，忙问道：

"玉华，你今天请客人吗？"

"唉，你这人，就真聪明！真是'踏着尾巴，头会动的'。"玉华说了这句话，却扑哧地笑了起来。阿梅倒上了两杯茶，忍不住也扑哧地笑了，说道：

"秦少爷，小姐在讨你的便宜。"

乐文瞅了玉华一眼，也笑了起来。阿梅管自退到外面。玉华挨近了一些身子，有些撒娇的意态，向他白了一眼说道：

"你为什么好几天没有来望我？我想你的应酬也许太忙了吧！"

乐文觉得她这两句话至少是包含了一些酸素的作用，这就暗自想道：没有给她知道我有另外的女朋友，她尚且如此的爱吃醋，要如给她知道有了秋雁这一个人，她恐怕要和我大起交涉了吧！于是笑道：

"你不要说我应酬忙，我这几天真的忙得一些儿空闲工夫都没有。"

"那么你在忙些什么呢？"玉华脉脉含情地逗了他一瞥妩媚的目光，低低地问。

"还不是忙来忙去忙着面包问题。比不了你……"

乐文含笑说到这里，玉华的脸色就转变得很不好看。她背过身子，去走到长沙发上坐下了。乐文还算是个聪敏的人，他见了玉华这个神气，就知道她是生了气，于是没有把这些话继续地说下去，顿了一顿，笑道：

"为什么一会儿又不高兴了？"

玉华不理睬他，她拿了一方手帕在拭眼皮。乐文这就感到她的

135

痴情，一时由不得轻轻地叹了一口气，走到她的身旁坐下，伸手去扳她的肩胛笑道：

"玉华，这是什么意思？特地差人叫我到来，来了又不理我，那是什么道理？"

"我一些儿都不知道你心中的苦楚，我觉得你枉为有了我这样一个朋友。"玉华回过身子来，向他说了这两句话，她的眼皮有些儿红润。

"这是你自己说的话，我何尝有这一个意思？"乐文觉得她至少是带了一些楚楚可怜的成分，遂正经了脸色，低低地辩解。

玉华这会子却落下泪来，摇了摇头，说道：

"不要说了！总而言之，我没有能力可以帮助你，所以你对我有心而怨恨罢了。"

"玉华，这个你千万不要多心！"乐文听她误会到这个上头去，他倒不免急了起来，"假使我有这个意思的话，我就没有好死的。"

"何苦来说这一种气话？你终有好的结果，情愿我没有好死的。"玉华听乐文这么说，又认为他是赌气的话。她自己也不知道到底受了些什么委屈，眼泪会扑簌簌地落了下来。

乐文原是为了着急，所以才说这一句话，万不料弄巧成拙，事情越弄越僵了。正在没有办法的时候，阿梅送上两杯咖啡、一盘子威士忌饼干来。她见一个赌气一个发呆，倒吃了一惊，忙问道：

"为什么，秦少爷欺侮我们家小姐吗？"

"不，你不要胡说八道！我哪儿敢欺侮你家小姐。"乐文摇了摇头，向阿梅努了努嘴。阿梅会意，抿嘴微微地一笑，遂又退到外面去了。乐文这才伸手，去拉玉华，笑道：

"好小姐，既然你今天请客，应该欢欢喜喜才好，快不要生气了，吃点心吧！"

玉华在眼皮上揉擦了一下，又恨恨地白了他一眼，这才走到圆桌的旁边，把沙发椅子拉开来，说道：

"就饶了你这一遭，来吃点心吧！"

乐文知道她是不生气的表示，因为好容易她不生气了，自己也就不忍拂她的盛意，和她一同在桌旁坐下了。拿了铜匙在咖啡杯子里搅了搅，说道：

"我还有一件事情没有告诉你，我们已经在卡乐咖啡馆内伴奏了。"

"这个我已经知道了，刚才唐小七在电话里告诉我的。"玉华喝了一口咖啡回答。

"哦，既然你已经知道了，那我觉得你就太不应该，为什么还要来挖苦我呢？"乐文瞅了她一眼。因为自己刚才受了她许多委屈，此刻不免向她埋怨了几句。玉华这回她自己也认错了，逗了他一瞥顽皮的媚眼，却抿着嘴儿哧哧地笑。

两人默默地喝了一会儿咖啡，乐文又开口问道：

"今天是你请客，还是你爸爸请客？"

玉华把手指点了点胸口说道：

"是我请客，叫你来给我做一个陪客。"

"你请的是什么样的客人，是男的还是女的？"乐文后面这句话是故意这么问，无非是逗着她玩笑。

果然玉华听了放下咖啡杯子，伸手向他一扬，做个要打的姿势，白了他一眼，娇嗔道：

"男的怎么样？女的怎么样？"

乐文笑道：

"我随便问一声，你又误会我有什么作用了？"

玉华啐了他一口，方才正经地告诉道：

"今天我请两个结拜姊妹来吃饭，还有几个同学，也来做陪客的。"

"那么，一桌子上差不多全是女的呢！只有我一个人是男子，那倒有些不好意思。"乐文笑了一下，觉得自己的心境和玉华齐巧成个相反。她多么的安闲，请客吃饭，自己此刻的含笑，说句老实话，还不是为了敷衍她而装出来的吗？他的心中真有些儿隐隐的痛苦。

玉华既然不是爱克司光的眸珠，她当然瞧不出乐文心中的痛苦，今听他这样说，忍不住又扑哧地笑道：

"我也把你当作了女客看待，所以我终觉得是少不了你的。"

这句话是包含了多少深刻的情意，在普通表面上看来，以为玉华说的是开玩笑，然而细细地回味，是完全表示玉华除了乐文一个人外，再没有第二个男朋友了。乐文当然有些体会得出的，用了感激的目光，向她望了一眼，说道：

"不过，今天我恐怕不能参加……"

"这是为什么？"玉华不等他说下去，就很急促地追问。

"因为我妈妈生了病，下午还有医生要来看病，家里没有人，我此刻就要回去了。"乐文说着话，他瞧了瞧手表，已经十一点多了，这就站起身子表示要走的神气。

这在玉华的心中似乎是意想不到的事情，她竟觉得自己刚才那一种态度对他，在他心中也许会感到啼笑皆非的痛苦。玉华能够想到这一层，可见玉华还不失是乐文的一个知己。她懊悔得忍不住又流下泪来，却呆呆地望着乐文出了一会子神。乐文一时倒还莫名其妙，走到她的身旁，问道：

"玉华，你……"

"不，没有什么……"玉华伸手在眼皮上揉擦了一下，用了歉意的目光凝望着他脸儿，说道，"乐文，确实是我太不应该了，你为了事业，也为了母亲的病，我一些不能使你减少痛苦，反而向你赌气。我觉得你真的枉为有了我这样的一个朋友。"说到这里，她的眼泪又扑簌簌地滚了下来。

乐文听着她这几句话，心中方算是明白过来了。他觉得玉华到底不是一个纯粹的贵族化、只知道自己快乐而不知道别人痛苦的小姐。当然，在他心中也十分的感动，遂把她手儿握住了，又去抹了她颊上的泪水，反含笑说道：

　　"你不要傻了！我没有告诉你，你怎么会知道我母亲生病呢？况且，我的心境不好，终不能连累你也为我闷闷不乐呀！你的身子又那么柔弱，要不是自己找寻一些快乐来自遣，那你的身子就更会不健康了。"

　　玉华听他这样说，泪水益发滚落了下来，说道：

　　"乐文，你太好了！我确实有这个意思，假使你心境不快乐，我也应该陪着你不快乐，所以，我今日请客，那实在是很对不住你的事。"

　　乐文倒被她引逗得笑出声音来了，望着她挂满了泪水的粉脸，点头说道：

　　"有你这两句话，我的心中已经够感激的了。玉华，你不要孩子气！我觉得很对不起你，因为你今天很快乐，我不能够陪你一同快乐。"

　　玉华把纤手去按住他的嘴儿，逗了他一瞥哀怨的目光，说道：

　　"你不要说这些话吧！叫我听了，反而会加重我的难过。你妈到底生了什么病？不知道有几天了，那天你也没有说起呀！"

　　"昨天她在打水，不料在门口跌了一跤，脚面上泡烫了。今天早晨就全身发热，大概还是为了受惊的缘故。时候不早，怕医生就要来了，我走了。"乐文一面告诉他，一面已是走出书房来。

　　"下午说不定我来看望她老人家，你大概在家里的吧?"玉华说着话，送他走出来。

　　乐文点了点头。当他走到院子里的时候，阿梅开门迎进三四个少女，见了玉华就高声地叫喊起来。玉华走下石阶级，少不得给乐文介绍了，原来都是玉华的同学。乐文一一点了一下头，就匆匆地走出大门去了，他似乎还听到几个少女一阵嘻嘻哈哈的笑声，这就暗暗地自语了一声，"这是她们的黄金时代"。含了一丝说不出所以然的苦笑，他情不自禁地叹了一口气。虽然是将近中午的阳光了，不过，此刻照在乐文的身上，相反的还会感到一阵凄凉的意味。

乐文回到家里，只见秋雁燃旺了洋风炉子不知在烧什么东西，她见乐文垂头丧气地进来，遂回身近上去，问道：

"怎么去了这许多时候？"

在这一句话中，可知是包含了一些埋怨的成分。乐文觉得这倒怪不了她，只好撒了一个谎，说道：

"我挂好了号，在路上又遇见了一个朋友，所以耽搁了许多时候。我妈怎么样了？医生还没有来过吧？你在烧什么东西？"

"老太太睡熟了好一会子，却不见醒来，大概昨晚一夜没有安睡吧。回头我想要忙着煎药，所以此刻趁空给你烧一些饭，时候也差不多的了。"秋雁给他想得很周到地回答。

"可是又累忙了你呀！"乐文十分感激的样子回答，望着秋雁的粉脸，不住地搓手。

秋雁摇了摇头说道：

"倒忙不了什么的。秦先生，我此刻要回去一趟，一会儿再来吧！"

乐文听了立刻把她拉住了，说道：

"已经快十二点了，难道你还回家吃饭不成？再说，下午还有许多事情需要你帮忙呢！"

秋雁知道他误会了自己的意思，遂笑了一笑，说道：

"不是我和你客气，因为我和同学曾经有个约会，若不去，失了约，那是很不好的。"

"你这话可是真的，还是骗我？"乐文还是拉了她的纤手，有些将信将疑的神气。

"当然是真的，我决不对你有一句谎话。"秋雁很正经的神气对他说。

"那么你下午要来的。"乐文这才把她的手放下了，他向她叮咛了一声。凭了乐文一句话，秋雁就知道，他确实是很需要着自己，遂连声地说了两个"是"，她便匆匆地走到十二号里去了。

秋雁回到十二号亭子间，只见美琴还坐在床上没有起身，春燕却已不见了人儿，遂"咦"了一声，问道：

"美琴，我的妹妹到什么地方去了？"

美琴见了秋雁，便从被窝内坐起身子，撩过一件旗袍披上了，笑道：

"你还问妹妹？你妹妹刚才也问我说你到什么地方去了？"

秋雁乌圆眸珠一转，这就有了一个主意，说道：

"早晨我又去找一个朋友，那朋友说她舅父要创办一个医院，假使成立之后，她可以介绍我们去做看护。"

"那朋友叫什么名字？不知道我认识她吗？"美琴一面扣着衣纽，一面跳下床来问她。

"她叫何玉华，你也许不认识她，今天她还来叫我和妹妹一同去吃午饭，我因为情意难却所以答应了。不知道妹妹她又走到什么地方去了？"

美琴对镜梳着蓬松的头发，说道：

"你妹妹十点光景起来的，因为不见你的人，她也走出去了。我问她到哪儿去，她说去公园里走走。"

秋雁一见手表，已经十一点三刻，这就蹙了眉尖儿，急道：

"那么此刻也该回来了，妹妹这人真也糊涂的！"

美琴听了，笑道：

"你说她糊涂，可是她也说你糊涂呢！"

"我糊涂什么呢?"秋雁不明白地问。

"咦?你自己早晨出去也没有关照一声,她心中多着急,说昨晚又回来得这样晚,姊妹两人就永远没有碰面的时候了。"美琴把春燕埋怨她的口吻向她告诉了一遍。

秋雁这就无话可答,愕住了一会儿之后,不免叹了一口气,说道:

"我还不是为了找事情忙吗?她……东走西走做什么呢?"

美琴把洋油炉子点着了,回眸望了她一眼,笑道:

"你也不要着急,说不定她就可以回来的。"

秋雁没有回答什么,静静地坐了一会儿,可是心中的着急,真有些像热锅上的蚂蚁一样。因为她既怕玉华等了自己心急,又怕乐文需要自己去帮忙,现在我坐在这儿空等,那心中的焦急,真也不是笔墨所能形容其万一的了!

时间是无情的,一会儿已是十二点敲过了,可是春燕还不见回家。秋雁这就有些等不及,她向美琴说道:

"美琴,妹妹假如回来,你向她告诉一声,叫她坐车到爱文义路三民村八号来是了,我不等她了。"美琴说:"我晓得。"秋雁遂匆匆地走了。

秋雁坐车到三民村八号,急忙伸手按了电铃,里面玉华一听门铃响声,她早已三脚两步亲自出来开门。一见了秋雁,又欢喜又埋怨地拉了她的手,说道:

"大姊,你真不太应该。瞧瞧,我的手表已经十二点半了,真把我等得急也急死了。"

"真对不起!因为我的同学生了病,实在分不开身,所以一直延迟到此刻才到来。"秋雁在路上早已拟好了一个谎稿,所以此刻听到玉华的问话,她就不慌不忙地回答。并且,转了眼珠又说道:

"现在我的妹妹伴在她的身旁,两点钟还有医生要来看病,所以我也不能久留，一会儿就得回去的。本来我也抽不开身，怕失了二妹的约，所以，我无论如何要来到一到的。"

玉华听她这样说，当然十分的相信，皱了眉毛儿，说道：

"这也太不凑巧了，好在往后的日子很长，明后天你妹妹也可以再来的。"说到这里，拉了她的手就匆匆地向里面走，说道，"大姊，快到里面去坐吧，她们全都等着你一个人呢！"

"这真是太抱歉了！"随了秋雁这一句话，两人已经进会客室。玉华许多同学都已站起身子，表示相迎。玉华给大家一一地介绍了，秋雁一面握手招呼，一面连说"对不起，叫你们久等了"。这时阿梅来说道：

"大小姐既然已经到来，还是请大家到书房里去入席吧！厨房里，热炒都已经下锅子了。"

玉华于是摆了摆手，请众人到书房里入席去了。

在书房里，众人推来推去的让座，秋雁想起了玉华的父母，这就说道：

"二妹，那么爸爸和妈妈呢？我也该先去拜见过了才是呀！"

玉华道：

"爸爸和舅爹为了医院的事情，这几天就在外面忙着接洽，所以没有在家，我的妈又是吃素的，况且今天她也有些不舒服，躺在床上没有起来。我们年轻的管年轻的，要如给他们坐在中间，我们倒反而要受拘束的。等会儿吃好了饭，我再陪你到上房里去见她好了。"

秋雁听了，只好含笑坐在首席，其余挨次入座，玉华在下首自己坐下相陪。阿梅拿上酒壶，先替大家满筛了一杯。同学们举杯相贺，玉华、秋雁答谢。接着，玉华要亲自敬秋雁一杯酒，秋雁在接受了后，又要回敬玉华。因为大家闹着客气，反把酒都撞翻了满桌子，引得众人都笑了一阵。一桌子上都是年轻的姑娘，大家嘻嘻哈哈，少不得有许多笑话。只有秋雁的心中却是忐忑的不安宁，表面上和大家欢然喝酒，可是心里却在想着乐文的家里：不知道老太太怎么样了？医生可曾来过没有？这些种种都在她的脑海里旋转着。

这时候有个名叫周玉英的，她的年纪最小，因为多喝了几杯酒，似乎显得特别的兴奋，当时她笑嘻嘻对秋雁说道：

"大姊，你知道我们的玉华姊姊她已经有个未婚夫了？"

"真的吗？我却没有知道呀。"秋雁望了玉华一眼，扑哧地一笑，神秘地说。

"大姊，你不要听她胡说，她是有名的淘气精。"玉华的脸颊本来喝了酒已经有些儿红晕，此刻这就益发像玫瑰花朵儿似的绯红起来。她把水汪汪的秋波，逗给玉英一个娇嗔，又向秋雁急急地辩解。

玉英听了，便急了起来，嚷着道：

"天地良心，我若说一句谎话，下世里一定罚我做鸡头给你们大家下老酒吃好不好？"说着话，一手拿了鸡头，却放在嘴里乱嚼。众人见了她这一副神态，又听了她这一种咒语，大家都不觉其讨厌，忍不住笑得花枝乱颤起来了。

坐在玉英隔壁的是王梅珍，她停止了笑，说道：

"这次玉英倒没有说谎话，我们也亲眼目睹看见的，刚才还和玉华院子里站着谈情说爱，真正是亲密得十万分。"

玉英"唉"了一声，拍手笑道：

"大姊，你听见了没有？不但是十万分，而且是二十万分呢!"说得玉华羞红了耳朵，"呸"了她一声，手儿向上一扬，做个要打的姿势。众人见了，却忍不住要笑了一阵。秋雁拍了梅珍一下肩胛，问道：

"你们这话可是完全事实，那么你们知道我的妹夫姓什么叫什么呢？"

梅珍向玉英望了一望，玉英定住了乌圆眸珠，向玉华瞅了一眼，笑道：

"这个要请玉华姊姊自己来宣布的，刚才她虽然给我们曾经介绍过，只是她说得十分糊涂，我却没有听明白。"

"好像是姓陆的。"一个朱丽叶插嘴说。

"你听错了，是姓陈的。"一个叶文珠也笑着说。

秋雁听众人都这样说，可见这件事倒是真的，回头望了玉华一眼，只见玉华抿着嘴儿，却只管哧哧地笑，于是点点头说道：

"二妹，你不要赖了，众人都这样说，可见不是取笑你，你还是老老实实的告诉给大家听听，我们的妹夫到底叫什么名字？他在哪里读书，还是在做事情呢？"

玉华向秋雁挤挤眼，还没有回答，玉英早又笑道：

"大姊，我告诉你，我们的玉华姊夫真是一个又漂亮、又温婉、又大方、又多情……"

玉华不等她说完，早把一块鸡骨头向玉英脸上掷了过来，笑道：

"够了！够了！我看你也没有什么再可以形容了吧。"

"还有！还有！多着呢！"玉英一仰身子格格地笑着，"又俊美、又标致、又好看、又登样、又好白相……"玉英边说边笑，大家都忍不住捧腹起来了。

秋雁笑道：

"有了这位小妹妹，真是热闹了许多。"说着又向玉华道："二妹，这个你就不应该了，既然今天妹夫已经来过，为什么不叫他吃了饭去呢？也好叫我见见呢！"

玉华听秋雁公然地以妹夫称之，一时又喜又羞，逗给她一个娇嗔，笑道：

"大姊，她们开我的玩笑，你做姊姊的如何也一味地吃我豆腐呢？"

这时，阿梅端上一盆鱼翅，玉英这就又笑道：

"今天这样好的小菜，哪里来的豆腐？你们瞧瞧，鱼翅倒来了。"玉英这些话倒又引得大家笑了一阵。

鱼翅上了，酒已半酣，秋雁一见手表，短针已指在二点，不觉站起身来，说道：

"对不起得很，我要先走一步了。"

玉华听了这话，跟着站起来，道：

"大菜还没有上呢，你怎么就要走了？那不行！那不行！"

秋雁走上去，附了玉华的耳朵，低低说了一阵，说道：

"二妹，你应该要原谅我的苦衷。"

众人都说不可以走，玉英道：

"大姊一走，我们毫无兴趣，还是大家开路。"说着也离座而起。秋雁忙把她身子拉到原位上坐下，笑道：

"小妹妹，你要帮帮我的忙，因为我的朋友生着病，家里还有许多事情要找我去料理。好在我们熟悉了之后，以后碰头的机会可多着呢！"

玉英小眼睛，眨了眨，望着秋雁笑问道：

"是男朋友，还是女朋友？"

秋雁因为心虚，粉脸红得厉害，伸手拍了她一下，笑道：

"想不到你果然是个淘气精，名不虚传。"

大家听了，都又笑起来了。玉华道：

"笑话归笑话，正经归正经，大姊的同学，忽然生了病，这是大姊一进门就告诉我的，否则，她也不会迟到了。我想这也是很要紧的事情，我们到底随便几时可以再聚餐，所以我也不能强留。"

"二妹可以原谅我，想诸位一定也可以原谅我的。真对不起，我少陪了。"秋雁听玉华已答应自己走了，遂含笑向大家说。回身又向玉华道："那么，你该陪我到上房里去拜见你的妈了。"

玉华点头说好，一面请大家管自猜拳行令。这里两人一同到了

146

上房，何太太倚在床上吸水烟筒，小丫头在给她敲腿儿。玉华上前给她介绍道：

"妈，这位杨秋雁就是我的结义姊姊，你老人家可要待我一样的去疼爱她。"

秋雁连忙上前鞠了一个躬，亲亲热热地叫了一声"妈"。何太太因为是疼爱着玉华，把她当作夜明珠一般看待，今天听玉华这样叮嘱，于是便仰起身子，拉过她的纤手，叫秋雁在床边坐下。把她细细地端详了一回，觉得秋雁生得娇柔弱质，美丽不亚于玉华。这就啧啧称羡说，和玉华并立，真像一对亲姊妹，以后就住到这里来，不要闹一些客气。秋雁听了，自然十分感激。

正在这时候，忽听志明的声音送进来，说道："玉华今天请一个结义姊姊吃饭，听她们猜拳行令多热闹的。"

玉华回头去看，只见爸爸和舅爹都走进房来，于是笑道："好了，爸爸和舅爹回来了。我给你们介绍，这位是我舅爹史鸣德，这是我爸爸，这位就是大姊杨秋雁了。"

秋雁当时早已离开床边，笑盈盈走到两人面前，鞠躬下去，叫了一声"爸爸"和"舅爹"。可是当秋雁抬起头来和他们四目相接的时候，各人心中都是一怔，几乎"咦"的一声叫起来。志明连忙摆手，笑道："请坐！请坐！杨小姐和我玉华可说是一见如故，真是难得。"一面说，一面向鸣德望了一眼，不料鸣德也在向自己呆望，好像有种沉思的样子。志明觉得这真是意想不到的事情，他几乎要笑出声音来了。秋雁因为心中记挂在乐文的家中，所以也来不及去想玉华的父亲竟是从杭州和自己同车一路到上海的两个老色迷。她急急地道：

"很对不起，我有要紧的事情，先走一步了。"

鸣德这才开口说道：

"杨小姐，有什么要紧的事情，急急就回去了？"

玉华因为秋雁很急促的样子，遂给她代为告诉了一遍。秋雁遂拜别了三人，匆匆出了上房。在三民村门口的时候，玉华握了她手，再三叫她朋友病好之后，立刻就到这里来住。秋雁点头答应，一面催玉华进内去招待别的同学，她这才匆匆跳上一辆人力车，叫他拉到爱文义路立仁里去。

秋雁坐在人力车上，方才细细地想了一会儿心事，觉得天下事情之凑巧，真也有的。原来玉华的父亲和舅爹就是这两个人，怪不得那天在杭州西子湖畔，他们说要办一个医院，还说定名鸣德，原来他叫史鸣德。最最有趣的，记得妹妹因恨他们色迷，曾经拿话去讽刺他们，不知道他们还想得起来吗？秋雁想到这里，因为感到滑稽，她忍不住独个儿哧地笑了。

人力车经过光明咖啡馆门口，在秋雁的眼帘下，忽然发现自己的妹妹和一个西服少年手挽手儿从咖啡室里面走出来，看他们的样子，十分的亲热。秋雁心中奇怪得了不得，以为自己看错了人，忙把手儿揉了揉眼皮，定睛仔细地看，还不是春燕是谁？秋雁情不自禁地叫了一声"妹妹"，但那个西服少年拉了妹妹已跳上停在人行道旁的一辆自备汽车，"呼"的一声开走了。秋雁还连连地叫了两声"妹妹"，人力车夫被她叫得回过头来，眼睁睁地望着她问道：

"小姐，您怎么啦？不是叫我拉到立仁里去吗？"

秋雁不作答，向他挥手说："你只管拉，你只管拉吧！"

人力车夫，虽然是向前又拉了，可是心里却在好笑地想："拉妈妈的，这个姑娘有些神经病呢！"

第三回

醋海风波又成孽缘

　　春燕早晨起来见姊姊已不在床上，这就推了推美琴的身子，低低地问道：

　　"美琴姊，我姊姊这么一早又出去了吗？"

　　美琴揉了揉眼皮，向床前床后望了一望，怔怔地说道：

　　"我也不知道呀，大概又出去的了。"

　　春燕一面倒了脸水洗面，一面芳心里有些怨恨，暗自想道：姊姊昨晚这样迟回家，今天一早又匆匆出去了，到底算找到了事情没有呢？于是又问道：

　　"美琴姊，姊姊昨晚回家什么时候了？你和她碰过头吗？"

　　"大概在十一点钟光景，我在外面吃了咖啡回家，她也回来了。她说王先生已经患肺病死了，我想她早晨出去又找朋友托事情去的吧。"美琴在床上低声地回答。

　　春燕嘴里不说什么，心中却在暗暗地细想：昨晚十一点钟回家的，她在什么地方呢？难道她也遇到了什么男朋友，所以把我这个妹妹都抛到脑后去了吗？春燕这样想着，自然十分的怨恨。因为美琴不是自己的知己同学，自己和她比较生分一些，一切的事情，似乎不好意思过分地去麻烦她，所以她梳洗完毕之后就预备到外面去买点心吃。美琴在床上见她开门出外，这就问道：

　　"春燕，你又到什么地方去？回头你姊姊回来了，你们姊妹俩不是又碰不着了吗？"

"管她，反正她自己偷偷地不知上哪儿去了，我到公园里去散一会儿步就回来的。"春燕噘了小嘴回答，显然她是十分的生气。

美琴觉得春燕年纪轻，说话不知轻重，照理当然不应该有这样的态度对付自己，意欲叫住她，向她劝慰几句，可是她的身子早已跑到楼下去了。

春燕到了外面，先在一家牛肉面馆内吃了一碗牛肉汤面，然后踱步到公园里去游玩。今天齐巧是星期日，虽然是秋天的早晨，可是游玩的男女倒也不少，大都是学校里一班学生，他们都拿了本书，坐在长椅上静静地看书。有一处围了许多男女青年，不知在做什么。春燕挤上去看，原来一个老先生在讲《古文观止》。春燕站住了脚，也静静地听了一会儿。不过，自己心事重重，哪里有闲心去听那些之乎者也的事情呢？所以听了不久，又走了开去，在一个圆圆的池水面前的椅子上坐了下来。这一坐下来，她就没有离开过。胡思乱想，脑海里织成了甜蜜的美梦，也构成了悲酸的幻想，使她一会儿欢喜，一会儿伤心。这样子糊里糊涂地出神坐着，不知不觉的日影已正，一看手表已经十二时半了。春燕暗想："反正下午约在光明咖啡馆，我也不必回家去吃饭，就在外面吃点儿是了。她这才离开了公园，漫步地踱了过去。公园附近原有那些小馆子吃客饭的地方，春燕走进里面，吃了一客肉丝蛋炒饭。时候已一点二十分，她也不叫车子，安步当车地走到光明咖啡室门口，齐巧两点钟。今天因为星期日，咖啡是一点钟就上市的，所以里面的人倒已经不少了。春燕在一个座桌上坐下，叫了一杯咖啡、一盘蛋糕，自个儿先喝了起来。

今天的约会在徐子秋的心中是抱着十二万分的希望，所以，他是特别的热心，还到理发店里去新剃了一个头，香水浇得香喷喷的，兴冲冲地就赶到光明咖啡馆内来。为了使自己阔绰起见，他还把父亲一辆小型的汽车亲自驾驶来，他明白这也可以博得女子欢心的一种特效药。可是，他万万也料不到春燕比自己还会来得更早一些，这当然使他感到意外的惊喜，这就很快地走到座桌旁来，含笑叫道：

"啊，杨小姐，真对不起！倒叫你等候好一会儿了吧？"

春燕听他这样说，由不得脸儿微微地一红，站起来笑道：

"我也还只有刚来了不多一会儿。徐先生，我们请坐吧。"子秋一面坐下，一面取出烟盒子来，递过一支烟去，说道：

"杨小姐，你抽烟吗？"

"对不起，我不会抽烟。"春燕含笑回答，伸手划了一根火柴，凑近他的前面去。这一来，在子秋的心中未免受宠若惊，欠了身子，就连说了两声"不敢当！不敢当！"春燕笑道：

"不要客气！徐先生，你喝些什么呢？"

子秋一瞧手表已经两点半了，觉得咖啡室内虽然是谈情说爱的好地方，不过对于一个初交的女朋友，那似乎还是有些不大妥当，这就灵机一动，笑道：

"我倒没有想着今天是星期日，舞厅里是有茶室舞的，杨小姐倘然有兴趣的话，我们还是上舞厅去玩一会儿，怎么样？"

春燕那天就要跟美琴到舞厅里去游玩，因为她没有去过，所以要去见识见识，后来被秋雁阻拦了，所以没有去。今天子秋这样说，那真是求之不得的事情，当下含了浅浅的微笑，点了点头说道：

"徐先生有兴趣的话，我当然奉陪。"

子秋对于"当然奉陪"四个字，心中仿佛吃了一块糖样的甜蜜，觉得这位姑娘倒是十分直爽的，并没有一些儿冷若冰霜的架子。一个怀春的少女，当然是十分的热情。子秋既然有了这一层思忖，他对于春燕少不得增加了许多的野心。于是，他向侍者一招手，把咖啡的账付了去。在昨天，春燕还向他说了一声"你破钞了"，但今天，她是不客气了，认为这是做男子的应负的责任。春燕既有了这样存心，其所以陷入了歧途，也是势所必然。

两人走出光明咖啡室门口，子秋把她手儿一拉，说道：

"杨小姐，我汽车停在那边儿。"

春燕想不到，他是坐了汽车来的，遂用目望去，原来还是黑牌汽车，可知是他自备汽车。果然，这也是一件博得女子欢心的宝贝，春燕在跟他跳上汽车的时候，仿佛她脸上也会增添了不少光荣的色彩。你想，她如何还会听到秋雁在人力车上呼唤她的声音呢！

　　在汽车里，子秋望了她一眼，低低地问道：

　　"杨小姐，我们到哪一家舞厅玩去？"

　　春燕含笑回答道：

　　"随便哪一家，我都喜欢。"

　　子秋道："我们到米高美舞厅吧！"说着，不多一会儿，已到米高美舞厅门口停下。子秋上了保险门的锁，和春燕挽手进内。

　　米高美舞厅里的装置，在一个初次进来游玩的眼中看起来，真是富丽堂皇、光怪陆离，好像水晶宫，又好像广寒宫，真令人目迷神眩，如入仙境。春燕左顾右盼，真所谓目不暇接。侍者见了子秋，便叫了一声："徐少爷，长远不来了。"春燕从这一点子瞧，觉得这里一定是他常来游玩的地方。这时，子秋叫侍者找一个清雅些沙发座位，泡了两杯柠檬茶。春燕在坐下之后，少不得向四周细细地打量了一回。只见正中一个音乐台，里面装着五颜六色的灯光；有一班乐队，在兴奋地奏乐；麦克风面前还站了一个西洋女子，她唱着婉转悦耳的歌声；下面舞池里就有许多青年男女，互搂着腰肢，婆娑地舞蹈。春燕心中暗想：美琴说的给人作搂抱生涯的舞女，大概就是这一回玩意儿了。

　　子秋见春燕目不转睛呆呆地望着舞池出神，遂拉了她的手，低声地问道：

　　"杨小姐，你到舞厅里来玩过几次了？舞会跳吗？"

　　春燕这才回过身子，秋波向他一转，笑道：

　　"不瞒你说，我还只有今天第一次来玩，'跳舞'两个字，格外是门外汉了。"

　　子秋听她还是第一次来玩，可见她是一个很老实没见过世面的姑娘。换句话说，她是个涉世未深的姑娘，这在自己的手掌之中，自然更容易拿得稳一些。于是笑道：

"其实跳舞也不是一件难事情，回头我教你一次，保险你一定也会跳了。"

春燕没有回答什么，却报之以微笑。子秋从她这一副表情上猜想，可知她并没有表示拒绝的意思，所以在一次音乐再起的时候，他站起身子，拉了她的手，笑道：

"杨小姐，我们不妨去试一次好吗？"

"可是我不会跳舞，一些儿也不会跳的。"春燕一颗芳心开始跳跃得快速，她涨红了娇靥，嗫嚅着回答。

子秋感到她的手是在发抖，显然是有些害怕的意思，遂温和地笑道：

"都是从不会跳到会跳的，没有关系，我一教你，你就会跳了。"

春燕被他拉着已向舞池里走，因此也只好像木头人似的，随他摆布了。子秋搂了她的腰肢，虽然她是一些儿也不会跳舞，不过他的手上感觉，似乎春燕的腰肢要比美琴更柔软得多。这就不免想入非非起来，他故意把春燕搂得紧一些，在她耳边低低地说道：

"你把身子要贴得拢一些，这样比较容易学会。"

春燕也不知道是他故意轻浮，还是真的教自己跳舞，不过事情已到这个地步也就不必再去顾虑到这许多。况且，满舞池里的青年男女都在亲热地相依相偎地跳舞，有的还甚至于贴着面孔，做出种种恶行恶状的样子来。他们不以此为可耻，那么我何必拘束在心上呢？春燕竟然有了这个思忖，她的胆子就大了不少。诚所谓"近朱者赤，近墨者黑"，这句话信然矣。

一曲乐声停止，两人携手归座。子秋见春燕的娇容更红润了一些，眼睛水汪汪的，含了妩媚的吸引力。她扬着眉毛，脸上笑意没有平复过，从这一点看，也可知她心里是很快乐很得意，遂含笑问她道：

“杨小姐，你觉得还有兴趣吗？”

“兴趣是很好，只不过我不会跳舞，倒把你的皮鞋尖儿都踏坏了。”春燕点了点头，很不好意思地说了这两句话，大有赧赧然的样子。

这一种娇美不胜的意态，在一个色情狂的青年眼里看起来，真有些恨不得把她一口吞下的情景，于是立刻很小心地说道：

“只要你感到有兴趣学会它，就是把我脚趾踏落了，我心里也乐意的。”

这几句话当然能够博得一个姑娘的欢心，春燕有些情不自禁的，伸手在他肩上拍了一下，小嘴儿向他一噘，逗给他一个淘气的鬼脸。不过，既有了这一个举动之后，她又觉得难为情起来，哧哧地一笑，不禁低下头儿来。

子秋心中的甜蜜，真仿佛嘴里衔了一块糖，他趁势凑过头去，在她的耳旁低低地说道：

“杨小姐，怎么啦？你不相信我这两句话吗？”

“我不知道这些。”春燕依旧低着头儿，轻柔地回答。

“真的，杨小姐！我一见到了你之后，我就觉得你这人的一切是太适合于我理想中的……”子秋用闪电战的政策，他的话终于有了求爱的成分。但春燕不等他说下去，就抬头瞟了他一眼，说道：

“不过你还有一个美琴在心中呢！”

子秋想不到她会说出这么一句话来，觉得她的心中已有了醋意的作用。她为什么要跟我吃醋？当然她至少也有爱上我的意思。一时心里这一快乐，他心花儿都乐得朵朵地开起来了，连忙向她解释着说道：

“杨小姐，你不要说这些话，我早已和你说过，美琴和我原是一个极普通的朋友。说一句老实话，她到底是一个做舞女的人，你想，她结交的舞客，何止我一个人呢？所以，和舞女要谈真情实爱，这实在是自寻烦恼，你说我的话对不对？”

春燕听他这样说，方才知道他和美琴的关系，还是舞客和舞女之间的交谊，这就含笑问道：

"那么，你难道不爱美琴吗？"

"我以为对于一个舞女，根本谈不到爱不爱的问题的。舞客有钞票来跳舞，舞女接受钞票而被舞客搂抱了跳舞。你多给她一些舞票，她对你装笑脸、灌迷汤；你给她少一些舞票，她骂你是瘪三、曲死；假使你不和她跳舞了，在路上遇见的时候，也会像陌路人一样都不认识。所以古人有句话，'戏子无情，婊子无义'，这是一些儿也不会错的。"子秋故意装出一本正经的神气，向她说出了一篇大道理来。

春燕鼓着小嘴儿，有些生气的样子，说道：

"你说这些话，未免有些侮辱我们女性了。对于这两句成语，我却认为绝对的偏见。要知道世界上的事情，是绝不可以一概而论的。比方说，一个唱戏的女子，你也捧她，他也捧她，大家都捧她，那么，我试问你，她到底和哪一个人去多情好呢？假使她和阿狗也多情，和阿毛也多情，岂不是又成为滥用其情、爱不专一的女子了吗？所以这句'戏子无情'的话，我以为一定是捧戏子而失望的人造谣出来，在他无非是气愤的缘故。不过，我的心中正因为她的无情而感到她的多情。总而言之，都是男子太贪色，喜欢自寻烦恼，枉作多情，因此而怨恨到别人家的头上来。并非我身为女子而帮女子的忙，事实上的确就是这个样子的。"

天下的人，大都是只知道别人的错而不知自己的错，如今被春燕这样一说，倒把子秋说得无言可答，笑了一笑，点头说道：

"你这话当然也有道理，所以总而言之一句话，不可一概而论。比方说，我和美琴的认识，还是半年前的事情，当初我见她的人非常好，一些没有做舞女时下习气的样子。我见了她，终归时常地劝她，不要被人家欺骗而上了圈套。可是，她在这一个环境里，是只知道'金钱'两个字，结果我发现她和一个老头子发生关系了，所以我非常的失望，从此把她的人格也看轻了。"

子秋这一篇鬼话，说得入情入理，春燕当然十分的相信。不过，她倒并没有轻视美琴，因为她是个孤苦的女子，对于美琴只有表示万分的同情，叹了一口气，说道：

"可是，这也怪不了她，因为她的环境是太恶劣了，我说这都是社会的罪恶。"

"不过，在我一个很自爱的青年人本身而说，难道还能去爱上一个已失了身的舞女做妻子吗？"子秋说这两句话的时候，他把良心根本掖藏到胁窝下面去了。他自己破坏了美琴的贞操，而再向春燕说上这些，他真是个辣手。但诸位不要见怪，社会上这一种典型也许是不在少数的吧！

春燕点了点头，她觉得子秋的话很不错，一时倒深信他是个诚实的好青年了，望着他微笑道：

"不过，像你这样的青年，总不至于会连一个知心着意的女朋友都没有吧？"

"凭良心说一句话，我的确还没有一个。只不过打从今天起，我认为是有个知心的女朋友了，不，也许可以更进一步说我是有一个美丽而多情的爱人呢！但对方是否肯承认我也是她的爱人，那当然还是一个问题。"子秋真是一个情场中的老手，他说的话，终是那么动人心弦的，至少会使每一个姑娘动了爱素的作用。

春燕想不到，他会说得这样的明显，一时羞红了粉颊，向他嫣然的一笑之后，低垂了头儿，却再也回答不出一句话儿来了。子秋当然知道她是已经承认了的意思，所以也不必一定要她回答一个详细。这时音乐又悠扬地奏起来，是一曲《昨夜的梦》，于是拉了春燕的手，说道：

"我们再去舞一次吧！"

春燕没有回答，含笑跟他到舞池里去。

常言道，"学闲经比学正经终要便当得多"，何况，春燕又是一个聪敏的姑娘，所以第二次和子秋跳舞的步伐就觉得熟悉了一些。子秋搂了她的腰肢，把她身子稍微推开一些，这就成个脸对脸。只见春燕的明眸，脉脉含情地凝望着自己，有三分是羞涩而七分是喜悦的表情。同时，她吹气如兰的，好像有些气喘的样子，这大概还是因为她心脏跳动剧烈的缘故。子秋忍不住低低地又问道：

"杨小姐，你回答我呀！"

"你叫我回答什么呢？"春燕低低地说了一句，她身子很快地偎到子秋怀内去。在她是避过了子秋的视线，因为怕难为情的缘故，可是，子秋却认为这是一个温存的好机会，搂紧了一些，继续含笑说道：

"你肯不肯答应我是你的爱人呢？"

"嗯！我不知道。"春燕口里虽然这样的说，但她的粉脸忽然斜贴了过去。子秋是个老手，这就把脸儿也偎了上去，两人紧紧地贴住了。

一个是少女怀春，一个是浪子贪色，所以两人的亲热不期然地会增加起来。但是，她们这一种情境，齐巧会落在美琴的眼里，因此又引出了一场醋风波来。

原来今天是星期日，美琴在仙乐斯里当然也要去做茶室舞的。她坐在舞池里，心中不免暗暗地想起子秋这个人来。自从那天来过一次后，竟连人影子都没有看见，我要求他与我早些结婚，他终是这样的敷衍我，可见他根本没有一些真心的爱意。可怜我的身子，大概是白白地给他糟蹋的了！哎，处身在这一个环境里，姑娘们真也太伤心、太可怜了！美琴自叹身世，由不得又暗暗伤感了一回。正在这时，侍者来叫美琴去坐台子，美琴走到座桌旁去一瞧，原来是沙金银行行长梁秀明。他是一个五十多岁的老头子，平日用钱很爽快，当然醉翁之意是不在酒的，美琴只得勉强含笑叫了一声"梁先生"，在他身旁坐了下来。

侍者问她喝什么茶，美琴说开水，侍者遂倒上一杯开水。秀明望了她一眼，微笑道：

"沈小姐，你和什么人怄了气，今天好像很不快乐的样子。"

"没有什么，我的身子本来有些不舒服。"但凡一个舞女，对于顾客有了讨厌的表示，她终推托说自己身子有些不舒服的。只不过，那一班可怜的曲死，还拼命要自作多情地表示，向美琴极力地讨好，说道：

"既然身子有些不舒服，应该在家里休息休息才是。"

"为了吃饭，没有办法哪!"美琴斜乜了他一眼，却向他叹起苦境来。在灯红酒绿的场所里，大家谈这种言语，未免是大煞风景的事情。不过秀明到底是上了年纪的人，涵养功夫当然比年纪轻的小伙子要好得多，他还是低声下气地笑道：

"沈小姐，这里比较气闷一些，我们到米高美去换换新鲜好不好?"

"好呀。"美琴好像没有一些情感作用的样子回答。

秀明以为这样终可以博得美人的欢心了，他很高兴地买了三千元舞票，付了茶账，和美琴坐车一同到米高美舞厅来游玩。

可是，美琴在米高美舞厅里依然感不到什么兴趣，她还是没有什么笑意地呆坐着。梁秀明似乎也觉得无趣，不过出了三千元的代价，终应该有一舞的需要，否则真是太硬伤的了!不过事情太凑巧了，在舞池里，美琴却发现了春燕和子秋贴脸孔跳舞的情景。她心中一阵酸楚，真比吃了一瓶镇江醋还要酸上万倍，暗自想道，原来子秋被这个狐媚子勾搭上了，怪不得子秋把我忘记了。但转念一想，又觉得事情显见得奇怪，春燕到上海也只不过三天光景，如何会和子秋认识得这样的亲热了呢?难道他们从前就相识的吗?又觉得这也不对的，春燕只有十七岁的年纪，在十三四岁的时候终不见得就会和子秋爱上了吧?那么照我的猜想，一定是子秋前两天到我家来的时候，因为我不在家，所以和春燕认识了。美琴越想越对，越想越气，因为她夺自己的爱人，这好像是夺自己的性命一样。她有些气糊涂了，竟猛可地丢了秀明，奔到春燕和子秋的旁边，一把将春燕拉开了，伸手就是两个耳刮子，还大骂道：

"你这不要脸的狐狸精，你们从杭州到上海，无处安身，我好心留你们在家里，谁知道你忘恩负义，还要来夺我的丈夫吗？"

春燕和子秋卿卿我我，正在享受着温柔的滋味，冷不防身子被人拉了开去，而且还挨了两记耳光，定睛向她一看，原来却是美琴。春燕到底还只是一个十七岁的姑娘，她受不了这样的羞辱，一时气得全身发抖，忍不住"哇"的一声哭了起来。

子秋听美琴说春燕夺了她的丈夫，因为自己一颗心已经是对着春燕身上了，对于美琴这种野蛮行动，自然大大的反感，这就伸过手去，在美琴的脸上也是啪啪的两记，冷笑骂道：

"放你妈的臭屁！你是什么东西？你是一个舞女呀！你不要在做春天的大乱梦，你有资格来管束我的行动吗？老实地告诉你，她还是我的未婚妻，我带了未婚妻来跳舞不能够吗？真是笑话极了！你……是个什么东西？你难道忘记你的本来面目了吗？"

这时众人都来看热闹，问美琴到底怎么一回事。可怜美琴被他打骂得哑口无言，只会连说了两声"好！好！"

"你这狼心狗肺的畜生，你没有良心的，你不会好死！你丢了我，你还说这一种黑心的话。"一面骂，一面忍不住地也哭起来。

子秋冷笑道："大少爷有钞票，跟你交换的。又不是金枝玉叶，黄熟梅子——还卖什么青呢？真正是笑话之至！"说到这里，拉了春燕的手，又说道，"来，我们走吧！"

美琴听了子秋这几句话，又眼瞧着他们走了，心中又气又急，这就"哇"地向舞池里跌倒下去。梁秀明站在旁边，听了他们的说话，早已明白美琴是被子秋爱上过的。虽然知道她们这班舞女，没有一个是清白的，不过，自己的需要就是她们肯答应男子的要求。现在，她在小白脸身上吃了亏，那么这在一个老年人的本身立场上说，似乎有了讨好献殷勤的机会。所以，他不但不怨恨美琴，还连忙把美琴带抚带抱地抱回沙发座位上去。美琴哭醒回来，因为太受了一些委屈，忍不住抽抽噎噎又哭泣了一会儿。好一个有涵养功夫的秀明，他还柔情蜜意地去安慰她，并且还请她到外面去吃夜饭去。

子秋拉了春燕离开舞池，在座桌上匆匆地付了茶账，恐怕美琴再要吵闹，所以他和春燕就走出舞厅去了。坐了汽车，到雪园去吃点心。在雪园里，春燕还是暗暗地流眼泪，她什么点心都吃不下。子秋靠近了她身子一些，低低问道：

"春燕，你为什么还要在伤心呢？只要我永远地爱你，就是你终身的幸福。说起来真是太可恶了，我也没有碰过她的身子，她竟像做妻子般的来管教我，这不是天大的笑话吗？"一面说，一面取出手帕来，给她拭泪，真是显得一百二十四分的温婉多情。

春燕见他一味地向自己温存，虽然心中是十分的安慰，只不过在她心里还有十二分的苦衷，一时里叫她难以启齿。不过事到如今，也没有办法，她只好说道：

"徐先生，你不知道我是住在美琴的家里吗？这次美琴和我翻了脸，我当然不好意思再住到她家里去。可是，在上海我也没有一个其他亲戚朋友。你想，以后叫我住到什么地方去，那还不是叫我感到忧愁吗？"说到这里，忍不住一阵心酸，眼泪又扑簌簌地滚了下来。

子秋起初倒还没想到这一层，此刻听了春燕的话，他心中细细地一盘算，这就乐得比中了航空奖券还欢喜着十倍。不过，他表面上立刻又显出为难的样子，搓了搓手，说道：

"那么你难道在上海连一个朋友都没有了吗？"

子秋是故意叫她急急的意思，可怜年幼无知的小姑娘，哪里知道世道的崎岖呢？在她以为子秋竟然也感到困难，那么显然事情是发生了问题。这可不是一件玩的事情，难道叫我住在马路上不成？春燕到底还是一个女孩子的想法，因此她的眼泪愈加像泉水般地涌了上来。子秋见她急得这一副可怜儿的样子，方才拉过她的手儿，低低地安慰道：

"春燕，你快不要哭了，叫我见了心里也很难受。虽然事情很有些困难，不过我终不会委屈你，难道还叫你住在马路上吗？这是不会的，这是不会的。"

"那么，你叫我住到什么地方去呢？"春燕这才放宽了一些心，挂了眼泪，逗了他一瞥三分妩媚而有七分可怜成分的媚眼，向他低低地问。

"我想……"子秋沉吟了一会儿，说道，"我的意思，眼面前你当然只好暂时住几天旅馆，然后我给你租好一间房子，同时给你介绍一个职业，这样到了明年春天里，我们再正式举行婚礼。你想，这不是很好吗？"

在普通一种情形上说，一个男子要向女子提出这一种事情，往往还会遭到女子的拒绝，不过以春燕眼前的环境而言，她当然是求之不得。子秋就是看准了春燕的弱点，所以他还要刁难了一些时间，方才向她说出了这一种办法。果然在春燕的芳心里，还会深深地表示无限的感激。她靠在子秋的身上，低低地说道：

"你待我这样的好，叫我拿什么来报答你才好呢？"

子秋心里乐得什么似的，他情不自禁把嘴凑到她的颊上去，笑道：

"我们早晚终是一对夫妻了，夫妻之间还用得了'报答'两个字吗？"

春燕到底有些难为情，秋波逗给他一个娇嗔，嗯了一声，把粉脸儿别了转去。子秋心里不住地荡漾，这时点心送上，子秋叫她吃些，春燕这才放心吃点心。

雪园的上面就是沧州饭店，两人吃好点心，子秋陪了春燕就到上面去开房间。春燕见里面家具十分考究，四壁都用鹿头装的壁灯，地上厚厚的毯子，踏上去声音都没有的。子秋向春燕笑道：

"春燕，你瞧这儿比美琴住的亭子间如何？"

春燕白了他一眼，却微笑着不作答。子秋见时已六点半了，遂亮了电灯，向她又道：

"我要回去一次，你可以趁此刻到浴室里去洗一个浴，我回来陪你到下面吃饭去。"

春燕听了，忙拉住了他，问道：

"你什么时候来呀？不要把我一个人丢在这儿就不来了。"

子秋知道她是害怕的意思，遂笑道：

"你放心，我怎么会丢你一个人在这儿呢？再说，我也舍不得你呀！"说到这里，把手臂勾住她的脖子，凑下头去，在她小嘴儿上紧紧地吻住了。

"够了吧？"经过良久的时间，春燕推开了他的身子，一转身便逃到沙发旁去，还逗他一个甜蜜的娇嗔。

子秋笑了一笑，方才拉开房门，匆匆地走了出去。春燕忙又赶到房门口，向他招手，说道：

"子秋，你早些儿来。"

子秋连说两声"知道"，春燕方才掩上房门，两手背了门儿，望着这富丽堂皇的卧室，呆呆地出了一回神。

春燕移着沉重的步子，坐到床上去，不料坐了下去，却又弹了上来。这就是席梦思的床垫儿，软绵绵的，真是太舒服了。因此，她的芳心不免又想了一会心事。子秋，他当然是个富家的少爷，假使我嫁给了他，这当然是我的幸福，可是，我怕的就是他没有久长的爱。有钱人家的少爷，不是个个不懂情爱的。春燕想到这里，又自己安慰着自己，因为她怕想起烦恼的事，况且，子秋待我确实不错。春燕既然很庆幸自己遇到了子秋，觉得以后自己的生活一定可以步入另一个乐园的阶段了，因此她倒也想起了姊姊，觉得自己有了好的日子，似乎也应该叫姊姊一同来享受才是。不过，姊姊这人就很古怪，她常常有许多顾虑，假使我去告诉了她，她倒反对我跟子秋去租房子，那么事情不是反而弄僵了吗？姊妹到底是姊妹，谁能管得了谁一辈子呢？并不是我心肠狠，姊姊终应该原谅我的苦衷才好。春燕想到这里，她自然而然地会淌下一点眼泪来。不过，她立刻又感到自己可笑，为什么却喜欢自寻烦恼呢？于是，她不再胡思乱想，慢步地走到浴室里去了。

春燕洗好浴出来，想不到子秋已经坐在房中沙发上了，这就含笑走了上去，问他道：

"子秋，你什么时候回来的？你又到什么地方去了呢？"

子秋把她手儿一拉，春燕站脚不住，这就把娇躯倒入子秋的怀抱里去。因为怕肉痒，忍不住哧哧地笑道：

"子秋，你别吵，被人家看见了，好意思吗？"

"我不吵，你也别动，好好地在我怀里躺一会儿。唔，洗一个浴，更觉得喷香了！"子秋把嘴儿凑到她的颊上去，笑嘻嘻地说。

"你说不吵，为什么又吵起来？"春燕白了他一眼，逗给他一个娇嗔，接着又问道：

"你到什么地方去一次？为什么不告诉我呀？"

"你瞧，这是什么东西？因为我怕不够用，特地回家去拿的。顺便把汽车开回家去，带在身旁多累赘的。"子秋在西服袋内摸出一叠钞票来，向春燕笑嘻嘻告诉。

春燕见他手中拿的都是五百元的大钞，大概有三万元光景，遂劝他道：

"做人家一些，不要太花费，钱用太多了，我也肉疼。"

子秋笑道：

"你真是我的好妻子，来，站起吧！我们吩咐侍者，还是在这里房中吃一些饭，好不好？"子秋一面说，一面扶起她身子，走到壁旁去按电铃。

春燕道："随便吃一些什么都可以，越节省越好的。"

子秋笑道："今天夜里是我们定情的日子，我们应该纪念一下。"

侍者进来，问什么吩咐。子秋拿纸笔点了酒菜，叫他到雪园里去烧来。不多一会儿，酒菜端上放在桌子上。春燕见高脚玻璃杯内盛了七色白兰地酒，遂笑道：

"这酒的颜色真好看，不知道凶不凶？"

子秋道："我们坐下来喝吧，喝了就知道这酒的味儿了。"

一面说，一面拉她坐下。春燕握了酒杯，凑在小嘴儿上一碰，两条翠眉就微微地蹙了起来，说道：

"这酒不好喝，太厉害，恐怕吃了要醉倒的，我不要喝。"

子秋把嘴向床上努了一努，笑道：

"就是醉倒了也不怕什么，反正床就在你的后面，你只管到床上去睡好了。春燕，这两杯是我们定情酒，我们一定要喝完的。"

说着，把酒杯举着，要和她碰杯。春燕没有办法，只好依顺了他。这一依顺了他，因此什么事情都依顺了他了。他们在这里，郎情如水，妾意如绵，但秋雁回到家里，却在无缘无故受美琴的闲气呢！

第四回

左右为难顾此失彼

秋雁一路回家，一路只管想着妹妹如何会和那个富家少爷认识的，而且是这样亲热的样子。要不然，一定是我看错了人。不过，容貌相像的人虽多，也终不至于连她身上的衣服都和我妹妹穿得一式一样的。秋雁心中狐疑了一会儿，终究不能肯定到底是不是妹妹。所以她一回到立仁里，先匆匆走到十二号亭子间，把门推了推，没有声响。二房东太太下来告诉她，说里面没有人，都出去了。秋雁知道，今天是星期日，下午有茶室舞，所以美琴也到舞厅去的。从这一点猜想，妹妹竟是没有回来过，那么我所看见的，当然的确是我妹妹无疑的了。因为记挂着乐文的家里，她不再去猜想，就匆匆地走到十四号客堂楼上来了。

踏进客堂楼，只见乐文一个人背了双手，在房内团团地打圈子，好像很焦急的神气，于是低低地叫道：

"秦先生，大夫来过了没有？"

"还没有来过，我真急得不得了！杨小姐，你回来了，我的心里就会放宽了许多。你中饭吃过了没有？"乐文见了秋雁，便像见了什么亲人一样，很放心地回答。

秋雁听了乐文这样说，不但是十分的喜悦，而且也有些难为情，红晕了娇靥，微微地一笑，说道：

"我饭吃过了。老太太醒过没有？她不知道可有肚子饿吗？"

"我也问过了妈，可是妈没有回答我，好像很昏沉的样子。"

165

乐文皱了眉毛儿，显然有些儿忧愁，接着又说道：

"你走了后，妈倒问起你两三回。"

秋雁听了这话，倒不禁暗暗好笑，看这光景，他们家里竟是少不了我这样的一个人了。有了这一个感觉之后，她全身一阵一阵热臊，粉颊儿上会添了一圆圈玫瑰的色彩。

就在这时候，床上的秦太太在咳嗽了。秋雁忙去倒了一杯温开水，走到床边去，低低地说道：

"老太太，你喝一口开水吧！"

秦太太听到女子的声音，微微地睁开眼睛来，一见是秋雁，她瘦黄脸上也会浮现了一丝笑意，说道：

"杨小姐，你回来啦。"

秋雁一手挽起她的脖子，给她喝了一口开水，说道：

"我回来了，老太太。你要吃些儿稀饭润润喉咙吗？"

秦太太摇了摇头，说道：

"我一些儿也不饿。"

秋雁把手轻轻地按到她的额头上，觉得热势很盛。乐文站在后面低低问道：

"很烫吧？"

秋雁回眸望了他一眼，点了点头，说道：

"有了热度，还是饿着的好，另外吃下去不消化，反而要添加热度的。"说到这里，两条眉毛儿一蹙，忧煎地道：

"医生为什么还不来呢？"

正说着，扶梯口有人问：

"这儿请过医生吗？"

乐文连忙迎了出去，见包车夫后面站着一个四十几岁穿长袍马褂的人，知道就是方国栋了，遂忙道：

"在这里，在这里。"

方国栋走进房里，乐文请他先在写字台旁坐下，秋雁倒上一杯茶，请医生用过了茶。然后方医生才坐到床边去诊脉，看过舌苔，方才说道：

"老太太的病是受惊起因的，没有什么关系，吃一剂方子就会好的。"

乐文听了，不免向秋雁望了一眼，秋雁点头笑道：

"方医生真神验，老太太因为跌了一跤，所以病了。"

方医生笑了一笑，便坐到写字台旁来开方子。开好方子，乐文看了一遍，说了几句感谢的话，秋雁问道：

"方医生，老太太什么东西可以吃些?"

方国栋站起身子，已经向房外走了，听秋雁这样问，遂回过身子，沉吟了一下，说道：

"你婆婆上了年纪的人，终还是吃素净一些的好，烤麸甜酱瓜之类，要吃荤的，只有火腿，不过油头要切除的。"他说着回身又走了。

乐文、秋雁听他说上一句"你婆婆上了年纪的人"，大家倒是怔住了一会子，不过仔细一想，当然明白他是误会了我们是婆媳母子的关系了。乐文似乎有些得意的样子，望了秋雁一眼，忍不住咪咪地笑。秋雁虽然也感到喜悦的成分，但到底有些难为情。见了乐文这种木然的表情，一时更红了脸儿，向他推了一推，嗔道：

"医生下去了，你快去送呀!"

乐文这才如梦初醒般地点了点头，又匆匆地赶到楼下，送方医生出去了。

秋雁见乐文走下去了，她在房中团团地打了一个圈子，真不知如何是好。心中暗想：这个医生真也多事，为什么要他指点明白地叫了出来，本来倒还糊里糊涂地可以帮忙下去，现在叫我不好意思起来了，等会儿乐文上来叫我如何是好呢? 她想到这里，瞥见桌上还放着那张方子，于是伸手拿来，暗想：我还是撮药去吧! 想定主意，遂匆匆地下楼。在扶梯转角处，乐文齐巧走上楼来，见了秋雁，便问她什么地方去。秋雁连看他一眼的勇气都消失了，低了头儿说道：

"我……撮药去了。"

"药让我去撮吧！"

乐文伸手去接药方，他不忍秋雁为自己到外面去奔波。不料，秋雁说了一句"不要紧，我去撮好了"，她已走下楼去了。乐文想着了似的道：

"那么钱拿了去呀。"

这会子，秋雁连回答都不回答了，身子早已向大门外奔。乐文在万分感激之余，心中自然有说不出的欢喜，觉得秋雁对我，真可说是已经尽到了做妻子的责任了。回想到方医生说的那一句话，他的心中倒不免又甜蜜了一会子。

乐文回进房中，秦太太叫了一声"乐文"，乐文挨近床边，秦太太低低问道：

"杨小姐呢？她到什么地方去了？"

乐文道："她抢着撮药去了。"

秦太太微笑道："我猜她是怕着难为情吧！"

乐文听母亲这样说，倒是一怔，遂假作糊涂，问道：

"她干什么难为情呢？"

秦太太到底忠厚人，瞅了他一眼，笑道：

"你难道比我生病的人还糊涂吗？方医生的话，我都听清楚了，你难道会没有听见吗？"

乐文这才知道方医生的话，连床上的母亲都听清楚的，这就微红了两颊，笑了一笑，说道：

"人家瞧了我们三个人，少不得要起误会的，况且，她叫的又是'老太太'，所以人家更要疑心到这一层上去了。"

秦太太沉吟了一会儿，把手儿撩出来，在床边沿拍了拍。乐文知道，她是叫自己坐下的意思，于是在床边坐下了。秦太太低声道：

"杨小姐这样的人才，我心里倒很欢喜她，不知你心里喜欢她吗？"

乐文两眼望着自己的手指，却没有作答。

"咦？为什么不回答我？你说呀，难道还怕难为情吗？"秦太太拉了他一下衣袖，含了笑容，向他继续地追问。

"我喜欢她也没有用的……"乐文真有些为难，他只好这样的回答，"不知道她是否也喜欢我，我们总不可以一厢情愿地自说自话。妈，你说我这话对不对？"

秦太太点头道：

"话虽不错，不过照我的目光看起来，她对你不但是十分的多情，而且还十分的痴心，所以你倒不要辜负她一片情分才是。"

乐文想不到母亲和她会有这样的亲密，一时又不免沉吟了一会子，说道：

"不过我怕她会嫌弃我不会赚钱，所以我也不敢对人家有这一种妄想。"

秦太太笑道：

"那是你自己多心。你瞧她这样子地服侍我，一些儿没有嫌苦，假使她嫌你贫穷的话，她还会来帮助你料理家务吗？"

"我怕婚后会发生什么问题。"乐文不肯直爽地说一句话，终是这样地犹疑着。

"你这话更不对了。没有结婚尚且肯和你甘苦与共，这何况结婚以后呢。"秦太太的见解，和他齐巧是相反。她听了乐文一味的辩说，不免想到了一个人，这就"哦"了一声，说道：

"我明白了！"

"你明白什么？"因为秦太太这一句明白的话是突然地说出来的，所以使他感到有些儿惊异，呆望了母亲的脸，急急地问。

"我明白，你忘不了玉华，是不是？"秦太太很坦白地微笑着说。这一句话当然是说到乐文的心眼儿上去，他红了两颊，却回答不出一句话而来。秦太太收起了笑容，很正经的样子，说道：

"玉华这孩子，我也喜欢她，而且我也知道，她对你十分的多情。照理，她和我认识的日子比杨小姐要长得多，为什么我从来没有和你提起婚姻问题呢？因为我觉得像我们这样的经济人家，和她似乎太不相配了。"说到这里，咳嗽了一阵，接下去说道，"乐文，我知道你听了这些话一定会有个反感的，不过我可以用事实来向你说。对于玉华的本身，她虽然是十分的好，但是我的意思，倒用得着你这句'恐怕婚后会发生什么问题'的一句话了。因为，她到底是一个有钱人家的小姐，家里有丫头，有老妈子，平日茶来伸手饭来张口。这倒不能怪玉华的贪写意，因为她的家境好，事实上可以不要她做一些工作的。不过我家是这样的贫寒，粗粥冷饭还有些感到困难。你想，叫她过得惯这样的清苦生活吗？所以我认为，你们做情人是很好，做夫妻只怕就会有问题发生的了。就说玉华她是肯吃苦的，那么他的父母是否欢喜她女儿嫁给一个贫寒的青年呢？所以我终觉得不大相配。说到秋雁姑娘吧，她是个无父无母的苦孩子，因为知道辛苦艰难，所以，她自然更会吃得起苦一些。不过她的容貌，并非比玉华差，她的性情也同样的十分温柔，她一举一动，也都能叫人感到她的可爱。你叫她家里做事情，她不会叫苦；你叫她一同到外面去交际的话，像她这样模样儿，也绝不会塌你的台。所以，我觉得像她这样的好人才，真是可遇而不可求的。你倒不要误会我和玉华有什么怨仇，和秋雁是什么亲家，也无非为了你终身幸福，所以才这样决定的罢了。"秦太太在病中说上了这一大套的话，当然免不了感到了有些儿气喘。乐文这就在母亲胸口揉了一会儿，低低地说道：

"妈，你的话自然很有道理，不过在我环境上说，这就感到太为难了一些。所以，我的意思，对于我的婚姻问题，还是慢慢再谈。"

秦太太细细地回味着他这句"太为难了一些"的话，觉得乐文到底是个忠厚的青年，我做娘的，当然也怪不了他，而且更应该同情他。因为他和玉华的友谊不是认识在一朝一夕，况且又是多么的知心，叫他要忘掉她而再娶别一个女子，这在他怎么能够忍心呢？于是，点了点头，不再说什么话，因为想到一个年轻姑娘失恋的痛苦，连她自己都感到不忍心起来了。

乐文慢慢地离开了床边，反剪了双手，垂了头儿，在室中轻微地踱着步。他觉得也许自己已是太幸福了一些，这就轻微地叹了一口气。

"乐文，老太太怎么样了？"忽然一阵轻微的呼叫声，触送到乐文的耳鼓。乐文以为秋雁撮药回来了，连忙回身去看，却意料不到竟是玉华来了。这就想到她自己今天家里请客，此刻还抽空来望我的母亲，可见她也是一个有心的姑娘了。因为心中很感激她，遂上前去握住她的手儿，低低地说道：

"玉华，我妈没有什么大病，医生说吃一剂方子就会好起来的。"

"这样我就放心得多了。"玉华微含了笑容回答，接着又很关心地道，"老太太此刻睡熟着吗？不知道药汁喝了没有？"

"药已经叫人在撮了。"乐文回答了这一句话的时候，忽然他心开始剧跳起来，因为他想到秋雁假使此刻撮药回来了，她和玉华见面了，这……这……叫我拿什么话来应付她们好呢？

玉华是不知道乐文心中有这一份儿焦急，她微蹙了眉尖，说道：

"为什么不叫药店里代煎好了送来呢？你一个人忙得过来这些事情吗？"

"没有关系，我可以托房东太太的仆妇帮忙的。"乐文有些难以回答，他在万不得已的情形之下只好忍痛说了一次谎。

玉华没有说什么，她轻轻地走到床边，向秦太太望了望，叫道：

"老太太，你身子怎么样？好一些了吗？"

秦太太在他们说话的时候，也早已知道玉华是来看望自己了。不知道为什么，因为自己曾经对乐文说过刚才一番话，此刻见了玉华，心中似乎有些歉疚。她点了点头，把手颤抖地来拉玉华的手，没有开口，她的眼泪先流了下来。

171

玉华既然不知道她心中的想法，自然不明白她流泪的原因，以为她是生病感到痛苦而才难受起来，眼皮一红，在床上坐下，低低地安慰她道：

"老太太，你不要难过，一个人小病小痛终归有的，刚才医生不是说你吃了剂方子，就会好起来吗？"一面说，一面拿小帕儿给她拭眼角旁的泪水。

秦太太点了点头，她没有回答什么，把眼皮慢慢地闭上了。玉华知道她是精神疲劳的表示，于是也不多和她说话。站起身子，见乐文站在写字台旁呆呆地出神，于是走了上去，低低地叫了一声"乐文"。乐文回眸望了她一眼，说道：

"玉华，有什么事吗？"

"乐文……"玉华支吾好一会儿，才说道：

"你也不要难受，老太太是一些儿小病，不久就会起床的，只不过多花费一些钱罢了。你的近况，我很知道，所以我特地给你送来三千元钱……"说到这里，在皮夹内取出三叠钞票，塞到乐文的手里，为了怕乐文客气起见，她不愿多留在这儿，接着说道：

"我还有些事情先走了，过几天我会再来望你的。"

乐文见她不等自己开口，身子就向房门口外走了，这就叫了两声"玉华"，赶了上去。在扶梯口玉华回身说道：

"乐文，你不要说什么话了，我们再见吧！"她一面说，一面把乐文身子推了推。乐文拿了钞票，似乎不知道如何是好，这就怔住了一回。在他怔住的时候，玉华的身子已走到楼下去了。乐文不由自主地叹了一口气，走进房中来。秦太太在床上，问道：

"乐文，玉华回去了吗？"

"妈，玉华送来三千元钱，她……她给你做医药费的。"乐文走到床边去，把钞票拿给秦太太看。在乐文心中，当然是叫母亲知道，玉华确实也是非常爱护你的意思。秦太太见了钞票，心里反感到有些难受，叹了一口气，说道：

"真是叫人太为难了!"

就在这时候,秋雁匆匆地撮药回来了,乐文把钞票藏入袋内去,回身问道:

"这帖药要多少钱?"

秋雁道:"倒不贵什么,只有一百零五元。"

乐文取出了一百二十元钞票交给秋雁。秋雁似乎有些不乐意的样子,秋波瞅了他一眼,说道:

"做什么?"

乐文当然明白她的意思,只好笑了一笑说道:

"你已经为我辛苦着,我终不好意思再叫你拿钱出来。"

秋雁有些哀怨的表情,点了点头,说道:

"你的话也不错,我们到底是邻居哪!"

说了这句话,她似乎感到失望的心酸,眼皮一红,慌忙把身子转了过去。乐文听她这一句话,是包含了一种多少深刻的情谊的作用,他这就感到秋雁也痴心得可怜,情不自禁拍了拍她的肩胛,低低地道:

"秋雁,你不要生气,原是我说错了话,请你原谅我吧!"

秋雁听他叫自己名字,还是第一次听见。因为他向自己赔错,显然自己是胜利了。她芳心中真有说不出的欢喜,不过,仔细一想自己生气的理由,简直是一些儿也没有。这就感到了一个女孩儿家在一个青年男子面前,不免失了姑娘的身份。幸亏她是个聪敏的姑娘,忙把手儿抬上去,在眼皮揉擦了一下,回身装作一些不生气的样子,笑道:

"不要说这些了,我们还是快些给老太太煎药吧!"

随了她这一句话,两人便一本正经地忙碌起来。

煎好药汁,时候已经是傍晚了,秋雁忙着又给他烧好了饭,望着乐文说道:

"今天没有上菜市,家里一些菜都没有,怎么办?"

乐文道："我到外面去买一些小菜来。"

秋雁拉住他道：

"你给我买一包油氽黄豆，我别的菜不要吃。"

乐文觉得她这两句话中是包含了深刻的作用，就是叫自己不要太花费的意思，心中感到秋雁真是一个好妻子的典型，望着她微微地一笑，便匆匆地走下楼去了。

虽然还只有五点三刻，不过在秋天的季节，房中已显得黑魆魆的了。秋雁一开了电灯，因为药汁已凉了好一会儿，遂走到床边，低低地叫道：

"老太太，你可以喝药了吧？"

秦太太点了点头，略为仰起了一些身子，说道：

"什么时候了？天已黑了吗？乐文呢？他上卡乐咖啡馆里去了吗？"

"不，他去买些儿小菜。"秋雁一面挽着她的脖子，服侍她喝药，一面低低地回答。可是仔细一想，觉得自己说了一个"他"字，不免有些难为情，因此，两颊又红了一阵子。秦太太却没有注意到这许多，她喝完了药之后，想到了什么似的说道：

"不错，我病了，你又为我这样的忙碌着，所以连菜市都没有人去。杨小姐，我真感激你，要没有你来服侍我，真叫我没有了办法。"

秋雁给她漱了口，扶她睡下来，把被儿拢拢紧，说道：

"老太太，你不要说这些话，我是没有爹娘的孩子，所以见了老太太，就当作了亲娘一样。我服侍了你，算不了什么，将来我需要你老人家照应的地方可多着呢。"

秦太太觉得秋雁这两句话说得很使人感动，拉了她的手，望着她的粉脸，却是说不出一句什么话来。这时乐文买了一包小菜上来，见秋雁在床边，遂问道："妈，喝了药吗？"

"刚喝下了。"秋雁回头低低地回答。

"乐文，你买了些什么菜?"秦太太在床上很关心地问。

"秋雁说她爱吃油氽黄豆。"乐文在桌子上放了纸包，笑着说。

"你这孩子就太老实了，别人家是做着客，你难道不再买一些别的?"秦太太有些埋怨的口吻。

"不，我还买了一包烧肉、两只彩蛋。"乐文这才笑起来，继续地告诉。秦太太这才点点头笑道:

"我想你也不会这样老实的。杨小姐，累忙了你，吃饭吧!"

"那么老太太不想吃一些吗?"秋雁向她小心地问。

"今天我想不吃东西，明天早晨热度一退，自然会饿起来。"秦太太很有主意地回答。

秋雁于是给乐文盛了饭，两人在那张小圆桌旁坐下来吃饭了。两人在吃饭的时候，各人自免不了想一会心事。乐文因为刚才母亲曾经说过这一些话，他的心里自然更有着一种感觉，现在这情景倒有些像两口子吧!想到这里，向秋雁望了一眼。秋雁偶然把目光掠到他的脸上，四目就瞧了一个正着，乐文由不得微微地一笑。秋雁认为他这一笑，至少是包含了一些神秘的意思，微红了粉颊，瞅了他一眼，问道:

"做什么好笑?"

"没有什么，我笑你仅吃那些黄豆，我懊悔给你买来了。"乐文低低地说。

"你这话我倒不懂了，因为我爱吃，你不给我买来干吗?"秋雁定住了乌圆眸珠，不了解似的回答。

"那么你肉也吃一些。"乐文说着，把烧肉夹到她的饭碗里去。

"你自己吃，我对于肉，不大爱吃。"秋雁把烧肉仍旧夹回到他的饭碗内去。

"你这话真的吗?"乐文似乎有些不大相信。

"当然真的，我骗你干什么?"秋雁点了点头回答。

"这就无怪你人儿这样瘦弱了。"乐文用了爱惜的目光望着她粉脸，低低地说，"那么你吃些儿蛋吧！"接着，把彩蛋又拣到她碗里去。

秋雁知道他还有一层爱惜自己的意思，心中在万分欢喜之余，更有一些感激，含情脉脉地望了他一眼，这回她当然是接受了。

两人吃好饭，秋雁倒了面水，给他洗脸。秦太太似乎很关心着儿子的工作，在床上催着他，说道：

"乐文，你该走了吧！"

"妈，我是要走了。"乐文答应母亲，回身握了秋雁的手，很感激地道：

"很对不起你，又要你照顾我母亲呢。假使你累了，你就在这张床上躺一会儿，不要歪在沙发上打盹，因为那是要受冷的。"

"我知道，你早些儿回来吧。"秋雁听他叫自己睡在他的床上，觉得他这话未免有些自说自话，忍不住嫣然一笑，口里答应着，原是叫他好走的意思。乐文对于她这两句近乎贤妻口吻的话，当然感到十分的甜蜜，含笑点了点头，匆匆地到卡乐咖啡馆去了。

这晚乐文回家，照例是十点半钟，他还带来几件西点，和秋雁坐着一同吃。秋雁想着妹妹不知可曾回来了没有，她就告别回家来。当她走进亭子间的时候，却见美琴伏在床上呜咽地哭泣，这一下子把秋雁倒吃了一惊，忙走到床边去，低声问道：

"美琴，你怎么了？好好儿为什么哭？难道谁欺侮了你吗？"

万不料美琴一见了秋雁，就猛可地从床上坐起，带哭带骂地道：

"你们这两个不要脸的东西，没有心肝的，怎么还有脸儿再来见我吗？"秋雁被她骂得丈二和尚——摸不着头脑，涨红了两颊，不免呆呆地怔住了。

第五回

结义姊妹竟是情敌

秋雁被她骂得莫名其妙，一时通红了粉脸，倒怔怔地愕住了一会子。不过，她终要问一个明白，于是忍气吞声地还含了笑脸，低低地问道：

"美琴姐，这到底是为了什么事情？难道我有什么地方得罪了你吗？你明白地告诉我，也好叫我知道呀。"

美琴见秋雁还是和颜悦色的神情，并没有向自己有吵闹的意思，一时她又深悔自己不该以这一种无礼的态度去对付她，她身子又倒向床上去，说道：

"秋雁，我原是气糊涂了的缘故，这本来不干你的事情，我错骂了你，请你原谅我吧。"

秋雁听她又这么地说，觉得美琴简直有些儿发神经病，遂蹙了柳眉，在她床边坐下，又问道：

"美琴，我不怪你。你告诉我到底是为了什么呢？我想你所以这样的气愤，多少终有些儿缘故的吧。"

美琴这才又坐起来，拭了拭眼皮，犹怒气未平地说道：

"秋雁，你妹妹实在太不应该了。并不是我说什么讨好的话，你们从杭州到上海来找我，说无定处安身，我为了大家知己，答应你们住在一处。谁知道，你妹妹恩将仇报，竟夺了我的爱人——不！可说是我的丈夫，因为我的身子已经交给了他。你妹妹不该如此无耻，害得他变了心，还当众侮辱我。你想，叫我心中气不气？痛不

177

痛？这不是好心无好报，帮助朋友，反而害了自己吗？"美琴说到这里，忍不住又滚滚地掉下眼泪来。

秋雁猛可想起咖啡馆门口妹妹跟了一个少年跳上汽车的情景，这就明白了一切，"哦"了一声，说道：

"难道竟真的有这样事情吗？妹妹实在是太无耻了！不过，我心里还有些不明白，你的爱人，我妹妹一个初到上海的小姑娘，她又怎么会认识他呢？这不是叫人感到奇怪吗？"秋雁雪白的牙齿微咬着嘴唇皮子，她表示无限痛心的样子。

美琴挂着眼泪道：

"起初我也不明白，后来我仔细一想，才知道事情一定是这样的。子秋他时常也到我这里来玩的，大概那天过来的时候，我和你齐巧出去，叫她留在家里，所以他们两人偷偷地搭上了手。秋雁，我告诉了你，你也要气煞了人的。今天，我被客人带出在米高美舞厅，谁知在舞池里，子秋正在教她学舞。想不到春燕这样年轻的小姑娘竟有这一份儿迷人的功夫，她把脸儿贴在子秋颊上，这种恶形恶状的样子，假使你换作了我的地位，你心中气不气呢？"

秋雁知道她说的子秋大概就是那个少年了，因为美琴说的这样的恶形，不免叫自己听了也有些可羞，涨红了两颊，咬着牙齿，恨恨地说道：

"妹妹这人真是可杀极了，她难道白白受了中学的教育吗？而且，我还屡次劝告她，叫她千万不要贪图虚荣，谁知道她人就不听我的忠言，叫我负了朋友间的感情，这我如何能够对得住你呢？"说到这里，几乎要落下泪来，又向美琴低低地道：

"美琴，你不要生气，妹妹回来，我一定好好地教训她，阻止她和你的爱人去亲近。你放心，我决不会叫她来破坏你们间的爱情。你是我知己的同学，这次我们到上海，多亏你热心来帮助我。我们若再来累害你，那我还能算是一个人吗？"

美琴听秋雁这样说，一颗芳心这才稍许多了一些安慰。她拭了泪水，却不作答。秋雁坐在床边，免不得暗暗地沉思了一会子。美琴说她把身子交给了那个少年，照理他们该是多么的恩爱。谁知那少年又会爱上我妹妹，从这一点子说来，那少年根本不是一个有情的人，恐怕是见花爱花玩弄女性的魔鬼吧。现在已经十一点半了，妹妹还没有回来，这样猜想，妹妹的前途凶多吉少，也许已经是完了吧。秋雁想到这里，觉得一个涉世未深的姑娘在上海社会上，确实是太危险了一些，一时由不得替妹妹急出了一身冷汗。

当！当！时候已经子夜两点钟了，秋雁睡在床上，听了美琴呼呼的熟睡的声音，她是整晚失眠了。因为春燕还没有回来，她的脑海里是织成了一个不可思议的幻想。这幻想叫秋雁心中感到羞、恨、怨、痛种种混合的成分，含了满眶子说不出的热泪，她觉得妹妹的一生幸福，就在黑暗的社会里丢送了。

这一夜里，秋雁没有合过眼，直到第二天东方发白。美琴一觉醒来，她仰起了身子，向脚后望了望，见没有春燕的人，便冷笑道：

"春燕是不会回来的了。她在享福了，她在被人家享用了，将来也许会和我一样而遭到人家抛弃的痛苦吧！"

秋雁觉得美琴的话太尖酸，叫自己听了很难过。她想我也不好意思在这儿久住下去，冷言冷语受不了。总而言之，妹妹太不争气，害得我们伤了朋友间的感情。只不过，这次到上海，原是为了我的逃婚，现在害得妹妹走入了歧途，误了终生的幸福，这是我的罪恶。想到这里，心中不免暗暗地有些儿作痛。

美琴见秋雁不说话，于是继续她的讽刺。秋雁有些听不下去，她便披衣起身，把衣服整理了一下，向美琴说道：

"美琴姐，我们本来是很要好的同学，为了妹妹的不争气，害得我们恐怕也要伤了和气，所以，我是向你担着万分的抱歉，而且，我也没有脸儿再住在你的家里，所以今天我就预备走了。这里一皮箱的衣服是我妹妹穿的，说不定她明后天会来拿取……"

"我不管这些，你都拿走吧！"美琴不待她说下去，她很决绝地

179

回答——显然朋友间的情感，完全破裂了。"我想她也没有这张厚皮再到我这儿来的。"

秋雁没有回答什么，她觉得美琴太过分一些，因为我没有什么错，她似乎不应该有这一种态度对付自己。含了一眶子热泪，她默默地提了两只皮箱，向房门外面走了。在走到门口的时候，她觉得我应该有一种礼貌对待朋友，岂可以管自地走了，遂哽咽着喉咙说道：

"美琴姐，我们再见吧！"

秋雁也不知道为什么要这样的悲酸，她跨出房门的时候，顿时感到流浪者的悲哀，眼泪水就忍不住大颗儿滚了下来。

秋雁站在弄堂里，呆呆地怔住了好一会儿。幸亏天气很早，所以弄堂里没有什么人去注意她。她心中这时想着到哪里去，因为她有两个去处，一个是玉华家里，一个就是十四号里乐文的家，所以她有些委决不下。乐文见我去住，在他一定是很欢迎的。不过，他只有一间卧室，我去住，虽然原可以和老太太一张床上睡，不过，被邻居们说起来，人言可畏，到底不大方便。秋雁觉得还是到玉华家去比较妥当。于是，她跳上人力车，就匆匆地到三民村去了。

这时候玉华还睡在床上，她听阿梅报告说秋雁来了，心中又欢喜又奇怪，揉了揉眼皮，一面披了睡衣坐起床来，一面叫阿梅快请秋雁进房。秋雁到了房中，玉华先笑叫道：

"大姊你真好早呀！怎么搬来住了吗？三妹呢？"

秋雁被她问得呆住了，不过她的转机很灵，终不至于会瞠目不知所答的。她一面放下皮箱，一面说道：

"二妹，我一清早就来打扰你了。三妹没有来，因为我朋友不肯放她走。我想那朋友的经济也不太好，两个人住在那里，她的负担太重，所以我一定要来了。"

"你来了，我是再欢迎也没有了。昨天你回去，不知道朋友的病体可好些了吗？"玉华虽然不理会到这许多，但听她并不说起朋友的病，因为昨天那种性急地要赶回去，今天忽然又来，这到底使自己有些不明白，所以她望了秋雁，却向她提起这句话。

秋雁心中跳跃得很厉害，两颊也有些发红，不过她还竭力镇静了态度，微笑道：

"我朋友原是一些小病，今天热度全都退了，当初我也给她吓了一跳。"说到这里，因为见玉华要掀被下床，她忙又打岔说道：

"二妹，你不要起来，只管再躺一会儿好了。"

"快八点钟了，时候也不算早了。大姊，我告诉你，医院的地址已经找到，在环龙路口一百十八号的一幢现成小洋房内，已经开始装修内部，说不定下星期一可以成立。大概还有半个月的光景，我们也可以进去服务了。"玉华坐到梳妆台前去，阿梅端上洗脸水，她一面洗脸，一面又把医院将成立的消息告诉她。

秋雁听了，自然十分欢喜，不过，想到妹妹的堕落歧途，她又十分痛苦。可是，这痛苦不能显形于色，所以她是含了悲哀的微笑，点头道：

"我的一切都是二妹赐给我的，所以二妹可说是我前途的一盏明灯，生命中的源泉。"

玉华听了，却逗给她一个娇嗔笑道：

"大姊，你说这些话，叫我不是太不好意思一些了吗?"秋雁见玉华那种娇憨小女儿的神态，感到她的可爱，感到她的幸福。不过，想到同样是一个女孩子，为什么一个这样幸福，一个这样命薄。她感到身世凄凉的悲哀，别过身子去，暗暗地叹了一口气。

这天，玉华尽了妹妹的情谊，陪伴秋雁去瞧电影，又到百货公司去买手帕、衣料等东西送给秋雁。秋雁虽然是记挂着乐文的家里，可是她却脱身不得，只有暗暗地痛苦了一整天。晚上，两人是睡在一张床上，因为大家都是十八九岁的小姑娘，少不得有取笑的事情。这时室中只亮了一盏绿纱罩的台灯，那台灯是放在床边的一只夜壶箱上。暗绿色而柔软的光芒，照映在床头上露着两个晶莹玉洁的粉脸，在嫩白之中，更显现了青春之美的红晕。玉华似乎有一些孩子气，她从来也没有和人睡在并头的一张床上，所以今天她在高兴之中，也掺和了一些羞涩的成分。秋雁的身子偶然碰到了她的身子，她便忍不住咻咻地笑起来。

"二妹，你这样怕肉痒，将来跟人家结了婚，瞧你怎么办？"秋雁见她有趣，情不自禁地和她说出了这两句话。

"我就一辈子也不结婚了。"玉华这回反把身子紧紧偎了过来，小嘴儿凑到秋雁的颊边，低低地又笑道，"只要你大姊不要跟人家去结婚。"

秋雁笑道：

"你这妮子就喜欢拖人落水，你自己不结婚，叫我也不结婚，那么，我假使结婚，你也马上嫁人。可见你这一辈子不结婚的话全是骗骗人的。"

玉华听她这么说，忍不住又咻咻地好笑起来了。秋雁想到昨天席上的话，于是对她又说道：

"昨天周玉英说你已经有了爱人——不，而且可以说是未婚夫了，不知道到底可有这回事情吗？我们既已经成了姊妹，你也不用怕难为情，不是应该要告诉大姊的吗？"

"不过，大姊也得告诉我，你可有爱人了吗？"玉华红晕了粉脸，娇羞不胜的样子。

"我……我……还没有。"秋雁也有些赧然的意思，低声儿回答。

"谁相信你这个话？你若不真心告诉我，我也不说。"玉华抱着她的身子，撒娇地说。

"别吵！别吵！痒丝丝怪难受的。"秋雁笑了起来说，"我告诉你也可以，有是有一个，不过还说不上'爱人'两个字，因为我们认识的日子还不多。"

"哦，不知叫什么名字。他在读书，还在做事呀？"玉华顺口地问了下去。

"他……"秋雁说了一个"他"字，忽然记得了，这就伸手打了她一下腰肢，笑道：

"你这人刁得厉害，本来是我问你，现在倒变成你来问我了。不行不行，你得先告诉我你的爱人——简直可说是我的妹夫！——他叫什么名字？在读书还是在做事呀？"

玉华忍不住咻咻笑起来，一会儿说道：

"我先告诉你，也没有什么关系，不过我说了之后，你也得说给我听的，不可抵赖。"

"那是当然的事情。我想二妹长得这一般天仙化人的美丽，眼界一定很高的，我想妹夫一定也是个杰出的人才了。"秋雁点了点头，先笑盈盈地猜测说。

玉华听了，她是十分的得意，含着浅浅醉人的笑窝，说道：

"说起我和他的认识，已经有好多个的年头了。在小学里的时候，我们就做了同学，一直到现在，我们没有间断过地时相来往。他的确是个俊美的青年，不但人儿俊美，就是人格也非常地俊美。一个青年，外表的美，不是真正的美，要人格的美，这才是世界上最伟大、最可爱的美。所以我不怕大姊笑我太不害臊了地说一句话，我确实是爱上了他，把我一颗热忱的心交给了他，他也把一颗真诚的心交给了我。不过我们是相当纯洁，虽然我们没有订过什么婚约，但是我们的心中谁都承认是未来一对夫妻了……"

秋雁被她说得心里怪羡慕的，因为她说得那么的认真，于是拿手指在她脸上一划，原是和她开玩笑的意思，但玉华却真的羞了起来，把粉脸躲到她的胸前，笑嘻嘻道：

"我把你当作亲姊姊一样，所以才赤裸裸地都告诉了你，可是你到底又笑我了，我不依，我不依。"

秋雁被她揉得肉痒，这就抱住了她，笑着央求道：

"好妹妹，你不要生气，床上可没有第三个人，姊姊跟你开个玩笑，那也算不了什么，你怕什么难为情呢？我妹夫这样一个好人才，我做姊姊真也欢喜极了。不过，你该告诉他的身世给我听听了。他是什么地方人？家里有什么人？快说呀！快说呀！"

"我不说了，你又要取笑我的。"玉华这会却卖起关子来。

"我说不再取笑，就不再取笑，难道我这一点信用都没有？"秋雁笑起来说。

"他是广东人，不过住在上海多年，平常说的都是上海话，家里只有一个妈。"玉华说到这里又微笑道，"我刚才已打电话给他，告诉他我结拜了一个好姊姊。明天早晨叫他来吃中饭，他说吃中饭没有空，说不定下午来一次，那你就可以仔细看够了。"

秋雁笑道：

"姊姊看妹夫，越看越喜欢……"

玉华咯咯笑道：

"你喜欢我就让给了你怎么样？横竖我们姊妹两人终可以说得明白的。"

秋雁这才知道失言，全身一阵子热腾，两颊就像玫瑰花朵般地娇红起来。恨恨地打了她一下，逗给她一个娇嗔，骂声：

"你这妮子，真不是好东西！"

玉华笑道：

"不是你自己说喜欢吗？"

"我说，姊姊代替妹妹喜欢，比方说，丈母看女婿，越看越中意，那么你说说，做丈母的就看中女婿了？"秋雁用一个比方来向她辩解，玉华仔细一想，呸了一声笑道：

"好，好，你倒讨起我的便宜来了。"

秋雁自己想想，也不免笑出声音来了。过了一会儿，玉华忍不住问道：

"闲话少说，言归正传，那么你的爱人也说给我听听。"

"你说了大半天，连姓名都还不曾给我介绍呢，怎么倒要我来告诉了呢？"秋雁不答应，又向她问妹夫的姓名。

玉华这才正经地告诉道：

"她姓秦，名叫乐文，是音乐专科毕业的，今年二十二岁，现在卡乐咖啡馆里伴奏。我统统都告诉了你，你现在终可以告诉我的了。"

玉华这几句话听到秋雁的耳中，芳心里这一吃惊，真是非同小可，不惊"呀"的一声叫了起来。秋雁这样惊慌的表情，玉华当然也感到十分奇怪，遂忙问道：

"大姊，怎么了？你怎么了？好好儿你的脸色竟如此惨白起来了？"

秋雁听玉华这样说，方知自己的脸色确实转变得难看，于是忙镇静了态度，微蹙了翠眉，把纤手故意按住了腹部说道：

"不知怎么，我竟腹痛起来了？"

"腹痛起来？难道要分娩了不成？"玉华把纤手也摸了上去，她还有些开玩笑的成分。

"人家肚皮痛得厉害，你还取笑我。"秋雁越装越像起来。

"那可怎么办？要不吃些儿天工水？"玉华这才有些发急了，低低地说。

"没有什么关系，大概着了凉，让我静静地躺一会儿就好了。"秋雁很轻微地回答。

"我给你揉摸一会儿，这样子就好了。"玉华把手给她腹部揉摸着，她偎紧秋雁身子，是给她取暖的意思，接着问道：

"这样子好过一些了吗？"

"好得多了。"秋雁微闭了眸珠，她的内心是充满了不知什么滋味的感觉。

"大姊你不要吓人，痛得快，好得快，把我急都急死了。"玉华见她脸色恢复了原有红润的颜色，这就放下了心来，推了推她身子，笑着说：

"现在你好把你的爱人说给我听呢。"

秋雁暗暗地叹了一口气，想道，你还叫我说些什么好呢？于是摇了摇头说道：

"我没有什么爱人，我没有什么爱人……"在她的语气中，可以听得出是包含了一些凄婉的成分。

"姊姊，你不应该，为什么不肯告诉我？"玉华鼓着小嘴儿有些生气。

"我真的没有爱人呀，叫我有什么好告诉呢？"秋雁低低地回答，她竭力在改正她哽咽的语调，恐怕玉华会窥破她的秘密。

"你没有爱人，你刚才为什么骗我？"玉华简直有些不高兴的样子说。

"我假使不骗你，你怎么肯爽爽快快地告诉我。"秋雁还老痛苦地微笑回答。

"可是我终有些不相信，你会连一个知心朋友都没有。"玉华望着她静静的粉脸，在她心中还有些怀疑。

"谁是我的知心呢？除非你真的把未婚夫让给了我。"秋雁情不自禁地说出了这一句话。玉华当然不会知道她说的倒是心眼儿上的话，她扑哧地一笑，说道：

"大姊假使真要的话，我终可以忍痛割爱。"

秋雁忽然睁开眼睛来，捧着她的粉脸问道：

"你这话可是真的吗？"

玉华沉吟了一会儿，望着她傻笑了好久，说道：

"你要，那么你就拿去吧！"

秋雁这才亲热地抱住了她，笑起来道：

"二妹，你待我太好了，连你自己心爱的人儿都肯让给我，可见你待我是这一份样儿的真心了！二妹，我心里记着你，我将来终会报答你。"

"别说那些报答的话，倒叫我听了生气。"玉华偎在她的怀里，把粉脸靠着她娇靥，故作娇嗔的意态说。

"时候不早，我们睡吧。"秋雁微微地推开她身子，她回转身去，背了玉华，眼泪扑簌簌地直滚了下来。玉华道：

"你不要装腔，我知道你是严守秘密，不肯告诉……"

说到这里，纤手按在嘴上打了一个呵欠，又道：

"睡吧！睡吧！我也不要听你的告诉了。"

夜，已经深沉了，钟声打了两下。玉华呼呼地在梦乡里找甜蜜了，可是秋雁还睁着眼睛不能入睡。的确，事实上叫她怎么能睡得着呢？她是只管想着心事，觉得天下的事情，难道果然会有如此的齐巧吗？同姓的很多，同名的也很多，不过同姓同名的就很少。就是也有，那么终不至于连办事的地方都会一样吗？说秦乐文另有其人，不是我遇见的这个少年，我想这是绝不会的，那么我过去的美梦自然也成泡影了。不过，我还有些奇怪，他们既然从小同学，十二分的亲热，为什么老太太却没有挂在心上呢？看老太太的样子，她对我有着一百二十分的好感。换句话说，她根本有看中我做媳妇的意思，这……又是怎么解释呢？想到这里，沉吟了一会儿，似乎有些明白过来了。暗想道：不错，我想玉华和乐文的恋爱一定是私下的，老太太也许并没有知道吧。一时又觉得乐文对自己，也可说恋恋有情，那么他既有了玉华，似乎不应该同时爱上两个姑娘。但仔细一想，不要瞎怨乐文，乐文对我到底并没有明显的表示，就是玉华的话，也不能完全相信。看明天下午来的到底是不是这个秦乐文，假使就是他，那么显见得玉华没有夸张。否则，如何一个电话去，就会来了呢？那么乐文就是有爱我的意思，我也应该退避三舍，因为玉华这样一片真心相待我，我岂能没有知遇之恩呢？倘然我夺了她的爱，这不是和我妹妹夺了美琴的爱成为一样的情形了吗？秋雁心中虽然是这样决定的，不过她的内心到底是感觉十分的痛苦。叹了一声，泪水更像雨点般地滚落下来。觉得妹妹上了人家的当，她真是个薄命，但我虽然遇见一个理想中的好丈夫，却又是我知己的情人，那我们姊妹俩真也太苦的了。大概前生没有修吧，所以今生才遭到这样尴尬的事情。可怜秋雁整整地失了两夜的眠，所以次日早晨她便有些头痛脑涨，不能起床。玉华伸手摸了摸她的额头，有些发热，遂说道：

"怎么你有些发烧？感觉怎么样？"

"大概没有睡畅的缘故，给我多躺一会儿，就会好起来的。"秋雁微闭了眼睛，低低地说。

玉华在小抽屉里取出阿司匹灵，开了瓶盖，倒了两片，叫秋雁吞下，说道：

"吃了这两片，就没有事了。"

秋雁见玉华待自己愈好，她的心中也就更感到痛苦一些，因为她不忍心和玉华角逐情场。不过爱情是件自私的东西，你想，叫她不是感到太左右为难的吗？

下午两点钟光景，秋雁还躺在床上没有起床来。玉华很欢喜地从外面走进房中，向她告诉道：

"大姊，我的乐文来了！"秋雁听了这话，心儿就像十五只吊水桶般地忐忑起来，意欲叫他今天不接见了，可是乐文从后面也跟进房来。乐文当初不知道玉华的结拜姊姊是什么人，及至看到了秋雁，他心中这一惊奇，真所谓是希弗弄懂地呆住了。

第六回

忍痛割爱都为义气

　　乐文在昨天一整日不见秋雁到来，心中已经感到十二分的奇怪，就是秦太太的心中也是记挂得不得了。乐文几次三番想要到十二号亭子间去探望她，可是始终鼓不起这个勇气。后来下午，秦太太向乐文说，不要秋雁为了服侍我，累她也辛苦得病倒了，催乐文到隔壁去看看。乐文没有办法，只好到十二号亭子间去张望。可是亭子间的门关得紧腾腾的，房东太太告诉他说，里面没有人，都出去了。乐文只好回来报秦太太。好在秦太太早晨热度已经退完，以为晚上说不定终要来一次，谁知道秋雁一去之后，竟是杳然无音，再也不见她的到来了。这晚乐文在咖啡馆接到玉华的电话，知道她结拜了一个姊妹，只不过当时没有问她姓名，所以他没有知道就是秋雁。

　　玉华拉了乐文的手，在床边给她们介绍道：

　　"这位是我大姊杨秋雁，这位是我……"说到这里，笑起来道，"在大姊面前，我不管什么，就算是我的达令吧！"

　　当时乐文听了玉华这几句话，他涨红了两颊，真不知道该怎么样回答才好。秋雁也许是明白了乐文心中的苦楚，她倒很原谅他，遂一撩眼皮，先笑起来，说道：

　　"原来是我的妹夫，好极了，想不到我今天有些不舒服，秦先生请坐吧！"

　　玉华见乐文还是涨红了脸，木然的样子，还以为他是怕着难为情，这就把他拉到沙发旁坐下，还逗给他一个媚眼，笑道：

"大姊叫你坐，你怎么就呆住了？"

乐文报之以苦笑，他搓了搓手，却低垂着头儿来。乐文心中不免暗暗称奇，想不到秋雁和玉华结拜了姊妹，她们是在什么地方相识的呢？而且秋雁今天见了我却装作不认识的样子，还叫我一声"妹夫"，她到底算是什么作用呢？一会儿又想，秋雁病得奇怪，难道她在玉华口里知道我是玉华的爱人，所以她病起来了吗？若真的这样，她叫我一声"妹夫"，恐怕她心里是感到一万分痛苦的吧！玉华因为大家没有话说，似乎太寂寞了一些。秋雁虽然很要紧想问一声老太太病好些了吗，可是嘴上却不能问。这时候玉华也想到了，她在乐文身旁坐下，拍了他一下肩胛，问道：

"老伯母的病体怎么样了？"

秋雁听玉华居然也知道老太太病着，可见他们电话确实时常相通，否则她又如何地知道？因为自己假使一味地沉默着，倒教玉华心中又起疑窦了，所以她也搭讪道：

"怎么？老太太也有些不舒服吗？不知大夫看了没有？"

乐文想不到秋雁的糊涂会装得这样的认真，一时更叫他回答不出一句话儿来了。不过事实上不回答，那又算什么意思呢？遂只好点头说道：

"妈的热度完全退了，今天已经起床在房中走动走动了，她倒非常地想念你。"

秋雁见他的两眼偷偷地注视着自己，从而可知他后面这一句话是向我说的，不过自己怎么能回答上去呢？她觉得事情显然是愈弄愈僵了。玉华既然不知道其中的曲折，她以为老太太在想念自己，所以很感动地说道：

"伯母既然很想念我，我明天终要再去望她一次的。"

乐文"唔"地应了一声，却又沉默下来。玉华见他神情，好像十分烦闷，便低声问道：

"为什么今天很不快乐的样子？你难道有什么心事吗？"

"倒不是什么心事，因为我还有些事情，所以是预备走了。"乐文觉得再坐下去，这局面是愈加叫自己难堪极了，所以他含笑说着，便站起身子来，一面向秋雁说声"杨小姐，再见！"他便向房门外走了。

秋雁眼看着玉华送了他走出房门，她心酸地背过身子，泪水又滚湿了枕衣。玉华送乐文到院子里，因为见四下无人，遂把他又拉住了，低低问道：

"乐文，你不要骗着我！我觉得你今天一定有什么心事，假使你认为我确实是你知心的话，那你终要明白地告诉我，我有能力一定会给你分去了一半的责任。"

"我真的没有什么呀！"乐文觉得玉华对自己确实也是痴情得可怜，他不忍再去使她芳心里感到一种猜疑的忧愁，所以他含了满脸的笑容，握了她手儿，显出十分亲热而又高兴的神情回答她。

玉华自然也不能一定要说他是有心事的，她挨近了一些身子，明眸充满了无限的情意，默默地望着他脸儿，低低地说道：

"你近来还短少钱用吗？十万元的数目我拿不出，个人的零用我有，你要不再拿两千元去？"

"不，我不要！你给我三千元钱，还没有用了多少。玉华，你进去吧！"

乐文说时，把她纤手握得很紧，显然表示他内心感激的意思，但他又推了玉华一下身子，向她挥了挥手，身子便走到大门外去了。玉华这回没有再叫他，虽然乐文一味地否认没有心事，不过在玉华眼里看来，觉得乐文的心中至少有些儿不如意，她替乐文环境恶劣而感到悲哀。秋风从院子外吹送到脸上，她全身抖了抖，忍不住深长地叹了一口气。

秦太太病好后的第五天，这日下午，她正在给乐文缝补着衣服，一面干着活计，一面暗暗地想着心事。觉得那天乐文回家告诉自己的话，实在很叫人有些儿奇怪，秋雁她忽然会和玉华结拜了姊妹，这真是做梦也想不到的事。凭秋雁那种态度对待乐文，显然她是完全地退让了。她愿意成全玉华，难道说也是她们结拜姊妹的义气吗？于是又想到昨天玉华到来看望我，还买了许多罐头食物，玉华确实也待我太好了。可是，我总觉得很不相配来做我家的媳妇。可怜秋雁她从此不来了，难道我和她只有短短的几天缘分吗？一面想，一面由不得感叹了一会儿。就在这个当儿，忽听一阵轻柔的呼叫声送入了耳鼓："老太太，好多天不见，你全好啦！"

秦太太抬起头来，从那副已断了脚的老花眼镜片子内望了出去，想不到今天却是秋雁来了。她心中这一喜欢，比什么都高兴得多，连忙站起身子叫道：

"杨小姐，你……你……倒想着我，来望我了吗？"

秋雁听她这样说，显然还包含了十分怨恨的意思，她很快地偎了过去，两人在沙发坐下了，亲热地叫道：

"老太太，你不要怨我，这原是我的不好，不过你终得原谅我的苦衷才好。"

秦太太从她这一句苦衷的话里就可以知道，她不来望自己完全是出于万不得已，而不是自己情愿的意思，这就蹙起了两条稀疏的眉毛，把她纤手抚摸了一会儿，低低地说道：

"杨小姐，我真不明白，你和玉华怎么认识的？又如何会结拜姊妹了呢？"

秋雁微微地苦笑了一下，说道：

"这件事情说起来很巧，我和玉华认识，是在那一天的公园里。她和我也可以说一见如故，马上就愿意和我结为姊妹，并且叫我以后住到她的家里去。我见她十分亲热，当然非常感激，当时我就答应了她。可是那天回家在弄口就遇到老太太跌在地上了，我想着自己没有亲娘，看见老年人，就会感到亲热。第二天，我抽身到玉华家里去赴约，玉华待我太好了，特地叫了一桌酒筵请我。可是结果，我没终席就回到老太太那里。今天我才想起当时曾经有个同学取笑玉华，说她有了爱人，并且还是未婚夫，在十一点半的时候还在玉华家里，我想那一定是秦先生在请大夫的时候曾经也到玉华家中去过了。可是，当初我们都不知道。"

秦太太听到这里，点头说道：

"是的，昨天玉华也来告诉我，说她在请一个姊姊吃饭那天，也曾叫乐文去做陪客，可是那天我正生着病，乐文就回来的。"

"老太太，你和玉华说过认得我的话吗？"秋雁听玉华昨天已来过，恐怕老太太提起了自己，遂向她急急地问。

"我没有说起你，你放心。那天乐文回来告诉我，说你装作不认得乐文的样子，还叫乐文是你的妹夫，这……这你到底是什么意思呢？"秦太太摇了摇头，她向秋雁低低地追问。

秋雁的芳心里是充满了甜酸苦辣不同的滋味，她苦笑了一下，说道：

"老太太，你不要急，我可以详细地告诉你。隔壁十二号里，住的是我朋友，不过，朋友虽好，到底也有破裂的一天。这我不能怪她不好，实在是妹妹太不争气了。"说到这里，便把妹妹的事，从实告诉了。

秦太太叹了一口气，用了扼腕的口吻，说道：

"这也不能怨你妹妹不好，一个十七岁的女孩子，能懂得了什么？唉！说起来都是社会不好，所以产生这只会吃喝嫖赌的寄生虫，害了小女孩儿家的终身幸福。那么，你朋友既然和你吵翻，你应到我家里来住呀。况且，我早已对你说过，我是需要像你这样一个好姑娘来做伴儿的。"秦太太说话的重心还是在秋雁的身上，她对于秋雁妹妹的下落如何，并不追问。

秋雁静寂了脸色，她望着秦太太满头皱纹的两颊，说道：

"那天早晨，我站在弄堂里，也曾这么地想过，我的去处一共有两个，除了到老太太这里来，只有到玉华家里去。虽然老太太待我很好，不过我终也该避一些嫌疑。况且，邻居们见了我，也许会说什么不大好听的话。为了这样，我才到玉华家里。"说到这里，顿了一顿，拉了秦太太的手，含了笑容，又说下去道，"老太太，我在这里代你很欢喜，因为玉华，不，是我的二妹，她确实是一个好姑娘。她真有情义，对待我真好。我想，她对我有这样的义气，那么……"秋雁又笑了一笑，说道，"当然是格外多情的了。那天晚上，我们睡在一张床上，大家说起各人的朋友。她很坦白地告诉我，说秦先生是她从小的同学，两人虽未订婚，但彼此已默认是对方未来夫妻了。当时我听了这些话，我……"秋雁觉得在秦太太的面前，自己怎好意思把心里话都告诉出来，因此，绯红了两颊，再也说不下去。

秦太太听她不说下去，可是她也早已明白以下是些什么意思了。从这一点看，秋雁心中也未始没有这个存心，于是她索性很明朗地告诉道：

"杨小姐，你该知道玉华是个有钱人家的小姐，她配不配做我家的媳妇呢？并不是我对玉华有什么恶感，只不过我们是经济人家，乐文又赚不来钱，就是结婚了，恐怕玉华也吃不惯苦的，所以我觉得这也终不是一头美满的姻缘。何况，玉华家中的父母究竟是什么意思呢？"

凭秦太太这几句话，已经是很明显的表示她喜欢自己做媳妇。照理，秋雁的心中该是怎样的喜悦了，可是她为了义气，她没有什么喜悦的意思，很认真的样子，说道：

"老太太，这话不是这样说的。我以为男女间的爱，是没有什么阶级分别的。况且，一个人有一个人的福气，秦先生眼前虽然不甚如意，将来终也有扬眉得意的日子。况且，玉华是个好姑娘，她是可以给秦先生十分的帮助。所以，我倒要劝劝老太太，你不要存了一种偏见。"

秦太太因了秋雁的仁爱，更使自己感到她的美德，因此怔住了一会儿，望着秋雁的粉脸，不禁淌下泪来。秋雁想不到老太太对自己竟有这样的缘分，一时芳心里万分辛酸，两行热泪几乎要掉落两颊，但她到底极力忍熬住了，一伸手去抹老太太颊上的泪水，含笑道：

"老太太，你不要伤心，身子才好一些儿，自己保重要紧。承蒙你这样的爱我，秋雁心中是永远不忘。"

"杨小姐，不，我想和你亲热一些，叫你一声孩子吧！你能承认我是你的妈吗？"秦太太说什么好呢，她觉得这样一来，似乎弥补了其中的一些遗憾。

秋雁点头笑道：

"为什么不能够呢？妈！"秋雁叫了一声，她伏在秦太太的怀里默默地流泪了。秦太太抚摸着她的头发，心里也感到无限的凄凉。

黄昏的时候，秋雁离开了立仁里，真凑巧得很，在里门口的当儿，秋雁和乐文又遇见了。这一次的遇见和第一次遇见的时候，内心的喜悦和凄怨，相差得太远一些儿了。秋雁为了不要多引起心中的悲哀起见，她低了头儿，似乎想装作没有看见的神气，匆匆地走开去。可是乐文怎么可能放过她？伸手把她拉住了，叫道：

"秋雁，你在我家吗？"

秋雁知道躲避不过，只好抬起头来，一撩眼皮，乌圆眸珠转了转，说道：

"哦，秦先生，你回来了吗？我和老太太已经谈了好一会儿了。"

"时候还早哪，吃了晚饭走也不迟，再去坐一会儿，我正有许多话要问你。"乐文望着她粉面似乎消瘦了一些，因为没有涂着脂粉的缘故，所以白得一些没有血色，这使他心中更激动了一阵楚楚可怜的感触，用了温和的口吻，向她低低地说。

"不用问了，秦先生！你回去问老太太，我都已把意思说给她听了，她一定会告诉你。"

乐文见她这些笑容，至少是包含了一些凄凉的成分，于是拉了她手不放，道：

"你既然不要进内去坐，那么我们到外面去走一程路。"

秋雁听他这样说，同时见他拉了自己向弄口外走，阻挡他走的理由说不出口，秋雁到底又柔顺地跟他在人行道上木然地走着。乐文问道：

　　"秋雁，你和玉华几时认得的？为什么那天见到我要装作不认识的样子呢？"

　　"那你终该知道，我是为了你好。"秋雁把秋波向他逗了一瞥美丽的目光，微微地一笑，这句话是显得十分的俏皮。

　　"这倒不是那样说的……"乐文觉得她至少是包含了一些酸素作用，不免皱了眉毛，低低地说了这么一句。秋雁又笑道：

　　"那么照你的意思，又该怎么说呢？"

　　乐文心中无限地痛苦，他摇了摇头，简直说不出什么话来才好，深长地叹了一口气。

　　秋雁见他不说话，反而叹气了，可知他心中有着左右为难的意思。换句话说，就是他和玉华确实有深厚的交谊，不过对于我，似乎也不免有情。假使他的地位换作了自己，恐怕也要弄得没有办法了。秋雁到底不是一个自私的姑娘，她很了解乐文的苦衷，一时倒反而很同情他，遂向他又微微地笑道：

　　"玉华现在是我的妹妹了，她的人很好，我觉得她没有一处不是好的。假使她和你结婚的话，将来一定给你有很多的帮助，所以，我为了爱护你们两个人，希望你们能够结成一对。况且玉华又非常痴心，假使她一旦失了恋，说不定使一个活泼的姑娘，会陷入悲哀的苦海，这在你是太无情，在我也觉得太无义了。"

　　乐文听她这样说，一时感动得几乎落下泪来。他紧紧地握住了秋雁的手，望着她脸儿，低低地道：

　　"秋雁，我们认识的日子虽然不多，但你对我的情意却是够深厚的了，我不是草木，难道会不知情吗？不过，我和玉华确实是从小同学，为了她家很有钱，母亲的意思，恐怕她吃不起苦，所以老人家对你……"乐文说到这里，由不得脸儿一红，却有些碍口，说不下去。

秋雁觉得事到如此，还是爽快坦白一些的好，接着说道：

"这个老太太也对我说过了。我觉得男女的爱情，绝不是受束缚于这些小问题的。况且，这不是老太太的终身问题，所以我很反对这些话。因为你当然有你的主见，况且玉华倾心相爱，'同甘共苦'这四个字，她难道会没有仔细考虑过吗？"

"话虽这样说，不过我对你也有一个深切的好感，并不是我的爱不专一，确实你的一切使我太感动了。"乐文这回张大了胆子，向她说出这些话来。

秋雁笑了一笑，说道：

"我很感激你这些话，不过……"说到这里，觉得以下的话不容易说下去，这就顿住了，低下头儿，两眼望着自己的脚尖儿，在人行道上一步一步地前进。

乐文觉得她显然意犹未尽，但为什么不说下去？那当然因为人家到底是个女孩儿家。在秋雁当初和我相识的时候，对我这样的情形，她自然有情素作用。现在为了玉华，她是失望了。她为了爱护玉华，她愿意退让，因为她怕玉华感到失恋的痛苦，她真有义气。不过反转来说，她自己也是一个女孩子，可怜她一旦失了恋，她会不会陷入悲哀的苦海呢？乐文越想越不忍，假使不安慰她的话，自己真是太无情了。乐文这样想，他叫了一声"秋雁"，说道：

"我后悔当初和你认识，并且我也不该对你有亲近的表示，因为叫你心中多留了一个痕迹，这是我害你的。不过你的身世太凄凉了，你的环境太孤独了，假使我去和一个幸福的姑娘结合，而抛弃了一个身世可怜的姑娘，这在我的人格、在我的良心都感到太残忍了。秋雁，我也许不会使你失望的。"

秋雁听了这些话，觉得乐文是偏重于情感的青年，而且他的情也到了痴的程度，一时倒望着他笑起来了，说道：

"这倒不是这样说的。我以为事情本来难以两全，不过玉华没有错待你，她的环境比我好，这是她生成的命，也是我生成的命，你岂能就此委屈了她？但是，有你这些话说给我听，我也感到够欢喜的了。"说到这里停止了步，又道：

"天色是黑下来了，时候也不早，你还得上咖啡馆去工作，不要为了这些无关紧要的问题，而误了正经的事情。我们的谈话就在此终止，不用再说，你还是回家去吧！"

乐文觉得秋雁太好了，他握紧了她的纤手，感动地道：

"秋雁，我的意思，和你们大家都是朋友，假使我在事业没有成功之前，我终不和任何一个姑娘谈婚姻问题的。"

秋雁明白，他说这几句话完全是安慰自己的意思，于是推了推他的身子，感激得颤抖的口吻，低低地说道：

"我知道你的心！我明白你的心！乐文，我们再见吧！"她一面说，一面跳上一辆街车就匆匆地走了。

乐文眼瞧着街车的影子，在暮色苍茫中消失了。他迎着微微的晚风，颇觉毛发悚然，抖动了一下，眼皮上已经是湿润了。

这几天西北风是吹得更紧了，人们的身上连厚呢的大衣都加上了。鸣德医院也在寒冬的酷冷空气下成立了。秋雁和玉华穿上了白色的制服，她们为人群谋福利，终日地替一班痛苦病者解烦闷。她们在忙碌之中，得了人家所享受不到的神圣的安慰。

秋雁在进医院后的第三天，她遇到了一个身穿西服的年轻医生，经过介绍之下，知道他叫徐子秋，是这里董事徐伯荪的儿子。原来鸣德劝伯荪也参加合办，伯荪为了向外界博得美誉起见，所以投资五百万，做了一个院董，同时给儿子在院中也找了一个好的位置。当时秋雁见了子秋，觉得好生面熟，不过再也想不起曾经在什么地方遇见过了。子秋在女人家面前的功夫很不错，他见护士中，秋雁和玉华长得最美丽，所以他是常常向两人亲热。不过，秋雁和玉华都是很细心的姑娘，她们觉得子秋的容貌虽好，只不过品格有些浮华的样子，所以她们并没有什么好的印象。

子秋既得不到两人的垂青，他当然要想个办法。因为玉华是副院长的女儿，而正院长又是玉华的舅父，所以他竭力先向两人奉承，使鸣德、志明心里感到他的可亲。然后他要求父亲，去何家作伐。伯荪对于玉华也看见过好几次，觉得这样美丽的一个姑娘，做自己媳妇，这当然是一件使自己喜欢的事。况且，门当户对，那是再好没有，当下十分赞成。他请鸣德吃饭，叫他做舅父的做一个月老。鸣德因为自己没有儿子，对于玉华就像女儿一样的珍爱，所以对于玉华的婚姻大有参加意思的必要，预备将来把产业都传给她们。他也知道玉华的爱人是秦乐文，乐文的人品他很中意，不过对于乐文所干的工作，大大地反对。这原因为了自己的儿子，也是音专毕业而遭横死的不幸。所以在第一次见到乐文的时候，他就对乐文表示冷淡。现在听到伯荪有求婚的表示，而且他对子秋的人品十分喜欢，当时立刻答应，说保险在我的身上。鸣德心中也有他的成见，因为子秋是习医，而玉华也习医，两人若成功一对，将来把院务完全托付他们，自然是更有帮手的了。

鸣德既然答应了伯荪，他就回家和志明商量，并且把自己欲传交事业的意思向他告诉。志明虽知玉华的爱人是乐文，这件事情恐怕很有些困难，不过为了他的产业问题，所以他也只好向玉华征求意见。玉华如何肯答应？她说子秋不是一个好青年，人品浮滑，这头亲事无论如何也不答应。鸣德听了自然非常不高兴，表示自己有收子秋做儿子的意思，假使玉华不答应，将来的产业恐怕不能归何氏所有。玉华却决绝不要财产，情愿婚姻自主。这一来把志明急起来，他从来不发脾气，这天晚上居然在玉华身上大发雷霆，表示有强迫婚姻的意思。鸣德在旁边也一本正经地教训她，说女孩儿家不该如此倔强。同时他还向玉华吐露，有娶秋雁做续弦的意思。志明对秋雁虽然也有野心，不过为了产业问题，只好让给了鸣德。但他们这些如意算盘是难以成功的，玉华和秋雁虽然是两个娇弱的小女子，可是她们都有铁一样的意志、玉一样的思想，诸位不要性急，且看下面故事的发展当然会明白的。

第七回

一片痴心为情牺牲

玉华和父母舅父在上房里吵了嘴，赌气回到自己的卧房。今夜玉华和秋雁都没有值着夜班，所以休息在家里。秋雁此刻在写字台旁翻阅医书，听玉华皮鞋声音走进来是特别的重和响，一时心中奇怪，便回头去望她一眼。只见玉华一头倒在床上，便呜呜咽咽哭泣起来了。

秋雁见她这个情景，倒是吃了一惊，忙离开了写字台，走到床边去，抱起她的身子，急急地问道：

"二妹，你怎么了？你怎么了？受了谁的委屈？不要哭，快告诉我呀！"

玉华尚抽抽噎噎地泣道：

"大姊，我真气死了，想不到他们竟这样不讲理。"

秋雁蹙了眉尖儿，很猜疑的表情，一面拿帕儿给她拭泪，一面低低地说道：

"到底是为了什么事情？你告诉我呀，不要伤心，这几天你已经常闹着头痛咳嗽，自己身子也要保重着呢。"

玉华听秋雁这样说着，这就愈加伤心起来，觉得秋雁真是自己的知己，她倒在秋雁的怀里，又哭着道：

"大姊，你才是我的知音，只有你才是真正爱护我的人。"

秋雁被她哭得辛酸，不禁红着眼皮儿，一面又笑道：

"二妹，别闹着孩子气了！谁委屈了你，你好歹也给我说一个明白。"

玉华这才鼓着小嘴儿，气愤愤地说道：

"大姊，这个不要脸的东西，他竟叫舅父来做媒。不料舅父和爸妈都赞成这头婚姻，强迫叫我答应，你想，叫我心中气不气呢？"

"啊？就是徐子秋吗？"秋雁惊奇地问道，"爸妈对于乐文不是也很看重吗？为什么他们好端端地变卦了呢？"

"哼！还不是为了看在舅父产业的面上。"玉华冷笑了一声说，"舅父不知着了他什么迷，却把他赞美得是个什么了不起的人才了。老实说，什么产业，什么金钱，我都不放在心上，不自由，毋宁死。他们要强迫我，我也当然只好辜负了他们养育之恩，来实行我的办法了。"这会子玉华就不再淌泪，表示她有着一股子勇气的意思。

秋雁在她怒气冲冲的时候，由不得暗暗地自思了一回。假使玉华嫁给了子秋，那么我和乐文这头婚姻倒是不发生问题了。一个人到底终有一些自私的，秋雁既有了这一个存心，倒不免又暗暗地欢喜起来，拍了拍她的肩胛，低低地说道：

"二妹，你不要这样说，爸妈只有你一个独养女儿，你岂可以存了决绝的心思，不是要伤了他们的心吗？"

"他们强迫我答应，明明是丢送我前途的光明、终生的幸福，那我还有什么恋恋可说呢？大姊，你看着，要如到了万不得已的时候，我马上就离开这个专制的家庭。"玉华还是气愤地说。说到末了，她的眼泪又滚滚地落了下来。

秋雁叹了一口气，说道：

"不过你也要仔细考虑考虑，我想子秋也许是个好青年……"

玉华不等她说下去，这回却哭出声音来说道：

"大姊，你说这句话，太不理解我了！我和乐文生生死死好了一场，结果还是这些的一场空，叫我还有什么趣味做人呢？"

"那么你预备脱离家庭到什么地方去呢？你是一个年轻的姑娘，这么一走，也不是一个根本的办法。"秋雁听她这样说，把自己刚才的欢喜又打消了，微蹙了眉尖，很关心地问。

"凭了我的两足两手，难道会无处可走、无事可做不成？"玉华表示她有着一股子勇气。

"不过你终得和乐文去商量商量，看他有什么主见。"秋雁这回子才真心地说出了这些话。

"大姊，我告诉你一件更可笑的事，你听了一定也会生气。"玉华偶然想到了说。

"是件什么事情呢？"秋雁急急地问，她有些儿猜疑。

"我舅父活了这一把年纪，他想看中你。"玉华老实地告诉出来。

"啊？你这话可是真的吗？"秋雁粉脸儿变了严肃，她的心跳得厉害。

"我为什么要骗你？不过在前几天我不忍心告诉你罢了。"玉华认真地回答。

秋雁叹了一口气，她想着在杭州遇见鸣德时候的一幕，同时更想到妹妹讽刺他们的几句话，她有些痛心。可是她觉得自己不是他们的什么人，我的自由当然更由我自己做主了，所以倒也不放在心上，只劝玉华明天去和乐文商量是正经，只要乐文帮助你，什么事情都解决的了。当夜，姊妹两人商量定当，也就很早地睡觉。

第二天早晨，她们装作没有事情一样，照常到医院去接班，等到下午吃过饭，玉华才请了半天假，到乐文家里去商议这件事情了。

玉华到了乐文家里，只见乐文坐在写字台旁作曲，秦太太坐在沙发上低着头做活计。她听到皮鞋脚步声，先抬起头望了过去，一见玉华，便放下活计，起身相迎笑道：

"玉华，你今天怎么有空来玩？医院里是夜班吗？"

乐文听了，忙也回头来看，笑道：

"玉华，请坐，请坐。"

玉华强笑道：

"我来望望伯母的，伯母好吗？"

秦太太说声："谢谢你，我倒很好，你也好吗？"她一面拿杯子倒了一杯茶交给玉华。玉华忙接过道谢，并到写字台边，向乐文望了一眼，说道：

　　"你很忙吧？"

　　乐文道：

　　"我也忙不了什么，天天坐在家里学习乐曲，你在医院里服务倒是很辛苦的了。"

　　玉华虽然今天是来商量这个问题，不过在老太太面前，这些话就不好意思说出口。因此，微蹙了柳眉，却是呆呆地出了一会神。乐文见她仿佛有什么心事般的，一时倒有些奇怪起来，遂低低地问道：

　　"玉华，你今天有什么事情吗？"

　　"因为有些儿事情，我想和你到外面去走一会儿，不知道你有空吗？"玉华点了点头，秋波瞟了他一眼，低声地回答。

　　乐文当然是没有拒绝的理由，遂含笑站起，说道：

　　"当然有空，即使没有空的话，我也得奉陪你去走走呀。"一面说，一面到衣钩上去取下大衣披上了。

　　玉华听他这样说，不由嫣然地一笑，秋波逗给他一个娇嗔，倒有些难为情起来了，遂向秦太太道：

　　"伯母，我们出去一会儿，马上就回来的。"

　　秦太太笑着说："你们路上小心！"便送了他们出门。

　　这里两人一同走出立仁里，因为是寒冷的天气，外面十分酷冷，玉华道：

　　"我们找个地方坐坐，这边过去有个咖啡室，我们到那边去坐一会儿吧。"乐文点头说好，遂踱进了那家咖啡室。

　　在咖啡室内，乐文方才问道：

　　"玉华，你叫我出来，有些什么事情吗？"

　　玉华握了咖啡杯子放在小嘴儿上，微微地喝了一口，秋波含了哀怨的目光，向他默默地逗了那么一瞥，说道：

"乐文，我老实地问你一句话，你对我到底有没有真心的爱？"

乐文冷不防被她问出这一句话来，倒是呆住了一会儿，暗想，难道秋雁把我们也有情爱的话向玉华吐露过了，所以她来向我兴师问罪了？但仔细想想，秋雁是绝不会这样的。这就装出不解的样子，望着她的脸儿说道：

"玉华，我不懂你这句话是什么意思。难道你曾经看见我和别的女子在一起吗？"

玉华听他误会了自己的意思，一时倒不禁为之嫣然，摇头说道：

"并不是我说你和别的女子在一起，因为我有一件事情来跟你相商，不知你心里可同情着我？"

"是件什么事情呢？你快些儿告诉了我，我方可以明白呀。"乐文心中更加地奇怪，一面猜想，一面又向她低低地追问。

玉华这才把舅父欲给自己强嫁子秋的话，向他告诉了一遍，并且说道：

"乐文，我问你，你听了这个消息，心中有些什么表示呢？"

"那么你爸妈的意思是怎么样？他们难道也赞成吗？"乐文听了这些话当然有些愤恨，他沉吟了一会儿，方才向玉华这么地反问了一句。

玉华很怨恨地流下泪来，说道：

"可恨爸妈为了舅父的财产，他们竟也赞成了。你想，叫我不是太痛心了吗？"

乐文听她父母竟然也赞成了，可见社会上一班人真是太势利了，因为志明平日待自己很好，处处地方都把我当作自己人看待，现在为了财产，他们就中途变卦。一时痛愤十分，不禁冷笑了一声说道：

"既然你爸妈也答应了，还有什么话儿可说？倒不是爽爽快嫁给了他好吗。"

玉华想不到他会说出这样一句话来，一时把粉脸儿转变成铁青

204

的颜色，她说了两个"好"字，几乎失声痛哭起来。不过，她到底又忍住了，冷笑了一声，说道：

"原来你也赞成我嫁给他，那……我还有什么话可说？也好，算我看错了人，白白地有着一片痴心肠。乐文，好，我们再见！"玉华说到这里，她却毅然地站起身子来了。

乐文这才想到自己这两句话未免太伤了玉华的心，于是忙把她身子拉住了，急急道：

"玉华，你不要误会我的意思，我……我实在因为气糊涂了的缘故。我觉得你父母实在太不应该了，可是我没有想到会得罪了你，请你原谅我的苦衷吧！"

玉华的身子虽然又坐了下来，可是她伤心得又滚落泪水来。她此刻听了乐文这几句话，心中倒不怨恨他了，反而感到十分同情，因为乐文是为了爱自己，所以才有这些愤怒的话，遂说道：

"我也不怨你，只怨爸妈太势利了。"说到这里把手帕掩了粉脸，几乎失声哭泣的神气。

乐文见她耸着两肩，虽然是没有啜泣的声音，不过也可知她是伤心得怎样的程度了，于是拍了拍她的肩胛，低低地道：

"玉华，你不要哭呀！事情已到这个地步，那么我们终该有个商量的办法，照你的意思，预备怎样呢？"

玉华这才收束了泪水，逗了他一瞥哀怨的目光，说道：

"我的意思，假使他们强迫我的婚姻，我就决定脱离家庭。不过，脱离家庭后的事情，要你给我想一个办法。"

乐文听她为自己情愿抛弃家庭，离开父母，牺牲一切的幸福，心中对她一片痴情，自然是万分的感激。不过，要自己给她一个以后的办法，这就感到有些困难，沉吟了一会说道：

"你脱离家庭之后，自可以住到我的家里去，这个倒不成什么问题。就怕你父母知道了，心中不肯罢休，他们倒枉我担个拐骗的罪名，这样对于你与我的名誉都有关系，所以我们还得再想一个完善的办法才好。"

玉华听他这样说，芳心里不免终感到有些儿怨恨，暗自想道：我为了你，把一切幸福名利都置之度外，情愿担个逃婚的臭名，谁知你却有这许多的顾虑，可见你决没有真心的爱我。否则，为了爱，牺牲名利算得了什么？即使牺牲了性命，也是毫无可惜的！你现在这样怕连累，显然没有真心叫我住到你家里去，我是完全的一场空痴心。我既然得不到人家真心的爱，我做人还有什么趣味呢？玉华这样想着，她心中已有了厌世之念，所以她的怨恨却消失了，望着乐文的脸儿，反而点头道：

"你的话也说得不错，我住到你的家里，还累害了你，所以我也绝不愿这样的做。"

乐文听她这样说，忍不住急了起来，说道：

"玉华，你别说什么累害的话，那你不是又疑心我太自私了吗？我的意思，在我为你牺牲到任何地步都不可惜的，只不过你是一个年轻的姑娘，岂可以为我而牺牲了一生的名誉和幸福呢？"

乐文这些好意，是得不到玉华的同情，她觉得乐文说的都是虚伪，并不是事实，这就淡淡地一笑，说道：

"那么照你意思，预备如何地解决？事情终只有两条路，一条路是答应，一条路是脱离，你倒给我拣一条路走走。"

"我想这两条路都不可以走，最好你能回家去劝你父母打消了这头婚姻，做父母的终有爱子女的心，他们恐怕不会十分地来强迫你吧！"乐文希望从正路上走，也许事情尚有挽回的余地。因为他是一个很谨慎的青年，觉得玉华比不了秋雁。秋雁是个孤零的女子，她住在我家，不会有意外的事情发生，玉华有父母，有家庭，这当然不是一件合法的事。所以，乐文的考虑，倒也不能怪他无情，因为他更想到被外界阻碍的爱情，往往会遭到悲惨的结局。自己虽然原可以为爱情而牺牲一切，只不过年老的母亲，叫谁去奉养呢？可怜自己从小没有了爹，全靠慈母抚养长大，现在成了人，为了爱情而忘了老母，这终究不是为人子的道理。对于这一点，我觉得乐文真是一个仁爱的好青年，他到底还是为孝道而不肯冒险地赞成玉华实行脱离家庭。不过玉华是绝不会同情到他身上，遂又问道：

"那么，我父母假使再也不答应呢？"

"假使再不答应，我当然设法叫你离开这个专制的家庭。"乐文正经地毅然然地说。

"好，那么我就听从你的话，回家再去向父母做个最后的请求。"玉华口里虽然这样答应着，不过心中却是无限地怨恨。她想道，乐文竟如此的没有情义，他这些话分明是敷衍的性质，我白白地有了一片痴心，想到这里，忍不住深长地叹了一口气。

乐文听她长叹，因为怕她多心自己不肯负责，遂又诚恳地说道：

"玉华，你不要误会，我没有不爱你的意思，我是为了大家前途的关系，才喜欢小心从事，请你千万要原谅我才好。"乐文这句话原是向她表示自己完全真心爱她的意思，不过他说的并不透彻，所以在玉华的心中却更有了一层误会，以为他是完全拒绝的表示，否则用得到什么原谅不原谅的。因此她愈加心灰意冷，有些茫茫然地点了点头，说道：

"那么，我回家去了。"

"也好！"乐文说了两个字，遂付了咖啡茶的账，给玉华披上灰背大衣，一同走出了咖啡室的大门。天空是灰暗的，密布着阴沉沉的彤云，西北风吹得很紧，好像要落雪的光景，乐文道：

"天又转冷了，我给你讨车回去吧。"

"不，我还有些别的事，向那边走一程路，你管自请便吧。"玉华黯然地说，她的语气是包含了无限凄婉的成分。

乐文于是点了点头，遂匆匆地管自回家了。玉华等他走后，她才把忍了好久的一眶子热泪，又痛痛快快地落了下来。

天空中真的飘起雪花来了，百货商店的旗帜纷纷地飘扬，行人都匆匆地缩颈奔走，一切一切在玉华眼中看来，都是呈现了凄凉的意味。她拖了沉重的步子，一步挨着一步地走着，芳心中是空洞洞的，仿佛是了失一件什么东西样的空虚。她觉得人海茫茫，谁是知音？像乐文这样的青年，尚且如此无情，那何况是其他的少年了？可见得世界上的人，共患难的少，同富贵的多。我有了这样困难的问题，他就不负一些责任，竟把干系都卸得一些都没有。你想，这叫我拿什么脸儿去向秋雁分说呢？好狠心的乐文，我还是为你死了干净。玉华自语了这一句，她更坚决了自杀的动机，于是她走到药房里去买了一瓶安神药片，匆匆地走回家里去了。

阿梅见小姐回来，遂含笑叫道：

"小姐，外面雪下得大吗？你怎么下班了吗？大小姐如何没有回来？"玉华道：

"我有些儿头痛，所以先回家了。"一面说，一面脱了灰背大衣。阿梅接过挂好，回身说道：

"一定是太辛苦了，我劝二小姐还是向院中多请几天假，自己先休养休养。像你这么的身子，本来只有人家服侍你，怎么可以成天去服侍别人家，也难怪要吃力的了。"

玉华道：

"不是为了辛苦，大概受了一些凉，给我躺一会儿就会好的。你不要来打扰我，也不要跟太太那儿去告诉，免得她又为我焦急了。"

"那么你只管睡吧，我给你倒一杯热茶喝。"阿梅拿热水瓶，给她倒了一杯茶，然后悄悄地退出房外去了。

玉华待阿梅走后，她把那瓶安神药片取了出来，望着它呆呆地出了一会子神，她觉得有些悲酸，眼泪像雨点般地滚落了两颊。这时已五点钟光景，冬天的天日比秋天更短促，房中早已黑沉沉了。玉华觉得四周都布满了鬼气，她的神志也会更糊涂起来，好像自己除了一死之外，再没有第二步的办法。于是，她也不开电灯，就在黑沉沉的黄昏中把药片吞服下去。在吃完了这一瓶药片之后，她仿佛才想到自己的生命从此就完了，于是她又反悔了。她想到了许多的人，乐文，又爱又恨；秋雁，又悲又痛；父母，又怨又酸；子秋，又恶又愤……她情不自禁地叫道："天哪，想不到我玉华会得到这样的下场！"

玉华倒在床上呜呜地哭了起来，在哭了一阵之后，她伏在床上昏昏沉沉地睡过去了。两个钟点之后，天色是完全黑了。秋雁在医院里含了一颗惨痛的心回来，她问阿梅玉华可曾回来。阿梅告诉她玉华在房中睡觉。秋雁匆匆到了卧房，见里面漆黑的一片，遂开亮了电灯。在灯光下，瞧到床边桌子上放着一只空瓶和一杯开水，她拿了瓶儿一看，却是"安神药片"四个字。她心中倒是忐忑地一跳，连忙俯身去摸玉华的身子，只见她沉沉地睡着，于是叫道：

"玉华！玉华！"

阿梅从房外跟着进来，听秋雁叫的声音十分急促，遂忙道：

"大小姐，怎么啦？二小姐睡着呢！"

秋雁回头道：

"你快来看，二小姐吃过这安神药片吗？"

阿梅这才发急道：

"哪里哪里？我可没有知道呀。"一面说，一面接过瓶来看，这就又叫起来说道：

"怎么二小姐服毒吗？这……可怎么办呢？"说时却哭了起来。

秋雁想不到，两个妹子都会丧命在他的手中，她是痛心到了极点，遂叫阿梅说道：

"你不要哭，快去告诉太太吧。"

阿梅听了，遂一个转身向卧房直奔了。

待何太太赶到，玉华已被秋雁闹了醒来。何太太未见玉华人儿，先哭入房来。这时玉华见了秋雁和母亲，她也失声哭了。秋雁到底头脑清楚，她问阿梅玉华什么时候回来，阿梅告诉在五点不到。秋雁这就觉得时间不多，也许还有救，遂匆匆地打电话叫救护车了。

第八回

雪夜诛恶秋雁南归

秋雁今日从医院回来，心中已经是十二分的痛心，想不到玉华也会去干这一种弱者的行为，她自然格外地愤怒和沉痛了。你们以为秋雁在医院里遇见的什么人呢？原来下午玉华走后，忽然来了一个急诊，原因是服毒自杀。秋雁听同伴们都在叹息说，这么一个年轻美丽的姑娘，竟会服毒自杀，真是可怜。秋雁听了暗想：这个女子的身世一定很凄凉，她的环境一定很恶劣，她的遭遇一定很悲惨，否则，好好的为什么会自杀呢？于是也走进病房去看个仔细。可是，万万也料不到，那个女子竟是自己嫡亲的妹妹春燕。她这一吃惊，情不自禁地奔了上去，抱住了春燕的身子，叫道：

"妹妹！妹妹！你一向在什么地方？为什么好好儿要服毒自杀呢？"

春燕在奄奄一息之间，做梦也想不到会遇见自己的姊姊，她惨白的脸上，浮现了一丝苦笑，欢喜和伤心混合成斑斑的血泪，从眼角旁仿佛是泉水一般地涌了上来。她似乎还用着十二分的精神和勇气挣扎地叫出了一声，"姊姊，你想得我好苦。"她也哭出声音来了。

秋雁见妹妹的神色不对，遂回身对刘志仁医师说道：

"刘医生，她……她……难道没有救了吗？你……千万可怜我们只有姊妹两个人，你……发……慈悲心，你就救救她吧！"

刘志仁叹息道：

"时间太多，恐怕来不及了。"

210

秋雁听了这话，不觉心碎肠断，伏在春燕身上哭了起来。另一个看护奇怪地向秋雁道：

"秋雁，你们姊妹难道不走动的吗？你妹妹可曾嫁了丈夫？这次她到医院，是一个公寓房子管门老者送她来的。"

秋雁停止了哭，忙问：

"那老者在什么地方？"

那看护道：

"在外面等着，你倒去问问他。"

秋雁遂离了病房，只见外面坐了一个白发老年人，于是问他道：

"你贵姓？那服毒女子住在什么地方？在家里一同还有什么人？你和她什么关系？请你详细地告诉我吧。"

那老者叹了一口气，说道：

"我是白雪公寓的管门人，她是住在里面十八号房间的一个旅客。当初他们来住的时候，有一男一女，男的很漂亮，还有自备汽车。他们进进出出，十分的亲热，可想而知是一对小夫妻。后来日子久了，那少年不常来了，就是来的时候，听里面总有吵闹的声音。这样一直到现在，也住了四个月光景。前天那少年又来了，因为有十多天没有来住，那女子和他吵闹了一会儿。不料这个少年就和她打了一场，愤愤地走了。大概那女子心里一悲痛，太受了一些委屈的缘故，竟服毒自杀了。因为她每天叫我去买小菜，今天早晨她没有叫我去买，我以为她睡迟了，不料，到下午还未见她起身，我心里奇怪，推门进去一看，谁知她已经服毒多时了。我想那少年真也心狠，不知到什么地方去了。"

正在这时，看护匆匆地奔出来，将秋雁身子一拉，说道：

"你快来，她很危险了。"

秋雁听了这话，连忙翻身进内，奔到床边，只见春燕口吐白沫，脸上显出万分痛苦的样子。她见了秋雁，狠命地一把拉住了手，流下泪来，似乎开口说话之意。

秋雁不禁哭叫道：

"妹妹，妹妹，我害了你。假使不到上海来，你绝不会上人家的当，你绝不会去走这一条自杀的路……"

刘志仁搓了搓手，叹了一口气，带了看护们走出房来。秋雁见妹妹的神色愈加难看，她知道妹妹的生命将在顷刻之间丢送了，忽然她想到了什么似的，遂向春燕问道：

"妹妹，你跟我说一句话，你遇见的那个少年叫什么名字？我好替你报仇。"

春燕直声地叫了两声，可怜她已经不能开口说话了，嘴角旁边只管吐着白沫。她也许是痛苦到了极点，眼泪扑簌簌地滚落了下来。秋雁不禁哭道：

"妹妹，你说呀！你……说呀！你难道连三个字都说不清楚了吗？"

春燕呜呜地响了两声，她摇了摇头，表示再也说不出话来的意思。忽然，她灵感触动了似的，把手指了指胸口，哦哦地又响了两声。秋雁知道其中一定有道理，遂伸手在她胸口摸了进去，原来是个金链子的鸡心盒儿，于是又问她道：

"这个拿下来吗？"

春燕点了点头，秋雁遂把金链子从她颈项下脱下来。在脱下来的时候，秋雁到底是个聪明的姑娘，她想到了妹妹的意思，遂把鸡心盒盖儿揭开来。果然，里面有一张照相，合摄着两个青年男女，女的是妹妹，男的是一个很俊秀的少年。秋雁仔细一看，竟是和院中的徐子秋一模一样，这就"哟"了一声叫道：

"就是他吗？就是他吗？"

秋雁这话听到春燕的耳里，一颗芳心里似乎也感到有些惊奇，她呆望了姊姊的粉脸，似乎在沉吟猜疑的样子。秋雁这就追问道：

"妹妹，他可是叫徐子秋吗？他……他就是这院中的助手医生呀！"

春燕虽然不能开口说话，但她听觉还很灵敏，她点了点头，方才明白姊姊也会认识他的原因了。她似乎很安慰，因为姊姊已经知道了她的仇人是谁了。她想姊姊一定会替她报仇的，于是她闭下了眼皮，在叹完了她最后的一口气，一缕可怜的芳魂终究脱离这个黑暗的世界了。秋雁推了推她的身子，叫了两声"妹妹"，知道妹妹是真的与人间长别了。这会子，她倒没有哭，她吮吻着妹妹的眼皮，低低地说道：

"妹妹，你安静地休息吧，姊姊会替你报仇雪恨的。"

春燕似乎还有知觉状，她很快地睁开眼来向秋雁望了一下，接着又合上了眼皮，她的眼角旁又涌上了一颗晶莹的泪水。一个仅仅只有十七岁的姑娘，就此永远地结束了她的一生。

这时候，史鸣德齐巧也在医院里，他听到了这个消息，急忙地来安慰秋雁，叫她不要伤心。他把春燕好好地成殓，暂时寄柩会馆里。鸣德这样讨好地对待秋雁，因为有了玉华昨晚的一句话，她当然明白史鸣德是存了什么野心。因为自己已经有了计划，所以敷衍着和他表示亲热，倒叫鸣德存粉红色的美梦了，忍不住暗暗地欢喜。

这是秋雁在医院的事情，她已经是十二分的悲痛，万不料回到家中，玉华又会重演这一幕悲剧。当下她急忙打电话到鸣德医院，叫志明急速开救护车来急救。志明听了这话，急得一颗心儿乱撞不已，和鸣德两人坐了救护车亲自来急救玉华到医院里去。

经过刘志仁医师的视察，知道尚有救星，遂用牛奶鸡蛋给玉华灌了下去，足足灌了十二磅，才把那药片都呕吐了出来。一面又注射了消毒针并清血针。玉华却兀是哭泣，何太太被女儿哭得伤心，她就陪着女儿哭泣起来。刘志仁笑道：

"何太太，你不要哭了，令爱已脱离危险了。"

何太太这才收束了眼泪，拉了玉华的手，说道：

"玉华，你这孩子真也太糊涂了！年纪轻轻的，怎么可以自杀呢？要知道，我是只有你这一个女儿，要如你真的有三长两短，叫

213

我还有什么趣味在这世界上做人呢？"

玉华冷笑道：

"我死了有什么稀奇，好给你们去招一个好女婿呢！"说到这里，忍不住又抽抽噎噎地哭了起来。何太太听了，向志明望了一眼，志明却向鸣德望了一眼。鸣德自觉没趣，只好拉了拉刘志仁，悄悄地退到外面去了。

志明见鸣德走后，遂向玉华说道：

"就是你不愿意嫁给子秋，那你也应该对我们好好地解释，为什么要自杀呢？一个人能有几次的死？你却把性命当作儿戏吗？"

"我喜欢死，用不到你们来管的。"玉华听父亲还带了教训的口吻，亦是愈加怨恨，遂倔强地回嘴。何太太向志明瞪了一眼，说道：

"你还是快些给我走出到外面去吧，女儿被你们几乎逼死了，难道还要和她来赌气吗？"志明听她这样说，可见她转变方针，把错处全怪到自己的身上来，这就摇头叹了一口气，慢步地踱出房外去了。

这里何太太又向玉华再三说好话，安慰她切勿再有自寻短见的举动。玉华对于母亲的话，却也不加以注意，她拉了秋雁的手，流泪叫道：

"大姊，你真是我的大恩人，这次要不是你救了我的性命，我恐怕是完了，哪里还有可以说话的情形呢。大姊，我今后一生的幸福都是你赐给我的了！"说到这里，又淌泪不已。

秋雁坐在床边，抚摸了她的手儿，低低地说道：

"二妹，你不要说这些话，并非我也来埋怨你，你这一下子举动真是太愚笨了，要知道世界上的人对于自杀认为是最懦弱的表示。你是一个很聪明的女孩子，你难道连这一些都不明白吗？"

玉华听了，没有回答什么，她深沉地叹了一口气，眼泪就只管滚滚地落下来。秋雁知道她心中也许是别具苦心的缘故，不过在何太太的面前，有许多话又不好意思问出口，遂拿手帕给她拭了泪水，故意问她说道：

"你饿了没有？妈，你最好给她去买些蛋糕来。"

玉华知道秋雁是叫母亲离开房中的意思，遂点点头，故意说要吃的表示。何太太见了，遂到病房外面去了。秋雁这才低低地问道：

"二妹，你和乐文怎么样说？他和你又怎么样说？难道你在他那里失望了，才自杀的吗？"

玉华听了，叹了一声，遂把乐文那种不负责任的态度向秋雁告诉了一遍，且又淌泪说道：

"大姊，想我这样一片痴心对待他，哪知道他却这样胆小多疑，显然他对我没有真心的爱。你想，我是看错了人，我还有什么滋味做人呢？倒不如一死干净！"玉华说到这里，她几乎就要哭出声音来。

秋雁忙安慰她道：

"二妹，你不要疑心他吧！我倒明白他的确是真心地爱上了你，不过他是一个很小心谨慎的青年。在他所以这样的顾虑，当然也有他的道理，你倒不能怨恨他。"正说到这里，何太太又走进房来，秋雁于是不再说下去，她悄悄地退出病房外来。

在小院子里，秋雁见子秋站在石阶沿上望着天空中飘下来的纷纷白雪，呆呆地出神，这就含笑走到他的身后，轻轻地把肩胛一拍，说道：

"徐医生，您刚来接班吗？"

子秋回身一瞧，竟是秋雁，这就含笑点了点头，说道：

"刚来了不多一会儿。杨小姐，你是日班，怎么还没有回家吗？"

"还不是为了玉华服毒自杀的事情吗？这个人真也想不明白的。并不是我来跟你说这一句话，我倒替你真感到有些儿难堪。"秋雁用了埋怨的口吻，秋波脉脉含情地望着子秋，表示非常同情的样子。

子秋虽然也有所闻，不过他还装作不知道的样子，微红了两颊，奇怪地道：

"你这话我有些不明白，她的自杀和我有什么关系？要我难堪做什么呢？"

秋雁也不知道，他是真的不晓得，抑是假装糊涂。不过，这给自己终是一个说话的好机会，于是一撩眼皮，笑道：

"你没有知道其中的缘故吗？她的自杀就是为了不肯答应你这头婚事呀！我想像你这样人才，也不难娶个美丽聪明的姑娘做妻子，何必一定要爱上她呢？倒叫她寻死觅活的闹个不了，你想笑话不笑话？别人家心中还以为你讨不着妻子了，所以一定要把她当作海宝贝似的，我真替你生气。"

子秋听了这几句话，两颊不禁涨得通红，显然有些儿羞惭的意思，遂忙解释道：

"其实那又何苦如此？她不答应就爽爽快快地拒绝我，何用自杀？难道我真的会把她当作海宝贝不成？"说到这里，又表示很气愤的态度，接着道，"况且，这种意思原是爸爸的主意，他和志明很要好，大家联了婚事，可以更亲热一些。我想世界上女人算得了什么？难道没有了她我讨不着妻子了？"说着，忙又向秋雁一鞠躬，笑道："杨小姐，你也是女人，不过你千万不要生气，因为我太愤怒了，所以说话忘记了前后，请你原谅！"

秋雁微微地一笑，说道：

"你不要这样说，我倒很同情你的，所以我说男女间的爱情，终要两方都自愿，这样才有美满的结果。徐先生，我看你也气极了，我陪你到外面去玩一会儿好吗？"

子秋听秋雁这样说，那真是求之不得的事情，当时含笑马上答应了。他叫秋雁等一等，连忙到医务处去请了假，匆匆地出来。秋雁今天特别和他亲热，挽了他的手，要他陪了一同到舞厅里去游玩，子秋自然是赞成。

俗话说的好，"女想男，隔层板；男想女，隔座山"。男子虽然能利用金钱魔力，可是女子"色"的魔力比金钱还要大得多。子秋起初想要和秋雁亲近，秋雁一味地冷淡他，他虽然有金钱，却一些儿办法都没有。现在秋雁只要略微施展一些小技，早已把子秋迷得神魂颠倒，不知所云。自古道，"英雄难逃美人关"，从可知女人的厉害，有甚于水火。子秋是个色鬼儿，他自然更没有一些抵拒的能力了，正所谓"牡丹花下死，做鬼也风流"。社会上真不知有多少的男子，连自己宝贵的性命都不要了。

黎明的时候，乐文站在窗口旁，瞧着窗外纷纷的大雪，还是没有停止，他想着玉华回家后的一幕是悲观抑是乐观。他有些不敢想，愁眉不展地忍不住叹了一口气。这时候却来了一个电话，乐文听是女子的声音，叫他到鸣德医院去一次，说玉华为了他自杀了。乐文听她口吻像秋雁的声音，遂连忙问，你可是秋雁？但那边没有回答的声音，接着把电话搁断了。乐文心中这一急，非同小可，遂三脚两步地奔出房外去，直待秦太太叫住了道："你身上还不曾穿大衣呢！"乐文才醒回来似的连忙重披大衣，匆匆赶到医院里去。

乐文到了医院，问了看护，匆匆地走入玉华的病房。只见玉华倚在床栏边正看着报纸，乐文这才放宽了心，忙到床边，叫道：

"玉华，你……你……怎么自杀了吗？"

玉华见了乐文，又欢喜又哀怨地逗了他一瞥娇嗔，说道：

"你怎么知道我自杀了？"

乐文在床边坐下了，说道：

"是早晨秋雁打电话给我的，你……你……这是为了什么呢？"

玉华见乐文还是急得这一份儿样，便笑道：

"可是秋雁救了我的性命，我是得救了。乐文，你瞧报上的新闻，昨天晚上，子秋在华安饭店被人家用剪刀暗杀了，凶手不知去向。待侍役发觉，送他到附近克仁医院，却已气绝身亡。这儿登着子秋死后的脸色，还是充满了酒气，并且身旁留有一纸上写：'蹂躏女界同胞，人人得而诛之！'好像是女子的笔迹，可见是他喝醉酒后，给一个受他侮辱过的女子杀死的。乐文，我们的阻碍物被人搬了，我们的爱情不是要不受拘束了吗？不过你要记着，我们的幸福

217

都是秋雁赐给的。秋雁就可以来接班了，我们应该深深地向她表示感激。假使昨晚不是她发觉得快，我今日还能有和你见面的时候吗？"说到这里，不禁叹了一口气。

乐文正在安慰她不要伤心，看护小姐送进一封信，玉华接过，认得是秋雁的手笔，一时不胜其怪，忙道：

"大姊怎么会写信给我？这是什么意思呢？"一面拆开，一面和乐文并头看到：

玉华——我亲爱的二妹：

人生何处不相逢，所以我们在公园里却会无意之中认识了。的确，你当时曾经说，这不是偶然的事，也许我们也是一个缘。承蒙你爱我，倾心订交，真叫我心中一刻儿都不能忘记，所以我常常想报答你的情义。

今天我已经完成了使命，为了你，为了我的妹妹，我只好做一件不合法的事情。这固然是我的罪恶，但也是浪子的报应。你见到不要奇怪，我可以在下面向你作一个简略的报告。

乐文是你的爱人，在这里不怕害臊地说，他也是我的爱人。在事先我们当然都不知道，不过那夜听到你的话后，我呆住了，我木然了，我曾经"啊呀"的一声叫起来，想不到我们姊妹两人会不约而同地爱上了一个少年。不过，你们是从小的同学，并且，从你口中听到，你对乐文是那么的痴心。我觉得我似乎不应该和一个爱护我的姑娘去角逐情场，所以我是决心地割爱退让了。当时你还记得追问我的情人到底是谁，我只好含着热泪回答我的情人已经没有了。可是，在你的心中，又哪里会知道我的情人就会被你夺去了呢？

218

玉华看到这里，向乐文望了一眼，只见乐文的眼角旁，已沾上了晶莹的泪水了，可见这完全不是虚空的事。她心中已不知是喜悦，是悲酸？她的眼泪也滚滚地落了下来，遂又一同看下去：

在二妹自杀之前四小时，也有一个姑娘服毒自杀了。想不到，这个姑娘竟是我嫡亲的三妹。她很不幸地因为时间过久，而不治死了。她死得非常凄惨，死得非常可怜。在这里，我真痛恨那帮玩弄女性的男子，他仿佛是凶暴的恶魔，见了一个女子，便设法残杀了一个，为了满足自己的淫欲，而硬生生丢送了我们女子的终生。这不单是我妹妹的仇人，而且更是我们女性同胞的公敌。我为了妹妹，我为了你，因此我下了杀他的决心。你也许已经知道，华安饭店内的一幕惨剧，这一个凶手便是什么人了。

玉华、乐文不约而同地"啊哟"了一声叫起来，两人连忙向室中望了望，见没有什么人，乐文立刻去关了房门，回过床边，又急急地一同看下去：

人生的聚散，本来像天空中的云一样，飘忽不定，一会儿东，一会儿西，这是算不了稀奇。所以我这封信显在你眼前的时候，那人是恐怕不在上海了。至于我到什么地方去了，你可以不必打听，海角天涯，到处为家。我认为人生飘零，这是一件最有意味的事，虽然我在临走的时候，踏着白银似的雪地，迎着刀尖似的朔风，我也曾经历了一些情感作用。玉妹，你多少使我有些依恋吧！不过，你也别伤心，假使我还能活在世界上的话，将来说不定还有相聚的日子。话说得很多，最后我用红墨水在这里写上这四个字，敬祝你们"百年好合"。我也没什么礼物，就把这四个字当作礼物了吧。再见了，妹妹！秋雁在上海勾留了半年的时日，似乎也应该归去了。

你的大姊——秋雁手上
十二月十五日

玉华读完了这封信，她喉间已经哽咽住了，掩着脸儿，忍不住哭了起来。乐文也泪流满面，回首前尘，不胜唏嘘。两人抬头望着窗外的白雪，还像鹅毛似的飘着，在他们眼帘下，似乎发现白雪茫茫中，有只孤雁的影子，在凄惶地徘徊。

（全书终结）

附　　录

从鸳鸯蝴蝶派谈到冯玉奇小说

裴效维

　　《民国通俗小说典藏文库·冯玉奇卷》将收录冯玉奇的百余种小说作品，此举极其不易。现在，我愿以这篇文章给出版者呐喊助威。尽管我人微言轻，但我毕竟是一个中国文学的研究者，为鸳鸯蝴蝶派说些公道话是我的责任。

　　冯玉奇是一位鸳鸯蝴蝶派作家，因此我们要想了解冯玉奇，必须首先厘清有关鸳鸯蝴蝶派的一些问题。

一、何谓鸳鸯蝴蝶派

　　鸳鸯蝴蝶派作家平襟亚在《关于鸳鸯蝴蝶派》（署名宁远）一文中对鸳鸯蝴蝶派的来历说得很清楚：

> 　　鸳鸯蝴蝶派的名称是由群众起出来的，因为那些作品中常写爱情故事，离不开"卅六鸳鸯同命鸟，一双蝴蝶可怜虫"的范围，因而公赠了这个佳名。
>
> ——载香港《大公报》1960 年 7 月 20 日

　　可见鸳鸯蝴蝶派并不是一个有组织有宗旨的小说流派，而是因为当时流行的言情小说多写一对对恋人或夫妻如同鸳鸯蝴蝶般相亲

223

相爱，形影不离，因而民间用鸳鸯蝴蝶小说来比喻这种言情小说，那么这种言情小说的作家群当然也就是鸳鸯蝴蝶派了。这种说法应该是可信的，因为民间常用鸳鸯和蝴蝶来比喻恋人或夫妻，很多民间文学作品中不乏其例。这一比喻非常形象生动，但并无褒贬之意，因此不胫而走。

传到新文学家那里，便加以利用，并赋予贬义，作为贬低对手的武器。但新文学家对鸳鸯蝴蝶派的界定并不一致，大致有两种看法。

一种看法认同民间的比喻说法，即将鸳鸯蝴蝶派小说局限为通俗小说中的言情小说，将鸳鸯蝴蝶派局限为言情小说作家群。鲁迅是这种看法的代表，他在1922年所写的《所谓"国学"》一文中说："洋场上的文豪又作了几篇鸳鸯蝴蝶派体小说出版"，其内容无非是"'卿卿我我''蝴蝶鸳鸯'"（载《晨报副刊》1922年10月4日）。又于1931年8月12日在社会科学研究会做了《上海文艺之一瞥》的长篇演讲，其中对鸳鸯蝴蝶派小说更做了形象而精辟的概括：

> 这时新的才子＋佳人小说便又流行起来，但佳人已是良家女子了，和才子相悦相恋，分拆不开，柳阴花下，像一对蝴蝶、一双鸳鸯一样。

> ——连载于《文艺新闻》第20、21期

此外，周作人、钱玄同也持这种看法。周作人于1918年4月19日在北京大学文科研究所小说研究会做《日本近三十年小说之发达》的演讲中，就说现代中国小说"还有《玉梨魂》派的鸳鸯蝴蝶体"（载《新青年》第5卷第1号）。次年2月，周作人又发表《中国小说里的男女问题》（署名仲密）一文，认为"近时流行的《玉梨魂》，虽文章很是肉麻，（却）为鸳鸯蝴蝶派小说的鼻祖"（载《每

周评论》第5卷第7号）。与周作人差不多同时，钱玄同在1919年1月9日所写的《"黑幕"书》一文中也说："人人皆知'黑幕'书为一种不正当之书籍，其实与'黑幕'同类之书籍正复不少，如《艳情尺牍》《香闺韵语》及'鸳鸯蝴蝶派小说'等等皆是。"（载《新青年》第6卷第1号）这种看法后来被人称之为"狭义的鸳鸯蝴蝶派"看法。

另一种看法却将鸳鸯蝴蝶派无限扩大，认为民国年间新文学派之外的所有通俗小说作家都是鸳鸯蝴蝶派，他们的所有通俗小说都是鸳鸯蝴蝶派小说。这种看法的代表人物是瞿秋白和茅盾。瞿秋白从小说的内容方面来扩大鸳鸯蝴蝶派小说的范围，他在《财神还是反财神》一文中说，"什么武侠，什么神怪，什么侦探，什么言情，什么历史，什么家庭"小说，都是鸳鸯蝴蝶派小说（见人民文学出版社1953年10月版《瞿秋白文集》）。茅盾则从小说的形式方面来扩大鸳鸯蝴蝶派小说的范围，他在《自然主义与中国现代小说》一文中认定鸳鸯蝴蝶派小说包括"旧式章回体的长篇小说""不分章回的旧式小说""中西合璧的旧式小说""文言白话都有"的短篇小说（载1922年7月《小说月报》第13卷第7号）。这种看法后来被人称之为"广义的鸳鸯蝴蝶派"看法，而且逐渐成为主流看法，以致后来的文学研究者都接受了这种看法。

新文学家不仅在鸳鸯蝴蝶派的界定问题上分成了两派，而且在鸳鸯蝴蝶派的名称上也花样百出。如罗家伦因为徐枕亚等人好用四六句的文言写小说，便称其为"滥调四六派"（见署名志希的《今日中国之小说界》，载1919年《新潮》第1卷第1号），但无人响应。郑振铎因为《礼拜六》杂志为鸳鸯蝴蝶派的主要刊物之一，便称其为"礼拜六派"（见署名西谛的《新文学观的建设》一文，载1922年5月21日《文学旬刊》第38号）。这一说法得到了周作人、茅盾、瞿秋白、朱自清、阿英、冯至、楼适夷等人的响应，纷纷采用，以致使用频率越来越高，知名度越来越大，终于成为鸳鸯蝴蝶

225

派的别称了。于是"鸳鸯蝴蝶派"和"礼拜六派"两个名称便被新文学家所滥用。如郑振铎在《新文学观的建设》一文中称"礼拜六派",而在《〈文学论争集〉导言》一文中却称"鸳鸯蝴蝶派"（见上海良友图书公司1935年10月出版的《新文学大系·文学论争集》卷首）。还有人在同一篇文章里既称鸳鸯蝴蝶派,又称礼拜六派。如阿英在1932年所写的《上海事变与鸳鸯蝴蝶派文艺》一文中说:张恨水的所谓"国难小说",与"礼拜六派的作品一样,是鸳鸯蝴蝶派的一体","充分地说明了鸳鸯蝴蝶派的作家的本色而已"（见上海合众书店1933年6月出版的《现代中国文学论》）。

茅盾在20世纪70年代觉得统称鸳鸯蝴蝶派或礼拜六派都不合适,于是提出了一个折中的看法,他在《紧张而复杂的生活、学习与斗争（上）——回忆录（四）》中说:

> 我以为在"五四"以前,"鸳鸯蝴蝶派"这名称对这一派人是适用的。……但在"五四"以后,这一派中有不少人也来"赶潮流"了,他们不再老是某生某女,而居然写家庭冲突,甚至写劳动人民的悲惨生活了,因此,如果用他们那一派最老的刊物《礼拜六》来称呼他们,较为合式。

——载1979年8月《新文学史料》第4辑

事实是该派在"五四"前后没有根本变化,都是既写言情小说,又写其他小说,将其人为地腰斩为两段,既显得武断,又无法掩盖当时的混乱看法。

这些混乱的看法导致后来的文学研究者无所适从:或沿用"鸳鸯蝴蝶派"的说法（如北大本《中国文学史》和《中国小说史稿》、复旦本《中国文学史》和《中国近代文学史稿》等）；或沿用"礼拜六派”的说法（如山东师院本《中国现代文学史》等）；或干脆别出心裁地称之为“鸳鸯蝴蝶—礼拜六派”（见汤哲声《鸳鸯蝴蝶—礼拜六小说观念的价值取向及其评价》，载《苏州大学学报》1992年第2期）。这可真算是中国小说史上的一出有趣的滑稽戏了。

二、如何评价鸳鸯蝴蝶派

鸳鸯蝴蝶派的开山作品是1900年陈蝶仙的言情小说《泪珠缘》，因此鸳鸯蝴蝶派应该是指言情小说派，这也就是后来的所谓“狭义的鸳鸯蝴蝶派”，但被新文学家扩大为“广义的鸳鸯蝴蝶派”，实际上也就是民国通俗小说派。

鸳鸯蝴蝶派与同时期的“南社”不同，既没有组织，也没有纲领，而是一个在思想倾向和艺术风格上大体相同或相近的小说流派，连“鸳鸯蝴蝶派”这一招牌也是别人强加给它的。然而客观地说，鸳鸯蝴蝶派确实是一个产生过巨大影响的小说流派。在“五四”以前的近二十年间，它几乎独占了中国文坛；在“五四”以后的三十年间，虽然产生了新文学，但新文学只是表面上风光，而鸳鸯蝴蝶派却一派兴旺发达景象。我对“广义的鸳鸯蝴蝶派”做过不完全的统计：该派作家达数百人，较著名者有一百余人，所办刊物、小报和大报副刊仅在上海就有三百四十种，所著中长篇小说两千多种，至于短篇小说、笔记等更难以计数。在此前的中国文学史上，还没有哪个文学流派有过如此宏大的规模，产生过如此巨大的影响。

鸳鸯蝴蝶派由于规模宏大，又处在历史的一个巨变时期，其成员的确鱼龙混杂，其作品也良莠不齐，但总体来说，它形象地记录了中国二十世纪前五十年的历史，为中国读者提供了丰富的精神食粮，对中国小说的传承起过积极作用，因此应该给予充分的肯定。

鸳鸯蝴蝶派小说已经不是中国传统通俗小说的复制，而是一种改良的通俗小说。在形式方面，它既采用章回体，也采用非章回体，甚至采用了西洋小说的日记体、书信体等，至于侦探小说则更是完全模仿自西洋小说。在艺术手法方面，受西洋小说的影响非常明显，如增加了人物形象和景物描写，结构与叙事方式也趋于多样化，单线和复线结构并用，第三人称和第一人称叙述法兼施，还采用了倒叙法和补叙法。在内容方面，鸳鸯蝴蝶派小说已经扩大了描写范围，反映了当时社会生活的各个方面，甚至已经紧跟时事，及时反映当前的社会现实，被称为"时事小说"。如李涵秋的《广陵潮》描写辛亥革命，而他的《战地莺花录》则描写五四运动，这种及时反映当时发生的重大政治事件的小说，与多写历史故事的古代小说完全不同，显然是一大进步。鸳鸯蝴蝶派的言情小说，也不同于古代的才子佳人小说，而是一种新才子佳人小说。古代的才子佳人小说因面对森严的封建礼教，只能写才子与佳人偶尔一见钟情，以眉目传情或诗书传情的方式进行交流，最后皆是有情人终成眷属的大团圆结局。而这种大团圆结局完全是人为的：或出于巧合，或由于才子金榜题名，皇帝御赐完婚，这就完全回避了封建包办婚姻的问题。而民国年间的封建礼教已经在一定程度上松绑，尤其像上海、北京等大城市得风气之先，恋爱自由和婚姻自主思想已经渐入人心。因此有些鸳鸯蝴蝶派的言情小说也突破了古代才子佳人小说的窠臼，才子佳人已经敢于"相悦相恋，分拆不开，柳阴花下，像一对蝴蝶、一双鸳鸯一样"。其结局也不再全是有情人终成眷属的大团圆，而是"有时因为严亲，或者因为薄命，也竟至于偶见悲剧的结局……这实在不能不说是一个大进步"（鲁迅《上海文艺之一瞥》，连载于1931年7月27日、8月3日《文艺新闻》第20、21期）。言情小说由大团圆结局到悲剧结局的确是一个大进步，因为前者是回避封建包办婚姻礼制，而后者是控诉封建包办婚姻礼制。而这一进步的开创者是曹雪芹和高鹗，他们在《红楼梦》里所写的婚姻差不多都是悲剧。因此胡适称赞《红楼梦》不仅把一个个人物"都写作悲剧的下场"，而且最后"作一个大悲剧的结束，打破了中国小说的团圆迷信"

（《〈红楼梦〉考证》，见1923年亚东图书馆版《胡适文存》）。可见鸳鸯蝴蝶派的言情小说在一定程度上继承了《红楼梦》开创的爱情婚姻悲剧模式，因而具有相当的反封建意义。我们可以徐枕亚的《玉梨魂》为例加以说明，因为该小说被新文学家指为鸳鸯蝴蝶派的代表性作品。

《玉梨魂》的故事很简单——清末宣统年间，小学教员何梦霞与年轻寡妇白梨影相爱，但两人均认为他们的这种行为是不道德的。为了得到感情的解脱，白梨影想出个"移花接木"的办法，即撮合何梦霞与自己的小姑崔筠倩订了婚。然而何梦霞既不能移情于崔筠倩，白梨影也无法忘情于何梦霞，结果造成了一连串的悲剧——白梨影在爱情与道德的激烈冲突下郁郁而死；崔筠倩因得不到何梦霞之爱而离开了人世；白梨影的公公因感伤女儿、儿媳之死而一病身亡；白梨影的十岁儿子鹏郎成了孤儿。何梦霞为排遣苦闷，先赴日本留学，继又回国参加了辛亥武昌起义（即辛亥革命），壮烈牺牲。

《玉梨魂》不仅描写了一个爱情婚姻悲剧，而且不同于一般的爱情婚姻悲剧。一般的爱情婚姻悲剧都是由封建势力造成的，即由包办婚姻造成的；而《玉梨魂》所写的爱情婚姻悲剧，其原因却是何梦霞和白梨影自身的封建道德。他们既渴望获得恋爱自由和婚姻自主的权利，又不能摆脱封建道德和封建礼教的束缚，两者激烈冲突，造成三死一孤的惨剧。从而揭露了封建道德和封建礼教的影响力是多么巨大，它已深入人们的骨髓，使其不能自拔。因此，它的反封建意义比一般的爱情婚姻悲剧更为深刻。

其实，新文学阵营也不是铁板一块，虽然大多数新文学家对鸳鸯蝴蝶派全盘否定，但也有少数新文学家态度比较客观，他们对鸳鸯蝴蝶派也给予一定的肯定。鲁迅是其中最突出的一位，他不仅认为某些鸳鸯蝴蝶派的悲剧言情小说是"一大进步"，而且不同意某些新文学家对鸳鸯蝴蝶派消极影响的夸大其词。他说：

至于说他流毒中国的青年，那似乎是过虑。倘有人能为这类小说所害，则即使没有这类东西也还是废物，无从挽救的。与社会，尤其不相干，气类相同的鼓词和唱本，国内非常多，品格也相像，所以这些作品也再不能"火上添油"，使中国人堕落得更厉害了。

——《关于〈小说世界〉》，载《晨报副刊》

1923 年 1 月 15 日

这种客观的观点与前述周作人无限夸大鸳鸯蝴蝶派作品能使国民生活陷入"完全动物的状态"乃至"非动物的状态"的观点形成了鲜明对比。当抗日战争爆发后，鲁迅更提倡文学界的抗日统一战线，主张团结鸳鸯蝴蝶派一起抗日。他说：

我以为文艺家在抗日问题上的联合是无条件的，只要他不是汉奸，愿意或赞成抗日，则不论叫哥哥妹妹，之乎者也，或鸳鸯蝴蝶都无妨。但在文学问题上我们仍可以互相批判。

——《答徐懋庸并关于抗日统一战线问题》，

载《作家》月刊第 1 卷第 5 期

鲁迅不仅提倡团结鸳鸯蝴蝶派一起抗日，而且主张新文学派与鸳鸯蝴蝶派在文学问题上"互相批判"，这种平等对待鸳鸯蝴蝶派的度量，也与那些视鸳鸯蝴蝶派如寇仇，必欲置诸死地而后快的新文学家形成了鲜明对比。

对鸳鸯蝴蝶派给予肯定的不只鲁迅，还有朱自清和茅盾。朱自清认为供人娱乐是中国传统小说的特点，因此不赞成将"消遣"作为罪状来批判鸳鸯蝴蝶派小说。他说：

> 在中国文学的传统里，小说……更是小道中的小道，就因为是消遣的，不严肃。不严肃也就是不正经，小说通常称为"闲书"，不是正经书。……鸳鸯蝴蝶派的小说意在供人们茶余酒后的消遣，倒是中国小说的正宗。

——《论严肃》，载《中国作家》创刊号

茅盾也承认鸳鸯蝴蝶派小说也"写家庭冲突，甚至写劳动人民的悲惨生活"。他还从艺术性方面对鸳鸯蝴蝶派小说给予一定肯定。他认为鸳鸯蝴蝶派的有些长篇小说"采用西洋小说的布局法"，如倒叙法、补叙法，以及人物出场免去套语、故事叙述"戛然收住"等等，这一切是对"旧章回体小说布局法的革命"。还认为鸳鸯蝴蝶派的有些短篇小说学习了西洋短篇小说"截取一段人生来描写，而人生的全体因之以见"的方法："叙述一段人事，可以无头无尾；出场一个人物，可以不细叙家世；书中人物可以只有一人；书中情节可以简至只是一段回忆。……能够学到这一层的，比起一头死钻在旧章回体小说的圈子里的人，自然要高出几倍。"（《自然主义与中国现代小说》，载 1922 年 7 月 10 日《小说月报》第 13 卷第 7 号）

鲁迅、朱自清、茅盾毕竟属于新文学派，因此他们对鸳鸯蝴蝶派的肯定是有限的。我们应该摆脱成见与束缚，从中国文学史的角度，对鸳鸯蝴蝶派做出客观公正的评价。

三、如何看待冯玉奇的小说

我们澄清了以上有关鸳鸯蝴蝶派的三个问题，等于为介绍冯玉奇的小说提供了一个坐标，也等于为读者提供了一把参照标尺。读者用这把标尺，就可自行评判冯玉奇的小说了。

冯玉奇于 1918 年左右生于浙江慈溪，笔名左明生、海上先觉楼、先觉楼，曾署名慈水冯玉奇、四明冯玉奇、海上冯玉奇。据说他毕业于浙江大学（一说复旦大学）。1937 年九一八事变后寄居上海，感山河破碎，国事蜩螗，开始写作小说以抒怀。其处女作为《解语花》，由上海春明书店出版。出版后旋即由东方书场改编为同名话剧，演出后轰动一时。那时他才十九岁。由此一发而不可收，至 1949 年 7 月《花落谁家》出版，在短短十来年时间里，他创作的小说竟达一百九十多种，平均每年近二十种，总篇幅应该不少于三千万字，只能用"神速"来形容。这时他只有三十一岁。近现代文学史料专家魏绍昌先生（已去世）所编《鸳鸯蝴蝶派研究资料（史料部分）》（上海文艺出版社 1962 年 10 月出版）开列的《冯玉奇作品》目录只有一百七十二种，也有遗珠之憾。不过我们从这一目录中仍可确定冯玉奇是一位以写言情小说为主的通俗小说作家，因为在一百七十二种小说中，言情小说占有一百二十二种，其他小说只有五十种：社会小说三十四种、武侠小说十四种、侦探小说两种。

冯玉奇不仅是一位写作神速且极为多产的通俗小说作家，还是一位热心的剧作家和剧务工作者。早在他二十六岁（1944 年）时，就担任了越剧名伶袁雪芬的雪声剧团的剧务，并为之创作了《雁南归》《红粉金戈》《太平天国》《有情人》《孝女复仇》五大剧本，演出效果全都甚佳。在他二十七到二十八岁（1945~1946）时，又与他人合作，前后为全香剧团和天红剧团编导了《小妹妹》《遗产恨》《飘零泪》《义薄云天》《流亡曲》等二十多个剧本，演出效果同样甚佳。可见冯玉奇至少写过十几个剧本。

冯玉奇一生所写的小说和剧本总计不下两百五十种，总篇幅可能达到四千万字以上，是名副其实的"著作等身"，是当之无愧的中国最多产的作家，号称多产的同派小说家张恨水也难望其项背。当时的文学作品已是一种特殊商品，冯玉奇的小说如此畅销，其剧本演出又如此轰动，这足可以证明其受人欢迎，这就是读者和观众对冯玉奇的评价，它比专家的评价更为准确，也更为重要。遗憾的是，我们无法看到他的剧作和三十岁以后的作品，也不知其晚景如何，卒于何年。

从冯玉奇的生活年代和创作时段来看，他显然是鸳鸯蝴蝶派的后起之秀，所以尽管他作品如此之多，影响如此之大，而同派的老前辈却很少提到他，这也是"文人相轻"的表现之一。

按说要介绍冯玉奇的小说，应该将其全部小说阅读一遍，但我没有这么多时间，也没有这么大精力，因而只向中国文史出版社借阅了《舞宫春艳》《小红楼》《百合花开》三种，全都是言情小说。因此我只能以这三种言情小说为例加以介绍，这可能会犯以偏概全的错误，因此只能供读者参考。

《舞宫春艳》写了两个纠缠在一起的爱情婚姻悲剧故事：苏州富家子秦可玉自幼与邻居豆腐坊之女李慧娟相恋，由于门第悬殊，秦可玉被其父禁锢，二人难圆成婚之梦。不幸李慧娟生下了一个私生女鹃儿，只好遗弃，自己则郁郁而死。鹃儿被无赖李三子收养，长大后卖到上海做伴舞女郎，改名卷耳。中学生唐小棣先是爱上了姑夫秦可玉家的婢女叶小红，不料叶小红失踪，于是移情于卷耳，但无钱为卷耳赎身，两人感到婚姻无望，于是双双吞鸦片自尽。

《小红楼》的故事紧接《舞宫春艳》：曾经被唐小棣爱过的叶小红的失踪，原来也是被无赖李三子拐卖为伴舞女郎，小棣、卷耳自杀后，小红才被救了回来，并被秦可玉认为义女。经苏雨田介绍，与辛石秋相识相恋而订婚。同时石秋的姨表妹巢爱吾也爱石秋，但石秋既与小红订婚在先，便毅然与小红结婚。爱吾为了摆脱难堪的地位，离家出走，下落不明。石秋奉父命赴北平探望二哥雁秋，在火车站被人诬陷私带军火，被军人押到司令部。可巧爱吾此时已成为张司令的干女儿兼秘书，便设法救了石秋一命。但张司令强迫石秋与爱吾结婚，二人既不敢违命，又固守道德，便以假夫妻应付。

后来石秋回到家里，终于与小红团聚。

《百合花开》写了两个紧密相关的爱情婚姻故事：二十岁的寡妇花如兰同时被四十二岁的教育家盖季常和十八岁的革命青年盖雨龙叔侄俩所爱，而盖季常的十六岁侄女盖云仙又同时被三十六岁的银行家杨如仁和十九岁的革命青年杨梦花父子俩所爱。经过许多曲折后，终于两位长辈让步，盖雨龙与花如兰、杨梦花与盖云仙同场结婚。

由以上简单介绍可知，冯玉奇的这三种小说共写了五个爱情婚姻故事，其中两个是悲剧结局，三个是有情人终成眷属。这正如鲁迅所说："有时因为严亲，或者因为薄命，也竟至于偶见悲剧的结局……这实在不能不说是一个大进步。"其次，这三种小说的五个爱情婚姻故事，倒有四个是三角爱情婚姻故事，但它们的情况并不雷同。唐小棣、叶小红、卷耳的三角恋是一男爱二女，辛石秋、叶小红、巢爱吾的三角恋是两女爱一男，而盖季常、盖雨龙、花如兰和杨如仁、杨梦花、盖云仙的三角恋更为异想天开，竟然都是两辈嫡亲男人（叔侄、父子）同爱一个女子。可见冯玉奇极有编故事的才能，从而使作品更具吸引力和娱乐性。又次，这三种言情小说的描写极为干净，没有任何色情描写。除了秦可玉与李慧娟有私生女外，其他人都非礼勿言，非礼勿行。如辛石秋与叶小红因婚礼当天石秋之母去世，为了守孝，新婚夫妻在百日之内没有圆房。而辛石秋与姨表妹巢爱吾为了对得起叶小红，虽被张司令强迫成亲，却只做了几天假夫妻。

从表现形式和艺术手法来看，我觉得冯玉奇的小说与当时新文学的新小说都受了西洋小说的影响，基本相同。譬如：两者都突破了传统小说书名的套路，不拘一格，尤其采用了一字书名和二字书名，如冯玉奇有《罪》《孽》《恨》《血》和《歧途》《逃婚》《情奔》等；而巴金有《家》《春》《秋》，茅盾有《幻灭》《动摇》《追求》。两者的对话方式也突破了传统小说的套路，灵活自如：对话既可置于说话者之后，也可置于说话者之前，还可将说话者夹在两句或两段话之间。至于小说的结构法、叙述法与描写法，更是差不多的。譬如人物描写不再是"沉鱼落雁""闭月羞花""倾国倾城"之类的千人一面，景物描写也不再是"落红满地""绿柳成荫""玉兔东升"之类的千篇一律，而加以具体描绘。这里随便举一个例子：

> 小红坐在窗旁，手托香腮，望着窗外院子里放有一缸残荷，风吹枯叶，瑟瑟作响。墙角旁几株梧桐，巍然而立。下面花坞上满种着秋海棠，正在发花，绿叶红筋，临风生姿，可惜艳而无香，但点缀秋色，也颇令人爱而忘倦。

这是《小红楼》对莲花庵一角的景物描绘，虽然算不上十分精彩，但作者通过小红的眼睛描绘了院中的三样东西——风吹作响的"枯荷"、巍然挺立的"梧桐"、正在开花的"海棠"，从而衬托出莲花庵幽静的环境，曲折地表明了时在秋季。频繁使用巧合手法是冯玉奇小说的显著特点，可以说把所谓"无巧不成书"用到了极致。巧合手法有助于编织故事，缩短篇幅，增加作品的吸引力等，但使用过多则时有破绽，有损于作品的真实性。冯玉奇的某些小说也采用了章回体，但只是标题用"第×回"和对偶句，"却说""且听下回分解"之类的套语已不再经常出现，因此并非章回体的完全照搬。况且章回体并非劣等小说的标志，它在我国小说史上发挥过巨大作用，产生过杰出的四大古典小说。因此用章回体来贬低冯玉奇的小说，也是毫无道理的。

冯玉奇的小说也有明显的缺点。它们与其他鸳鸯蝴蝶派小说一样，主要注重小说的娱乐性，而忽视小说的社会性和艺术性，因此没有产生杰出的作品。他是南方人而小说采用北方话，加之写作速度太快，无暇深思熟虑，导致语言不够流畅，用词不够准确，还有许多错别字和语病。还有使用"巧合"法太多，有时破绽明显，这里不再举例。

　　总而言之，冯玉奇既不是"黄色"和"反动"小说家，也不是杰出小说家，而是一位勤奋多产、有益无害的通俗小说家，他应在中国小说史尤其是中国现代小说中占有一席之地。

2017 年 6 月 4 日于北京蜗居

图书在版编目（CIP）数据

雁南归·绿窗艳影／冯玉奇著. — 北京：中国文史出版社，2018.3

（民国通俗小说典藏文库·冯玉奇卷）

ISBN 978 - 7 - 5205 - 0039 - 5

Ⅰ．①雁… Ⅱ．①冯… Ⅲ．①长篇小说 – 中国 – 现代 Ⅳ．①I246.5

中国版本图书馆 CIP 数据核字（2018）第 009889 号

点　　校：清寒树　彭　飞

责任编辑：蔡晓欧

出版发行：**中国文史出版社**

社　　址：北京市西城区太平桥大街 23 号　邮编：100811

电　　话：010 - 66173572　66168268　66192736（发行部）

传　　真：010 - 66192703

印　　装：廊坊市海涛印刷有限公司

经　　销：全国新华书店

开　　本：720×1020　1/16

印　　张：15.25　　字数：192 千字

版　　次：2018 年 7 月第 1 版

印　　次：2018 年 7 月第 1 次印刷

定　　价：46.80 元